The Bride of Windermere

by Margo Maguire

Published by Harlequin K.K., Tokyo, 2003

薔薇と狼

マーゴ・マグワイア 作

吉田和代 訳

ハーレクイン・ヒストリカル・ロマンス

東京・ロンドン・トロント・パリ・ニューヨーク・アテネ・アムステルダム
ハンブルク・ストックホルム・ミラノ・シドニー・マドリッド
ワルシャワ・ブダペスト・プラハ

主要登場人物

キャスリン・サマズ……………………愛称キット。
トーマス・サマズ男爵…………………キットの義理の父親。
ウルフレム・ゲアハート・コールストン……騎士。愛称ウルフ。
フィリップ・コールストン……………ウィンダミア城主。ウルフのいとこ。
アガサ・コールストン…………………フィリップの継母。
ヘンリー・モンマス……………………国王ヘンリー五世。
ジョン・ビーチャム……………………ケンドル伯爵。ウルフの父親の旧友。
ブリジット………………………………キットの乳母。遠い親戚。
ルパート・アイリース…………………騎士。キットの幼なじみ。
ギルバート・ジュヴェット……………ウィンダミアの町民。
エマ・ジュヴェット……………………ギルバートの妻。
アルフィー・ジュヴェット……………ギルバートの息子。

1

長身のウルフは枝を上手によけながら暗い森を歩いていった。闇《やみ》に包まれた湖水のほとりでほんの少しでもくつろぎたい。もう真夜中近いのに眠れなかった。卑しい酒飲みの男爵にすっかりてこずっていたからだ。厚かましく媚《こび》を売る奥方のイーディスも始末が悪い。

どうしてヘンリー五世がキャスリン・サマズなどという小娘を連れてきてほしいと言うのだろう？ヘンリー王はつい最近ヴァロア家のキャサリンという花嫁を連れてフランスから帰還したばかりだ。ノーサンバーランドの小娘がなぜそんなに大切なのかさっぱりわからない。しかもこんな辺境の地まで迎えに来る役に選ばれたのが自分だということに腹が立つ。

冷静な判断力、戦場での武勇、そして宮廷のばかげた雰囲気に染まらずにいることで有名な彼には、ヘンリー王の補佐役としてもっと重要な仕事がある

一四二一年四月下旬
イギリス、ノーサンバーランド

あいつ！　サマズ男爵のばかめ！

ウルフレム・ゲアハート・コールストンは配下の者から離れ、湖に向かって森を歩いていった。あいつは王の命令にそむけると思っているのか？　ウルフはサマズの義理の娘を連れてくるようにと王から命じられていた。連れていかなかったら大変だ。しかも余分な時間はない。サマズがどんなに渡すまいとしても、彼女をロンドンに連れていかなくてはならないのだ。

はずなのだ。

王のつまらない冗談でなければいい。だが父親から王位を継いでから、ヘンリーは向こう見ずだった王子のころよりはるかに分別のある人物になった。冗談のわけがない。

たったひとつの慰めは、これが王の使者としての旅だということだ。ウルフはキャスリンをロンドンに連れていく前にウィンダミア城に寄って、現ウィンダミア伯爵であるいとこのフィリップ・コールストンに会うつもりだった。

そして、何としてでも不正に得た伯爵の座からフィリップを引きずり下ろさなくてはならない。

父バーソロミュー・コールストン伯爵と兄ジョンの死を招いた張本人はフィリップだとウルフは思っていた。ふたりが死んでから二十年になる。ウィンダミアでフィリップが裏切ったという証拠を見つけるつもりだ。

ただ計画の邪魔になるのがレディ・キャスリンだ。おかげでロンドンからまっすぐウィンダミアに行けなくなった。ウィンダミアばかりかほかの荘園《しょうえん》にも連れていかなくてはならない。スコットランド人がキャスリンをさらおうとするかもしれないから護衛するようにと王に言われていた。

泳ぐにはまだ少し寒い。だがキャスリン——キット・サマズは冷たい湖に身を沈めて、年寄りのブリジットに抜け出したことを気づかれないうちにと手早く体を洗った。ブリジットの心配はありがたいが、二十歳ともなれば乳母はいらない。あれこれ世話を焼かれたくもなかった。

ブリジットは遠い親戚《しんせき》で、母の乳母でもあり友人でもあった。そして母が死んでから、孤独でつらい十五年間のたったひとりの味方だ。ブリジットの心配性はますますひどくなる。今は館《やかた》の向こうの原っぱに野営しているヘンリー王の家臣のことを心配していた。

三日月が木々に低くかかり、地上には霧が立ち込め、森は別世界のようだ。ひとりになって逃げる計画を練るには湖がいちばんだ。だがキットは途方に暮れていた。王の命令に従ってロンドンに行きたいとはまったく思わないが、拒絶するわけにもいかない。でも、たまたま不在で命令を受けられなかったのなら、拒絶したと非難されずにすむだろう。ただ、どこに隠れてもあのいまいましい王の家臣たちに見つかってしまいそうだ。キットは王の家臣の統率者を遠くから目にしていた。黒い髪を結ばずに垂らした、大きくて筋骨たくましい男性だ。あの男が同行を拒否されてあっさり引き下がるとは思えない。

キットは乗馬では近隣の男に引けを取らないし、弓の腕もかなりのものだ。何週間も森にひそんで王の家臣たちから逃れられないことはない。だが黒髪の騎士のことを考えれば隠れ続けてはいられない。

それに義理の父をどうする？　行くように言われてあからさまに反抗したら……。キットは身震いした。

義父は王の家臣より先に仕置きをするに違いない。今はそのことを考えないようにしたほうがいい。

キットは深みから出て岸に向かった。浅瀬に立ち、波打つ銀色がかった金髪をほどいた。素肌をひんやりした外気にさらすのは大好きだ。彼女は両腕を高く上げて、喜びに浸った。

ひと晩眠ったらいい解決法が見つかるかもしれない。それに、ルパートがロンドンでの使命を終えて戻ってくるかもしれないのだ。確かにかすかな望みだが、絶対かなわないとは言いきれない。ヘンリー王の騎士のひとりとして、ルパートがあいだに入ってとりなしてくれるのではないだろうか。

キットは楽天的な性格ではあったが、物事が思いどおりになったためしがないと感じることも多かった。都合よく助けが来ることなどあるはずがない。ここはわたしの直感と思いきったことをやる性格を頼りに切り抜けよう。予想もつかないことをして義父の注意をそらし、殴られないようにしなくてはならない。

義理の父は今、わたしをどうしようと考えているのかしら？

ウルフは湖のほとりの倒木に腰かけて物思いにふけっていた。父や兄たちとともにドイツのブレーメンにいる母のレディ・マルグレーテのもとに行く途中を待ち伏せするように仕向けたのは、フィリップ・コールストンに違いない。バーソロミュー伯爵と息子のジョンは、ほとんどの家臣とともにウルフの目の前で惨殺された。生き残ったのは、ウルフとヒュー・ドライデンという若い従者だけだった。

そのうえフィリップは襲撃が失敗に終わったときのために、伯父のバーソロミューがヘンリー四世の暗殺計画にかかわったように見せかけた。生き延びられたとしても不名誉な反逆者となる運命を免れないようにしたのだ。

フィリップと父親のクラレンスは、バーソロミュー一家が全滅したと思っていた。ウルフは生き残ったことをずっと秘密にしてきた。身を守るために、そしてフィリップの失脚を図りに戻ったときに有利なように。

深く考え込んでいたウルフは近くに人がいることに気づかなかった。湖面に目を上げた彼は、月光と霧のいたずらで幻を見たのかと思った。おとぎばなしから抜け出たような若い女性が湖から現れたのだ。苦い思い出は即座に消え、ウルフは興味をそそられた。

かすんだ光の中で彼女の肌は輝き、ほどいて垂らした髪は極上の絹のようだ。夜の外気の冷たさに鳥肌が立ち、形のいい胸の先端もとがっているに違いない。

彼女はウルフの手は触れたくてむずむずした。

彼女はウルフに気づかずこちらに歩いてくる。彼女は格好のいい脚や腰、細いウエストに見とれた。彼女は立ち止まり、くるぶしまでの深さの水の中で体を伸ばし、頭をそらして月に向かって両腕を上げた。あたりをさまよっているほかの精霊たちに今にも悩ましげに呼びかけそうだ。

顔は見えない。ウルフは魅せられたように立ち上がり、やさしく美しい目鼻立ちの顔を思い描いた。

妖精《ようせい》は水から出て、岸辺に重ねてあった服に近寄った。そして体を拭《ふ》きはじめたが、不意に足音に気づいて急いで長いマントを羽織った。

「ここで何を！」振り向いて男を見て、キットはあえいだ。衣類のあいだに隠しておいた短剣を取る暇はなかった。武器を持っていることを知られたくはない。じたばたせずに短剣を手にする機会を待ったほうがよさそうだ。

「言い訳したくはないが」ウルフは言った。フードを目深にかぶっているので、彼女の顔はまだ見えない。「少し前まできみがいるのに気づかなかったが、ちらりと見えたその姿を楽しませてもらったのは事実だ」

「わたしの知らないうちに！」

「寒いだろう」

「育ちはいいらしいわ」相手がもっと近づいてきたとき、彼女はひとりごとをつぶやいた。

彼の体の大きさには圧倒されそうだ。遠くにいても大きく見えたが、そばに来るとまさしく巨人のようだ。短剣さえ手にできたらと思ったが、軽く倒されてしまいそうで思いきって身をかがめて短剣を取ることもできない。

走って逃げようか。わたしは足が速いし、森の中の道をよく知っている。こんなに大きな男は足が遅いだろう。だが見込み違いだったら？　追いつかれそうになったら？　森のただひとつの隠れ家である小屋を見つけられてしまったらどうしよう？　マントを羽織っただけではサマズ卿《きょう》の館まで走って帰れない。きっと義父の家臣たちに……。

「どこに住んでいる？」彼の声はやさしかった。「高貴な女性がひとりで出歩くのは危険だ。配下の者たちがこの近くで野営をしている。若い娘が暗がりにいるのを見て何もしないとは請け合えない」

立派な人だ。キットは安堵《あんど》のため息をもらし、口に出さずに感謝の祈りを唱えた。「心配してくれてありがとう」作戦を変更しなくてはならない。義理の妹たちがよくするように、甘えた声で言ってみよう。「持ち物を集めてから帰ろうと——」

「きみの家はどこだ？」

「遠くないわ」できるだけ甘い声でキットは答えた。

「護衛なしに帰すわけにはいかない。夜は危険だ」

キットは叫びだしたいのをこらえた。レディらしくしたほうが言うことを聞いてもらえそうだ。「持ち物を集めさせて。それから小屋まで送っていただくわ」彼女はやさしく言った。

騎士はみんな立派で善良だとどうして言えるだろう？　義理の父親のサマズ卿は彼女には卑劣で残忍なのだ。

騎士はたちまち衣類をかき集めた。キットは危うくうめくところだった。これで短剣を手にする望みはなくなった。ブーツも履いてなくては逃げ出すことさえできない。体は大きくても騎士の身のこなしは優雅で無駄がなかった。

「きみは謎《なぞ》の女性だ」騎士は言った。

「えっ？」歩きだしながら、キットは気持ちを静めようとした。

「最初見たとき、妖精かと思った」その声に、面白がっているような響きはないだろうか？　「今は生きた人間だとわかった。だがわたしを少し恐れているようだ。なぜだ？」

　この人の胸を突き刺すために短剣を手にする方法を考えていると知ったらどうだろう？　「用心するのは当然でしょう。自分が弱いとわかっているから不安なの。あなたの騎士らしい礼儀正しさだけが頼りよ。けっして危害を加えないようお願いするわ」

何とかごまかさなくては。義理の妹たちが見たら、どんなに笑うだろう。

　小屋にだいぶ近づいてきた。しかしよほど近づかなければ騎士には見えないはずだ。あたりは真っ暗で、重なり合った木々が小屋を隠している。表向きは家族で使うために作ったのだが、義理の母は別の目的に使っている。幸い今夜、レディ・イーディスは男友だちを連れてきていない。騎士を外で待たせておいて、中に滑り込めそうだ。

「ここよ」キットは騎士を帰らせようと振り返った。ところが彼には通じないようだ。「は、母が待っているの」キットは嘘《うそ》をついた。

　騎士がキットに近づいた。暗くて顔は見えないが、熱いまなざしは感じ取れた。じっと見つめられて、キットは急に居心地が悪くなった。

「は、母は病気で……とても心配しているの……」

「きみは何者だ？」愛撫《あいぶ》するような甘い声だ。彼はさらにキットに近づいた。

　キットは頭がぼうっとして、口がからからに乾いた。突然、騎士の体の大きさに恐れを感じなくなった。今まで男性に感じたことのなかった好奇心がわいた。「わたし……あのう……」

　騎士は持っていたキットの衣類を落とした。彼女が答えるより早く顔を両手で包み込んだ。唇が唇をかすめる。キットは体を震わせた。騎士はうめきながら唇を合わせた。次第に強く口をふさがれてキットは息ができない。彼の両手がマントの中に滑り込み、肩から背中、そしてなめらかな丸い腰に下りていく。騎士はキットを強く抱き寄せた。騎士の固い胸を素肌に感じると、キットの下腹部に快感の渦が巻き起こる。彼女にははじめての経験だ。ルパートにさえこんな快感を覚えたことはない。

キットははっとして彼から離れた。「お願い！」

「きみは誰だ？」

「放して！」

「わたしの名はウルフだ」熱い息がキットの耳にかかり、唇はまたも唇をかすめた。「きみは誰だ？」彼はくり返した。

「誰でもないわ！　何者でもないの！　放して！」

キットは身を引き離し、マントをはためかせて小屋に駆け込んだ。中に入ると扉に重いかんぬきをかけた。そして息づかいが静まり、胸の鼓動がおさまるまで壁にもたれかかっていた。

彼女が顔を合わせたくないのはウルフにもわかった。だが何としてももう一度触れ、唇を味わいたい。あんな女性ははじめてだ。美しく、魅惑的で、好奇心をそそってやまない。もう会えないとしたらたまらない。今まで誰にも感じたことがないほど彼女が欲しかった。

だが、ヘンリー王の任務を果たさないうちにこの土地の貴族を怒らせるようなことはできない。今のところ彼女のことは考えないほうがよさそうだ。

ウルフはやっと踵《きびす》を返し、野営地を目指して茂みの中に入っていった。彼は忍耐強い男だ。ウィンダミアの件がすべて片づいたら戻ってくるつもりだった。

キットはひと晩中眠れなかった。暗闇で毛布を体に巻きつけて震えながら座っていた。衣類を取りに行きたかったが、騎士が待ちかまえているかもしれないと思うと外に出られなかった。

ウルフ。あの人にぴったりだと彼女は思った。狼《おおかみ》の群れを統率するのにふさわしいほど体が大きく、やさしかったが、容赦ない厳しさも持っているに違いない。月光に照らされた黒い長髪は、たてがみのように荒々しく逆立ち、淡い灰色の目は闇の中で燃えるようだった。

明日の朝、ヘンリー王の使者たちからどうやって逃れるかを考えなくてはならない。それなのにウルフのことで頭がいっぱいだ。彼の唇、滑り込んできた舌、肩から背中を伝って腰に置かれた両手……。

ルパートがキスをしたことは一度もなかった。彼が行ってしまった三年前に婚約したわけでもない。フランスの領土を取り返したら帰ってくると約束もしなかった。だがノルマンディが制圧されてからずいぶん月日がたつのに、ルパートは帰らないのだ。いつまで待てばいいのだろう？

今日一日で大人になったような気がする。義理の妹のマージェリーはすぐにも、エリナも一年以内には婚約しそうだ。キットはルパートと一緒にこの地を離れて彼の妻に、彼の館の女主人になりたくてたまらなかった。今はますますその思いがつのった。

あの騎士にかき立てられた感覚は罪深いものに違いない。さっきのできごとを考えただけで体が熱くなり、下腹部が締めつけられるようになる。キットは、ウルフの感触を思い出して身もだえした。違う、ルパートの感触だと彼女は考えなおした。ルパートの妻になり、彼に触れられるのも同じくらい、いやもっとすてきだろう。

日の出の直前に、キットは小屋の裏側にある細長い窓から出た。誰かが闇にひそんでいないかと油断なく見回しながら小屋の角を回った。手早く服を着ると、義父の館に向かって急いで歩きだした。

トーマス・サマズ卿の館は広いが、ひと晩中館にいたと言っても信じてもらえないのはわかっていた。義理の父親は帰らなかったのを心配するのではない。彼女が館をきちんと切り盛りしているかどうかしか関心がないのだ。少しでもうまくいっていなければ彼女を責めた。キットをひざまずかせ、懇願させるという大好きな気晴らしのたねにするのだ。とにかくブリジットは家中を捜しまわっているに違いない。キットは良心が痛んだ。どこが悪いのかはわからないが、ブリジットはこのごろ体調があまりよくなかった。

キットは中庭を駆け抜けて厩《うまや》に入った。厩には眠るのに適した場所がいくらでもある。馬と夜をすごすのはこれがはじめてではなかった。

日が高く昇ったころ、中庭に大勢の人間が入ってきて、キットは目が覚めた。ヘンリー王の家臣たちに違いない。まだ何の計画もできていなかった。怒気を含んだ大声が耳に入ったとき、キットは心臓が飛び出すかと思った。湖で出会ったウルフの声だ。

「説明してもらおう、サマズ！」彼は追及した。「彼女はどこにいる?」昨夜は愛撫するようだったあの声に、やさしさはみじんもない。

義理の父親がふらふらと中庭に現れた。キットは時間を知ろうと、太陽を見上げた。まだ正午にもならないのに、サマズ男爵はもう飲みすぎだと思えるほど飲んでいる。服はしわくちゃで汚れ、顔には無精ひげが伸びている。立ってさえいられないようだ。騎士がいらだっているのは間違いない。到着してから一度も男爵から明瞭《めいりよう》な返答を受け取っていないのだ。

「この辺にいる。あのばかな娘を連れ戻そう」サマズの目が険しくなった。酒乱の前触れだ。こんなときに捕まってはたまらない。

「一時間のうちに戻る」男爵と同じくらい腹を立てて、騎士は言った。「キャスリンを引き渡してもらったらすぐに発《た》つ。彼女をここに連れてくるか、でなければヘンリー王の怒りを待つかだ」

ウルフはサマズ卿にくるりと背を向け、大きな体に似合わない優美な足取りで立ち去った。キットはすばやく彼の顔と体型を観察した。目鼻立ちは鋭くはっきりしていて、全体的にかなり感じがいい。額の右目の上から左目を通って頬までうっすらと傷跡が残っているが、それでも魅力は変わらない。冷ややかな灰色の目、その上の眉は、無造作に乱れた長髪と同じように黒くて濃かった。

彼はいらだたしげに髪に片手を突っ込んだ。すぐに行動を起こさなくてはならないとキットは思った。義父の家臣たちにも、ウルフと配下の者たちにも見つかってはならない。身を隠してルパートを待とう。彼が戻ってきたら、そのときこそ進んで一緒にロンドンに行き、王を喜ばせてやるのだ。だいいち、今サマズ卿の館を出てしまったら、ルパートはどうやってわたしを見つけるだろう？　今ごろ、わたしを求めて北へ来る途中に違いないのに。

キットは、近ごろ義理の父親が近隣の領地から手に入れた馬のマイラを厩の裏口からこっそり引き出した。マイラはサマートンの三十キロばかり東にある前の家を目指すだろうから、サマズ卿の家臣たちはその跡を追うはずだ。だがキットは馬と一緒に以前の住みかに帰る気はなかった。

キットは誰にも気づかれずに馬を引いて斜面を下り、木々が茂ったところに来た。そして、馬を東に向けて尻を思いきりたたいた。マイラは、馬勒《ばろく》の下に蜂《はち》が入ったかのような勢いで駆けだした。キットも走りだしたが、マイラとは逆方向だった。

村の近くに来ると足を止め、泥をすくって両腕や顔になすりつけた。義父の家臣たちにでくわしたら、村人のようなふりをしてやり過ごそう。見つかったら、男爵の仕置きがキットだけでなくサマートンの村人たちにまで及ぶのだ。キットはため息をついた。そして計略どおり男爵の家臣たちがマイラの跡を追っているようにと願いながら、急いで森を抜けた。

あいにくマイラはキットの願いどおりに行動しなかった。前の家を目指して走るうちに、雨で水かさが増した小川に行く手を阻まれたのだろう。引き返してきていた。

男爵の家臣たちは簡単にキットを見つけ出した。村が真っ先に捜されるとわかっていていいはずだった。家臣たちはどうしてマイラの足跡に惑わされなかったのだろう？　木に登って家臣たちをやり過ごせばよかったと彼女は思った。登り慣れた高い梢《こずえ》にいたら、絶対に見つからなかったはずなのに。

最初キットは抵抗したが、すぐにやめた。荒々しく館の裏に引き立てられていきながら彼女は考えた。ロンドンまでは遠い。着くまでにはいろいろなことが起きるだろうからその機会を利用しよう。そして何としてもルパートに会うのだ。

「まあ、わたしの愛するお嬢様」キットが中庭に連れてこられると、ブリジットが泣きだした。「どんなに心配したことか……」

「お黙り、ブリジット！」レディ・イーディスが怒声で脅かして、キットのほうを向いた。「今の身分にふさわしい格好ね、キャスリン」

マージェリーとエリナは手で顔を隠してにやにやしている。

キットはぐっとこらえた。ひどい姿なのはわかっている。だが人に言われて格好を繕おうとは思わなかった。キットは誇らしげに背筋を伸ばして立った。誇りとユーモアを解する精神だけは、誰にも奪えない。ルパートが連れ出してくれることを考えて、キットは勇気を奮い起こした。もし実父が生きていたら、わたしを守り慈しんでくれただろうに。

「ちびのあばずれはどこにいる？」間延びした声が

聞こえ、サマズ卿が中庭に入ってきた。キットを見ると、目に残忍な光が宿った。主人の気分をすぐに察した家臣たちは、キットをかばおうとはしなかった。彼女は家臣たちに何度も言い寄られ、そのたびにはねつけてきたのだ。援護は期待できない。

サマズ卿に手の甲で激しく頬を打たれてさえキットはすくまなかった。下唇が裂け、地面に倒れたが、すぐに立ち上がって逃げ出した。残忍な笑い声が背後で響き、追ってくる足音が迫る。猫が鼠《ねずみ》をもてあそぶようだ。中庭中追いかけまわして疲れるのを待ち、それから連れ戻して残忍な仕打ちをさせる。そんな遊びははじめてではない。

今回は目のまわりに痣《あざ》ができただけですんだ。それでも男爵の一撃で、キットは気を失って倒れた。誰かが部屋に引っ張ってきて、扉に鍵《かぎ》をかけた。やがてキットは意識を取り戻した。

「ああ、かわいいお嬢様」頬に涙を流しながら、ブリジットがささやいた。「今度は何をされたんです？　メガンが生きていたら、こんなことにはならなかったでしょうに」

キットは、腫《は》れてふさがっていない右の目を開けて、自分の上にかがみ込んでいるブリジットの小さな顔を見た。「どうしたの？」彼女は小声できいた。唇を動かすと痛かった。さわってみると、傷からまだ黒ずんだ血がにじみ出ている。

「王様のご家臣たちと一緒に行かなくてはなりません」老いた乳母は言った。「少なくともあの悪魔のような男爵からは離れられます。ひどい目に遭わなくてすむようになりますよ」

「でも、ルパートが――」

「ルパートは戻ってきませんよ。わからないんですか？」ブリジットはうんざりしたように言った。キットに何度もそのことを納得させようとしてきたのだ。「わたしだってあの若者は好きですけれど、行ってしまってからあんまり長すぎますよ。三年も何とも言ってこないようでは、あなたがまだ待っていると思っていないんですよ。ほんの数人の旅人から消息を聞いただけで――」

「ああ、ブリジット、頭が痛いの」キットはルパートが帰ってこないとは思いたくなかった。ウルフに連れられていくことも考えたくない。

「よほどひどく殴られたんでしょう。さあキット、モンマスを頼らなくてはだめですよ。ヘンリー・ヘレフォード王の息子が悪いようにするはずはありません。父上と同じようにご子息も立派なかたなのは聞いているでしょう」

ブリジットはキットが起き上がるのに手を貸した。

キットは横目でブリジットを見た。ブリジットの言うことはもっともだ。それでも館に近づいてくる蹄《ひづめ》の音が聞こえると、心臓が飛び出しそうな気がした。


ウルフは頭を下げて戸口を通り、サマズ男爵の館に入った。暖炉に火が赤々と燃えている。男爵は暖炉のそばの座り心地のよさそうな椅子に腰をかけて、木のゴブレットから酒を飲んでいた。ほかに四人が同じように飲んでくつろいでいる。だが、誰ひとり立ち上がって王の使者に敬意を表す気はないようだ。

「どうぞ、騎士様」レディ・イーディスがウルフと三人の配下の者を案内した。

「見つかっただろうな」

「乳母と一緒にいて、下りてこようとしない」サマズ卿はさっきよりもっとろれつが回らなくなっている。痛む拳《こぶし》を見せつけるようになでていた。

「それなら、連れてこい」泣いている娘を乳母から引き離すことはできそうにない。義父母のどちらかが連れてくるほうがいいだろう。サマズ男爵は助けを求めるように妻を見た。だが彼女は逆らうように身を引いた。

「あのいまいましい娘はわたしの言うことを聞かないのよ」イーディスは不満そうに言った。「聞いためしがないの。わたしは行かないわ」

「わたしが行っても無理だろう」薄ら笑いを浮かべて、サマズ卿は言った。

ウルフの我慢も限界だった。これ以上サマズ卿夫妻とやりとりしていてもしかたがない。キャスリンを連れてこないというのなら自分が行くまでだ。

「どの部屋だ！」ウルフは腹立たしげに言った。

「右側の三番目の部屋だ」サマズ卿がだるそうに答えた。「だがもしかしたら……」ウルフはすでに廊下に飛び出していた。「鍵がいるんじゃないのか」

いまいましいことに、部屋には鍵がかかっている！　階下に引き返して、また酔っ払いどもにきくのはごめんだ。頑丈な木の扉に肩からぶつかると、扉は開いた。

ウルフは室内を見回した。隅でやせた老女がすくみ上がっている。ほかには唇が裂けて血が流れている汚れた少年がいるだけだ。片目のまわりが黒ずみ、腫れてふさがっていた。女の子はどこにもいない。あの卑怯《ひきょう》な男爵は嘘をついた！　また階下に行ってやり合わなくてはならないのか！

「彼女はどこだ？」ウルフは怒鳴った。階下から笑い声が聞こえたような気がした。

傷ついた少年がウルフに近寄った。すり切れた茶色の帽子を目深くかぶっていて、髪は全然見えない。痣ができていないほうの目はめったにないほど美しい緑色で、濃い茶色のまつげに縁取られ、涙があふれそうになっている。少年は視界をはっきりさせようと何度かまばたきし、痛そうにちょっとひるんだ。

「わたしがキャスリンよ」

ウルフは部屋を見回した。聞き違いではなかった。相手はどう見ても少年だ。だが哀願するようなそのかすれた声は……少女のものだ。

「本当です、騎士様」老女が弱々しく言った。「このかたがキャスリン様です。ふたつの袋に身のまわりの物を詰めておきました」

「きみが?」ウルフは驚いた。サマズ卿の館で会う相手がどんな人間かヘンリー王は詳しく言わなかった。だがこんな薄汚れた、傷だらけの浮浪児であるわけがない。

ウルフはもう一度部屋を見回した。隅に藁《わら》布団があるだけで家具は何もない。しかし、床には新しい藺草《いぐさ》が敷かれ、いいにおいがする。窓の下の大きな陶製の壺《つぼ》には新鮮な花が挿してあり、藁布団の枕《まくら》もとの壁には木の十字架がかけられていた。大広間は体裁が整っていたが、この若い……娘がしたことだろうか。階下にいる者のうち誰ひとり、そんなことができるとは思えないのだ。殺風景なこの部屋でさえ、キャスリンは自分で居心地のいい場所に変えている。

ウルフにも娘の置かれた立場がおぼろげにわかってきた。彼女の義理の父親を殴り倒したくなった。館に置くのがいやなら、どうして嫁に出してしまわないのだろう?

「ひとつだけお願いがあるの」キットは言った。「乳母を同行させてほしいの。いつも一緒だったし、母が亡くなってからは……」

「好きにするといい」ウルフはぶっきらぼうに言った。たとえお荷物が今以上増えることになっても、サマズ卿の領地からは一刻も早く立ち去りたかった。

「持ち物を集めろ。時間がないんだ」

「そんなにあせらないで」ウルフをまっすぐに見つめて、少女は言った。「ほんの少し待ってもどうということはないでしょう」

ウルフはたとえ短い時間でもふたりをこのままにしたくなかった。サマズ卿がこの少女をさらに傷つけたら、出発がどれほど遅れるかわかったものではない。またいなくなられても困る。今度殴られそうになったらそのときこそ何とかして逃げ出してしまうだろう。ヘンリー王の呼び出しに抵抗しているのが彼女なのか男爵なのかウルフにはわからないが、好機を逃す気はなかった。馬にくくりつけてでも彼女をロンドンに連れていくつもりだ。

馬に乗せるときになって、サマズ卿はキットのために馬を一頭用立てるのを断った。頼むのもいやだったので、ウルフはもともと考えていたとおり自分の前にキットを乗せた。彼女は思ったより大きいが、軍馬のジェーナスはふたりの体重に楽に耐えた。年寄りのブリジットは荷馬のうちの一頭に乗り、ウルフのふたりの配下の者に左右につきそわれてしんがりを務めることになった。

「こんなみすぼらしい小娘に王様が何のご用があるのかしら」キットの耳に入るような大声で、レディ・イーディスが言った。

キットは身をこわばらせた。だが義理の母の聞こえよがしの悪口には答えなかった。

妻と並んでだるそうに戸口の枠にもたれていたサマズ卿は肩をすくめた。そして日差しに目を細めて王の家臣たちの出発を見守った。

「返してくれよ！」男爵が呼びかけた。

ウルフが否定的な答えをつぶやいたのをキットは聞き取った。サマズ卿に聞かせたくないらしい。

「聞こえたか？」サマズ卿はもつれた舌で言った。「王の用がすんだら、その娘を返してくれよ！ここを切り盛りするのに必要なんだ」

やっとサマートンを出発できたのは正午をだいぶ過ぎたころだった。ヘンリー王の用事がすんだとき、キャスリンをサマズ男爵の館に連れて帰るのが自分ではないようにとウルフは願った。

2

「手をゆるめてくれない？」キットは憤然と言った。「この馬の背中ははしけのように広いのよ。落ちたりしないわ」

男性の太腿にはさまれて乗るのははじめてだ。どぎまぎせずにはいられない。だが傷がひどく痛んだ。それに眠れない長い夜を過ごしてとても疲れていたので、キットはウルフの鎖帷子《かたびら》をつけた胸にもたれかかっていた。彼はほんの少し手をゆるめ、面白くなさそうにうなった。

彼に気を許してはならない。何といっても男性なのだ。サマズ男爵の家臣たちのために、彼女はこれまで何度もいやな経験をしてきた。そのうえウルフとは前夜のことがある。

確かにウルフは彼女が湖で会った妖精《ようせい》だと気がついていない。ロンドンに着くまで変装を見破られないように用心しなくてはならないが、難しくはなさそうだ。清潔で育ちのいい若いレディとは対照的な、汚くて魅力のない子供に見られたほうが得なのはわかっている。何年か前のある雨の日に、義理の父親と下劣な家臣たちがそれを教えてくれた。あわやというときにレディ・イーディスという邪魔が入った。キットは無傷で逃れて以来、はるかに賢くなった。

認めるのはいやだが、騎士の強い両腕にしっかり抱き寄せられていてもキットは不快に感じなかった。守ろうとしてくれているという気さえした。今まで誰にもそんなふうに感じたことはなかった。誰かが気にかけてくれるなんて不思議な気がする。

ヘンリー王はわたしに何の用があるのだろう？ フランスでノーサンバーランドの田舎娘などに？

ことも忘れて、王の命令に従うのが最良だと確信しているようだ。年老いた乳母は、キットの環境が変わることを心から願っていた。

長いあいだ鏡を見たことのなかったキットは、自分の美しさに気づいていなかった。レディ・イーディスとふたりの娘は、キットの容貌《ようぼう》を何もかも悪く言った。あごは強すぎて気の毒なほどだし、気ままに波打って渦を巻いた髪は色がなくて干し草みたいといった具合だ。サマズ家の人々はみんなキットよりはるかに背が高い。それだけで自分たちのほうがずっと上だと思っているのだ。キットの目はとても深い緑色で、肌は搾りたての乳の表面のとろりとしたクリームのように白い。義理の家族のせいで、キットは自分の容姿について正しいことは何ひとつ知らなかった。ルパートがまだ迎えに来ないのも不思議とは思わない。でもきっと来ると彼女は自分を励ました。


の戦いや、フランスの王女との結婚で非常に忙しかったはずの王が、どうしてわたしの存在を知ったのか、考える時間があったのか想像もつかない。

キットが自分の身の上で知っているのは、生まれる前に実父が亡くなったことだ。母のメガンはアイルランドの故ミーズ伯爵ことトレヴァー・ラッセルの娘だ。母がどんないきさつでトーマス・サマズと再婚したのかはわからない。だがその結婚によって、キットはサマズ卿《きょう》の娘となった。はっきり覚えてはいないが、母が生きていたころのサマズ卿はだらしがなくも暴力的でもなかった。大酒を飲むようになったのはレディ・イーディスと結婚してふたりの娘ができてからだ。それとともに、キットの暮らしも悪くなった。

これまでの生活を考えると、国王が自分をロンドンに呼び寄せようとする理由はわからない。ブリジットはルパート・アイリースのこともサマートンの召使いたちは飾り気のないキットが好きで、言うこともよく聞いた。義理の母がまったく家事に関心を示さないことがわかってから、キットは館《やかた》を切り盛りするようになった。記憶力がよくて数字にも強かったので、帳簿を手際よくつけることができた。三年前に執事が死んでから、彼女が所有地から上がる収益と農夫たちの働きぶりを見てきた。おかげでサマズ卿は新しい執事を置く必要がなくなり、キットは自分が必要とされているのに気がついた。そして意識してサマズ卿にとってなくてはならない存在になろうと働いた。

義父が自分を必要としていれば、酔ったときでも怒りに任せて殺すことはないだろう。

また、キットはいつも修道院の収穫物をほかのものと交換するためにサマートンにやってくる修道士から、薬草について多くの知識を得た。大切にしている薔薇《ばら》園のすぐ隣に薬草園も作った。そして、シオドア修道士が荘園《しょうえん》内の農夫や町民を治療に行くときに一緒についていったので、治療にかけてはかなりの腕前となった。

ブリジットは、キットが好きな気晴らしをいやがった。キットは膝丈のズボンをはいて馬にまたがって乗るのが好きなのだ。顔や髪に風を受けながら、草原を疾駆するほど爽快《そうかい》なことはない。ぱちんこや弓を楽しみ、サマズ卿の森で猟師たちと腕比べをすることもあった。ブリジットが何よりいやがったのは、森の木に登り、高い枝に座って、はるか下の湖面を横切っていく雲の影を眺めることだった。

胸にもたれかかっている彼女は眠っているらしい。ウルフは滑り落ちないようにずっと支えていた。何歳ぐらいだろう。十六歳ほどか？　着ているぼろの服のせいで、まだ子供なのか一人前の女性なのかわからない。結婚できる年齢なのは確かだが、それならなぜ結婚しない？　サマズ卿たち義理の家族との暮らしがつらいのは明らかだ。それなのに、なぜサマートンにとどまっていたのか？

欠点といえば、女性らしく振る舞えないことだろう。服は若い女性としてはひどすぎる。粗い毛の膝丈のズボンにチュニックという姿のレディなど見たことがない。サマズ卿が殴るほど腹を立てたのは、彼女のほうに原因があるのかもしれないという気がした。それとも彼が虐待に邪悪な喜びを見いだしているだけなのだろうか。ウルフとしてはキャスリンに味方したかったが。酔っ払って女子供を殴る男など許してはおけない。だから、キャスリンを男爵の残忍な手から引き離したことに満足せずにはいられなかった。

とはいえレディ・キャスリンもとても聖女とは思えない。結局、若い娘にしては自立心が強すぎるのだ。年老いた乳母を連れていくよう主張し、自分の家臣のようにウルフの配下の者に指図する。ひどく汚いが、浮浪児の風下に立ったときのようなにおいはしない。実際、彼女は花の香りがした。薔薇の香りだろうとウルフは思った。さわやかな香りに気づくと、その女らしさに落ちつかない気分になった。

娘が身動きして腰をすり寄せてきた。ウルフは前夜のできごとを思い出した。彼女を抱えなおしながら、出会ったばかりの美しい金色の女性の思い出にふけった。

自分は使命のある身だと気づいた。出発したときの目標どおり、ウィンダミアを取り戻すことに集中しなくてはならない。この何年か、彼はヘンリー王に奉仕し、信頼を得て重用されていた。残るはフィリップ・コールストンの裏切りの確かな証拠を見つけることだけだ。そうすればヘンリー王もウルフの主張を認めて、一族の名誉とウィンダミアを取り戻すのを許すだろう。

そこまで心が決まっていながら、ウルフは湖で出会った女性を忘れられなかった。彼女はウルフが今まで抑えてきた夢、退けてきた憧《あこが》れそのものなのだ。だが、愛する者を失うつらさは知りすぎるほど知っている。二度とあんな思いはしたくなかった。父と兄を失った体験と正義を求める心が、彼を冷静な自制心の強い人間にした。その一方で、感情を失った母に長年胸を痛めてもいた。

マルグレーテ・コールストンは、あの恐ろしい襲撃を生き延びた息子に、二十年ものあいだ何ひとつことばをかけない。息子が生きていることさえわかっていない。母親が何の反応も示さず誰とも話をしないことより、自分の生存が母親に何の希望ももたらさなかったという事実こそが問題だった。ウルフの命は母には何の意味もないのだ。

「ゲアハート」

騎士のひとりが馬首を並べてきて呼びかけた。キットは馬上で気持ちよくうとうとしながらその声を聞いた。逃げ出してサマートンの近くでルパートを待つ計画を練らなくてはならない。逃げる方向を判断できるように、通ってきた道を覚えておこうと思っていた。だがそれは難しかった。ひどく眠いうえに頭痛がするし、目のまわりがずきずきして不快だった。

「もうすぐ暗くなる」騎士は、彼女にウルフと名乗った男性に話しかけた。どうしてゲアハートと呼ぶのだろう？「お婆《ばあ》さんは今にも馬から落ちそうだ」口調に耳慣れない訛《なまり》があったが、不快なものではない。彼は馬上にいてさえ背が高いのがわかる。それにいかにも強そうだ。ウルフは黒髪だが、彼は金髪だ。

キットは、振り向いてブリジットがどうしているか見たい気持ちを抑えた。ウルフはすぐには答えない。年老いた乳母を道に転げ落ちるままにしておこうかどうしようか決めかねているのだろうか？

「すぐに止まろう」やっとウルフが言った。「ふたり先に行かせて、適当な野営地を探させろ」

ウルフが長いため息をついたのが聞こえた。ほんのちょっと遅れるだけでこんなにいらだつようでは、彼は少しでも早くロンドンに着きたいに違いない。騎士たちにも休息が必要ではないのか？　空腹ではないのか？　キットは彼の両腕にしっかり抑えられているのを感じた。彼は少しも疲れていないらしい。だがキットは疲れ果てていた。

彼の胸がとても安心できるように思われて、キットは身をすり寄せた。逃げ出してルパートと会えそうなところまで戻る計画は、あとで考えてもいいだろう。またうとうとしはじめた彼女は、ウルフの声で目を覚ました。

「昨夜、サマートンである女性と会った」

自分に話しかけているのかと思ってキットはびっくりした。しかし返事をする前に、さっきウルフに話しかけた男性がまた馬首を並べているのに気がついた。

「ほう？」彼は答えた。キットは彼をもっとよく見たくてたまらなかったが、相変わらず眠ったふりを続けていた。

「この娘をロンドンに連れていき、フィリップの件が解決したら、捜しに戻るつもりだ」

「その女性とは誰だ？」

「わからない。だが、彼女は……実に興味をそそる」何と表現していいか困っているらしい。

相手の騎士は笑った。「女性にそんなに興味をそそられているのははじめて見るぞ、いとこよ」ウルフは答えない。「何年も前から、女性たちはきみの足もとにひれ伏してきたのに、きみときたら――」

「今度は違う」ウルフはさえぎった。「不思議だ。

彼女は……ほかの女性とは違う」声に当惑したような響きがある。自分が彼にこんな影響を与えたと知ってキットは奇妙な満足感を覚えた。その一方で、ウルフが自分を捜しにサマートンに戻るつもりだと知って警戒した。彼はルパートのようにやさしくもないし魅力的でもない。

「彼女の名前は?」

「言おうとしなかった」

「それは有望だ」ウルフの眉が驚いたように上がったのを、キットはまつげのあいだから見た。「あの誘惑的なレディ・イーディスではなさそうだ」

「ふん」ウルフのもらした声を、キットは聞くというより感じ取った。

「この件が片づくまでにはあと何カ月もかかりそうだぞ、ゲアハート」相手は面白がっているような口ぶりだ。「それまで待っていると思うか?」

「待っていようがいまいがどんな違いがある? 彼女はわたしのものになる」自信たっぷりな口調にキットの満足感は消えた。何て厚かましいのかしら?

彼女は歯を食いしばって腹立ちを抑え、それ以上聞くのをやめた。こんなにうぬぼれの強い男はいない。たった一度キスをしただけで自分のものだと思うなんて。わたしのことをろくに知らないくせに! 知ろうともしないで見込みがあると思っているのだ。

「だが、誰だかわからないと言ったじゃないか」

「そうなんだ、ニコラス。名前を教えてくれなかった」

「もしかして、姿形を言ったらきみの小さなレディ・キャスリンが教えてくれるんじゃないかな」

「そうかもしれない」

きみのレディ・キャスリンですって! 彼はどれぐらいたくさんの女性とかかわったのかしら? キットはみぞおちに肘鉄を食わせてやりたい衝動をこらえた。鎖帷子をつけた彼にそんなことをしたら、肘に痣《あざ》ができるだけだ。

「きみは未来の妻のことよりウィンダミアに気持ちを集中するのがいちばんだと思う。だいいち、レディ・アンネグレットがいるじゃないか。彼女と結婚したら――」

「彼女と結婚だって？」ウルフは冷ややかに笑った。

「妻にするなんて言った覚えはない」

　ニコラスはくすくす笑い、そしてキットははらわたが煮えくり返った。わたしが湖で会った女だとわかったら彼は……。絶対に気づかれないようにしようと心に決めた。

「ああ、レディ・キャスリンが目を覚ました」キットが身動きするのを目にしてニコラスが言った。あんまり腹が立って眠っているふりをしていられなくなったのだ。「よくやすめたかい？」

「まあまあね」

「泥だらけの顔をしてぼろぼろの服を着ているからよくわからないが、きみの声は子供の声らしくないな。連れて帰るように言われた相手は子供だと思っていた」ニコラスは顔をキットに近づけて、汚れや痣を透かして目鼻立ちを見て取ろうとした。

「そのとおりよ。わたしは子供ではないわ」ニコラスの端整な顔を見つめながら、キットはいらいらして言った。

「立派な大人だと思ってほしいということか？」ウルフは信じられないというように笑った。

「あなたになんか、何も期待していないわ」キットは怒って言い返した。「いやだけど、ロンドンまで一緒に行かなくてはならないというだけよ」

「へえ、この旅がいやなのか？」ニコラスは笑った。

「ブリジットはどうしている？　きっと倒れる寸前よ。馬に乗るのに慣れていないんですもの」

「お婆さんは弱っている」ニコラスが答えた。「もうすぐ休憩して夜を明かす」

「どうやって無事に夜を明かすつもりなの？　このあたりを旅するのは危険だと言われているのに」

「いいか」あざけりを込めた口調でウルフは言った。「我々九人の強さを軽んじてもらいたくない」

「九人！　たった九人しかいないの？」

「九人でじゅうぶんだ。さあ、もう黙れ。無駄なおしゃべりはたくさんだ」

キットは、こんな粗野ないやな男に支配されるのが腹立たしかった。彼にはわたしに命令する権利などない。いくら怒らせてもかまわない。

少しして草に覆われた斜面に出ると、雨風をしのぐ場所を探すために先行したふたりの配下の者がいた。ふたりが見つけた開けた場所には、もう小さな焚《た》き火《び》が気持ちよくはぜていた。

キットはほっとして馬を降りるとブリジットの世話をしに行った。年老いた乳母は、日ごろから自分の痛みや苦しみを黙っているほうではない。だが今夜は何も言おうとしなかった。キットとブリジットが用を足すために木立のほうに歩いていくと、冷たい、きれいな流れがあった。ふたりはそこで心ゆくまで水を飲んだ。

「ああ、ああ、あなたの目は」キットの顔をしげしげと見て、ブリジットは言った。「洗ってあげましょう」

「いいえ、ブリジット。ヘンリー王のならず者たちと一緒にいるあいだは、汚くしていたほうがいいと思うの」

「ならず者ですって？」

「そうよ。粗野なならず者だわ」

「ああ、もちろん。フランスに行ったことがあって、宮廷をはじめすてきな場所をたくさん知っていれば誰だろうと粗野に見えるでしょう」

「からかわないで、ブリジット。経験も知恵もたいして必要じゃないわ、あんな男なら――」

「誰のことです？　サー・ゲアハートですか、統率者の？」

「彼のことを知っているの？」

「まあね、サー・クラレンスとサー・アルフレッドが少し話してくれました」ブリジットは、痛む背中を伸ばしながら言った。「眠らずに乗っていられるようにと思ったんでしょうね」

「たとえばどんなこと？」

「アルフレッドが言うには、サー・ゲアハートというとこのサー・ニコラスは、ドイツのある辺境伯の孫息子だと」

「ふん！」

「もっとも、ゲアハートはイギリスにも血縁があるのだそうですよ。ヘンリー王はあのふたりを非常に大切にしておられて、ロンドンに戻ったら爵位と領地を授けられることになっているそうで」

「噂《うわさ》を広めたのは当のふたりではないかと思うわ」

「そんなにばかにするなんて、あなたらしくないですよ、キティ」

「そんな出まかせをうのみにするなんてあなたらしくないわ、ブリジット」キットは野営地に戻りはじめた。「あの人たちは、わたしを連れに来た兵士にすぎないのよ。わからないのはその理由だけで、あとのことは明白だわ」

ブリジットは疑わしそうに首を振った。

「もうひとつはっきりしているのは、今のところルパートはわたしの居場所を知らないということよ。だからできるだけ早くこの状態を変えるつもりよ」

「どうすれば変わるんです？」

「まだわからないわ。ただ、わたしのことは心配しないで」

あたりはだんだん暗くなってきた。干し肉だけの夕食をすませると、男たちは焚き火のまわりに散らばって寝心地のいい場所に落ちついた。ウルフは木にもたれ、マントにくるまって目を閉じた。女性の軽いいびきさえまじる規則正しい寝息が聞こえる。娘はずっと前から身動きひとつしていなかった。

眠りかけたウルフは、焚き火の向こうでかすかに動くものがあるのに気づいた。娘が寝返りを打ったのだ。しかし、そのあとは静かにしている。あまりに静かすぎる。それに、気持ちよく眠っている姿勢のようには見えない。息を殺しているのがわかる。愚かな娘は逃げようとしているのだ。ウルフは警戒した。

彼女はゆっくりと体を起こし、あたりを見回して誰も目を覚まさなかったかどうか確認した。ふたりの見張り番を含め、誰も起きている気配はない。とうとう彼女は起き上がって低く身をかがめた。全身が影に入るまでそのままあとずさり、それから立ち上がって走った。

ウルフもすぐに立ち上がった。彼女の愚かしさが信じられない。いったいどこへ行く気だろう？　ウルフは見張りに合図を送ると、彼女の跡を追って音をたてずに茂みに入っていった。

大きな物音とくぐもった悲鳴が聞こえた。ウルフは足を速めた。ロンドンに連れていかなくてはならないのに、キャスリンは面倒なことを起こそうとしている。ウルフは彼女が落ちた崖《がけ》の縁に立って、浅い谷を見下ろした。暗くて谷底がよく見えないが、キャスリンは確かにここに落ちた。すると彼が来たのにまだ気づかないのだろう、声を殺して悪態をつくのが聞こえてきた。ウルフはおかしくなった。

「痛い！」立ち上がろうとすると、体重をかけた足首が痛んで、キットはまた倒れてしまった。「いまいましい！　足首をくじいたわ。これではどうしても――」

「足首を見せろ」横に下りてきたウルフが言った。

キットは悲鳴をあげて飛び上がった。「落ちつくんだ。わたしだよ」

「あなたですって？　誰よりあなたに会いたくないのに」彼女は叫んだ。その遠慮のなさにウルフは微笑した。宮廷にはこんな女性はいなかった。

「たぶん捻挫《ねんざ》だ」キットの足首を押してみて、ウルフはぶっきらぼうに言った。彼女は痛さにぴくっとした。「もう腫《は》れはじめている」

キットはうめいた。

「どうする気だった？」その声は間違いなく怒っている。彼は片腕を足の下に、もう一方の腕を背中に回してキットを抱き上げた。ぼろ袋のように肩に担ぎ上げられなかったことに、彼女はちょっと驚いた。

「真っ暗な森の中を走って無事ですむわけがない。しかも女で、おまけにきみのように未熟な人間が」

「へえ、そうかしら？」勝ち誇られるままになっていたくなくて、キットは軽蔑《けいべつ》を込めて言った。

足早に森を通り抜けながら、ウルフは首に回された彼女の手に力がこもったのを感じた。無意識のうちにどんなに完璧《かんぺき》に暗闇《くらやみ》で動けるかわたしはこの娘に見せつけようとしていたらしい。彼女には勇気がある。彼女が逃げ出そうとさえしなければマントにくるまってぬくぬくと眠っていられたはずだとは思ったが、その勇気には感心していた。彼女の指がうなじで動く。馬に相乗りしていたときよりもっと、香りがさわやかで快く感じられる。ウルフは危うく彼女を落としそうになった。

「ゆっくり行って、ゲアハート！」キットは厳しく命じた。「もう一方の足首までくじくなんてことといやだわ」

「わかった」自信たっぷりの生意気な女だと彼は思った。

ウルフがもとの場所に戻り、キットを膝にのせて木にもたれて座っても誰も何とも言わなかった。キットは逃げようとしたが、ウルフは鉄の枷《かせ》のように手首をつかんでいた。銀色に輝く目が、これ以上のいたずらはさせないぞという気持ちを込めてにらんでいる。

「夜通しそばにいてもらおう」

キットはあえぎ、声をひそめて言った。「冗談言わないで！　そんなばかなことできないわ！」

「逃げ出してどこかの穴に落ちて死ぬよりはばかなことではない」

ウルフはマントで自分と彼女の体を包むと、頭をそらした。そしてキットの頭を自分の胸に引き寄せ、太腿のあいだの地面に彼女の尻を落とした。彼女の体は思ったより柔らかい。もしかしたら自分でほのめかしたように、向こう見ずの子供ではなく、立派な大人なのかもしれない。

「絶対このままではいないわよ！」キットは立ち上がろうとした。しかしウルフは彼女のウエストを押さえて、鼻と鼻、胸と胸がくっつきそうなほど引き寄せた。

「このままでいるんだ」彼は歯をきしらせて言った。

男心をかき乱すような成熟したキットの胸のふくらみが、チュニックに押しつけられ、胸の先端が固くなっているのまで感じられる。ウルフは汚れて痣のある見苦しい顔に意識を集中しようとした。体が理性を裏切りそうで怖くなる。彼女の強情でかわいげのない気性だけを考えよう。

ウルフは自制心も人を見る目もある男だ。わからず屋で手に負えなくてかわいげのない、薄汚れた子供などに用はない。彼は見境なく女性に手を出すような男ではなかった。サマートンに戻って湖で会った女性を捜したほうがずっといい。アンネグレットのこともある。自分を傷つけるようなことばかりしたがる子供は必要ない。

キットは体をずらして適当な位置に落ちついた。顔が痛み、落ちたときに打った肩と腰がずきずきする。捻挫した足首は燃えるようだ。逃げる気はすっかりうせていた。だいたいこのいまいましい人でなしは、ちっとも手をゆるめないのだ。

3

ウルフはほとんど眠れなかった。キットは子猫のように丸くなってひと晩中ぐっすり眠った。彼女の動き、小さなため息やうめき、彼のマントを引っ張るしぐさなどがウルフには気になった。あの老女は何と呼んでいただろう？ 子猫《キティ》だったか？ ぴったりの名前だ。膝の上にうずくまっている彼女が満足そうにのどを鳴らす声さえ聞こえてきそうだ。これでは眠れたものではない。

昼ごろになると霧雨が降りだし、ウルフはますます気が沈んだ。彼はブリジットが楽についてこられるようにゆっくりと馬を進めた。老女はそれでもつらそうだ。「ニコラス」

やはり物思いにふけっていたいとこのニコラスが顔を上げた。

「見てやってくれ」ウルフはしんがりのほうをあごで示した。

キットはウルフの背中越しにそちらを見た。ニコラスがブリジットを抱き上げて自分の前に乗せ、マントでくるんでいる。キットはブリジットに親切にしてもらった礼を言おうかと思った。だがウルフの深い灰色の目が怖かった。見るからに機嫌が悪そうだ。そっとしておいたほうがいい。しかし、彼の前に座って厚いマントと体温に包まれているのは心地よかった。濡《ぬ》れた馬、毛織物、そして革のにおいは奇妙に心を落ちつかせる。

霧雨が本降りに変わっても、一行はカンブリアに向かって山の斜面を進んでいった。どうして西に向かうのかキットにはわからなかった。ロンドンはやや東に寄った南の方角のはずなのに。

「ずっと前から間違った方向に進んでいることがわかっているの、ゲアハート?」キットはみんなが呼んでいる名前で呼びかけた。

彼はただ荒々しくうなった。

「ロンドンに連れていくのだと思っていたわ」キットは言った。「回り道をすると義理の父が知っていたら、あなたがたと一緒に来るのを許さなかったはずよ」

「きみのためを思ってくれるとはいい父親だな?」

キットにはこの皮肉がこたえた。だがレディらしくない育ちを知られるのは自尊心が許さない。

「義理の父はわたしを、我が子同然に世話をすると母に約束したのよ。それでよくしてくれ――」

「実の子も殴るのか?」

キットは肩をすくめただけで答えなかった。

「きみはいくつだ?」

キットはためらった。とっくに結婚していていい年齢なのが恥ずかしい。それでも嘘《うそ》をつくのも気がとがめる。

「二十歳よ」とうとう彼女は言った。

「どうして結婚しない？　せめて婚約だけでも？」

確かに浮浪児のようなひどい格好をした女らしくない娘を進んで妻に迎える相手を見つけるのは難しい。それでも暴力を振るうほど腹が立つなら、サマズ男爵はどうしてサマートン荘園《しょうえん》においておいたのだろう？

「わたしは婚約しているわ！　そうね、ほとんど婚約しているようなものよ」

「何、どこかの田舎者が求婚したのか？」

キットはかっとなった。まるでわたしが結婚できるはずがないと言わんばかりだわ！

「その人はヘンリー王の騎士なのよ！」

「誰だ？」ウルフは王の騎士なら皆、知っている。

「ルパート・アイリースよ」

ウルフは大声で笑った。ルパート・アイリースは王に仕える若くて美男子の騎士で、宮廷のレディたちと浮き名を流しているのでよく知られている。次から次へと恋愛ざたを起こしているのだ。彼と婚約したとは、キットの思い違いに決まっている。ヘンリー王に忠誠心を持っているのは間違いないものの、破廉恥な女たらしだ。

「彼を知らないでしょう？」

「もちろん知っているとも」ウルフはいらだった声を出した。

「それで……？」

「有能な兵士だ」

「それだけ？」キットは憤慨して大声を出した。「有能な兵士ですって？　ノーサンバーランドではルパートが戦場で勇敢なのは有名よ」

「サー・ルパートはきみの顔を見たことがあるのか？」

「それがどうしたの？　当然見たことがあるわ。わたしたちは一緒に大きくなったんですもの」

「汚れてないときの顔という意味だ」

「汚れ……？　ああ」彼女はあごをわずかに上げた。「ルパートはわたしを妹のように知っているのよ」

ウルフはまた荒々しくうなった。

「ルパートは、宮廷からお暇が出たらすぐ迎えに来ると言ったのよ。いい、ゲアハート？」キットは真剣に言った。「だからわたしはサマートンにとどまっていたたったひとつの理由が彼だったのよ」振り向くと、ウルフの顔がすぐそばにあった。彼はまた顔をしかめている。

濃い黒いまつげに縁取られた灰色の目は何と美しいのだろう。キットは落ちつかなくなって、視線を彼の口もとに移した。

「我々は王のもとに行くんだ、レディ・キャスリン。ロンドンでサー・ルパートに会えるとは思わないか？」ウルフの声は厳しかった。彼女にじっと見つめられていたくない。女性としては率直すぎて、見つめられるとどぎまぎするのだ。

キットは首を横に振って目をそらした。「どうすれば会えるかわからないの。ロンドンは広いと聞いたし、ルパートはこの瞬間にもわたしに会うためにサマートンに向かっている途中かもしれないわ」

少なくとも前夜の振る舞いの説明はついた。だがウルフはわけのわからないいらだちを覚えた。イギリス一美しくて不実な女性でも意のままにできるルパート・アイリースのために、彼女が首の骨を折るほどの危険を冒してまで逃げようとするのは間違っている。

二カ月前にヘンリー王の衛兵たちは皆、自由にフランスから帰っていいことになっていた。ルパートが花嫁を持とうとサマートンに帰る気がないのはわかりきっている。彼にその気があれば、この純情な娘を迎えに行く役目が自分に回ってくるはずがない。

「ヘンリー王の衛兵で、今ごろ休暇中の者はない」ウルフは言った。確信はなかったが、レディ・キャスリンが逃げるのをあきらめるのなら、嘘をつく価値がある。

「本当なの？」

「たぶん」

「安心したわ」キットは言った。「それなら、彼とロンドンで会うことだけ考えればいいんですもの。間違いなくロンドンに行けるのならね。でも、どうして南に向かっていないのか、まだ聞いてないわ」

「ロンドンに直行するのではない」

「どこへ連れていくの？」

ウルフは質問されることに慣れていない。ましてみすぼらしいなりをした、生意気な小娘などに。彼はため息をつくとそっけなく答えた。「ウィンダミア城だ」

「ウィンダミア！　だって、それはカンブリアでしょう。何キロもあるわ！」

「わたしはウィンダミアをよく知っている」

「でもずいぶん時間がかかるわ。そしたらルパートは――」

「サマズ男爵のしつけ方にもいいところがあるとわかるようになってきたよ」

「なぜ先にカンブリアに行って、最後にわたしのところに来なかったの？」いらだっていることではキットもウルフに負けなかった。

「王の命令にそむくからだ」

「どうして？」

「王は言われた。できるだけ早くきみを保護しろと」

「でも、どうして？」

「少し眠れ」ぶっきらぼうな口調と、もう見慣れたしかめっ面からキットはこの言い合いが終わりなのだとわかった。

「でも、サー・ゲアハート」彼女はなおも言った。

ウルフのまなざしが厳しくなった。今はこれ以上きいてはならないとキットは悟った。


間の悪いことに、一行がウィンダミア城に着かないうちに雨の日は早々と暮れて夜になってしまった。ブリジットがこれ以上旅を続けられないのは明らかだった。ウルフは雨風をしのげる場所を探すために配下の者ふたりを先に行かせた。彼らはぬかるんだ谷間をすばやく抜けて山道を上り、姿を消した。

小さな村のはずれに〈曲がった斧《おの》〉という名の小さな宿屋があった。先行したふたりが見つけておいたその宿に着いたころにはあたりはすっかり暗くなっていた。使える部屋は三つあった。共通の談話室では温かい食事がとれてキットはありがたいと思った。冷たい食べ物ではとても満足できないほど空腹だったからだ。ブリジットは見るからに弱っている。パンとバターだけでなく焼いた鶏肉《とりにく》を食べて元気を取り戻してくれるといいのだが。

キットの足首は歩いても前ほど痛まなくなった。捻挫《ねんざ》ではなく打ち身だけだったらしい。一日中一歩も歩かず、鞍《くら》に座りっぱなしだったので回復が早かったのだ。夕食のあと、キットは慎重に階段を上ると、ブリジットをやすませた。長いあいだ冷たい空気を吸ったせいでブリジットの声はしわがれ、呼吸は荒く聞こえる。

「顔の泥を落としなさい」部屋に入るとブリジットは言った。「泥が筋になっていますよ。そんな汚い顔ではレディらしくありません」

「レディに見られたくないのよ、ブリジット」

「どうしてです?」

「顔を知られなければ知られないほどいいのよ」

「ドイツの辺境伯のお孫さんたちにということでしょう?」

キットは備えつけの浅い洗面器で顔を洗っているブリジットから顔をそむけた。

「あの孫たちがどうしたの？　とにかくルパートがロンドンで待っているのよ」ブリジットが咳《せ》き込みだした。キットはいらだたせたことを申し訳なく思った。

「持ってきたドレスを着なさいとは言わないけれど、せめて顔をきれいにして、目と唇を見せてくれませんか？　汚いままにしておいたら膿《う》みますよ」

キットはあきらめてしぶしぶ顔を洗った。唇の傷はほとんど痛まなくなったが、目のほうはまだひどく痛む。腫《は》れは少し引いたが、縁が緑色の痣《あざ》は濃い紫色に変わっている。

「あなたの目の色に合っていますね」ブリジットは冗談を言って、キットの肩を軽く抱いた。「サマズ卿《きょう》と奥方から逃げられて、どんなにうれしいかわからないでしょう」

キットはブリジットをちょっと抱き返した。ロンドンへの旅について話し合いたい。年老いた乳母は疑問に答えてくれるだろうか。「ブリジット、ヘンリー王はどうしてわたしを呼んだのだと思う？」

ブリジットはキットを見て今にも答えそうにしたが、顔をそむけた。「わたしは……よくわからないけれど、もしかしたら王様はあなたの両親をご存じだとか、そういうことではないでしょうか」

「あなたはそれ以上のことを知っているような気がするのはなぜかしら？」

「疑《うたぐ》り深いからでしょう」ブリジットは怒ったように背を向けてしまった。

これまで両親のことをあれこれきいても、ブリジットが満足のいく答えをしたためしはなかった。今度も同じだとキットは思った。


朝になってもまだ霧雨が降り続いている。キットは身震いした。ブリジットが馬に乗れるほど回復するまで旅は続けられない。ブリジットは夜通し咳《せき》をしていて、少しもよくなった様子がないのだ。キットは髪をきっちりと三つ編みにしてから古い茶色の帽子を目深にかぶってすっかり髪を覆った。そしてブリジットに寝ているように言って、短いマントを羽織って朝食に行った。

ほかのふたつの部屋に分かれているはずの男たちはひとりも見当たらない。宿屋の主人の妻だけが、粗末な身なりのキットに冷ややかに挨拶《あいさつ》した。

キットは宿屋の主人の妻の態度などどうでもよかった。ブリジットと自分のために粥《かゆ》を少しもらって、ウルフがどこに行ったか知りたいだけだ。彼が今日の旅程を決める前に話をしなくてはならない。

「サー・ゲアハートは厩《うまや》にいますよ」宿屋の主人の妻はそっけなく答えた。言えるものならあの立派な騎士に、こんな薄汚い娘は置いていけと忠告したいと思っているらしい。

キットは彼女にまったく関心を払わなかった。できるだけ早くウルフに会いたい。

ウルフはジェーナスの腹帯をしっかりと締め、あぶみがねを背中に渡して吊《つ》り下げた。目を上げると、レディ・キャスリンが近づいてくる。顔がきれいになっていて別人のようだ。

目のまわりの醜い痣とかさぶたのできた唇の傷を別にすれば、それはすばらしい顔だった。かわいらしいとか美しいとかいうのではないが魅力的だ。意志の強そうなしっかりした顔だ。片方こそ痣ができて充血しているものの、濃くて長いまつげに縁取られた大胆な緑色の目がまっすぐに彼の視線を受け止めた。そのうえでは形のいい眉が弧を描いている。頬骨は高く、格好のいい鼻とふっくらした唇が印象的だ。あごの真ん中がちょっとくぼんでいる。自分が見とれているのに気がつくと、彼はジェーナスに向きなおり、ゆっくりと息を吐き出した。ゆうべ眠る前に見た薄汚い浮浪児はどこに行ったのだろう?

どうして彼女は思ったとおりの子供でも、宮廷でよく見かけるレディのようでもなかったのか? そのどちらかのほうがはるかに扱いやすい。彼女はあんまり衝動的で予測のつかないことをしすぎる。何を考えているのか見当もつかない。しかも今、顔を洗ったところを見ると……。

「ゲアハート」彼女はまなざしと同じように率直に、堂々とした声で呼びかけた。

たった二日前に義理の父親に殴られていた意気地のない娘はどこに行ったのか。ウルフはジェーナスの脚を一本一本持ち上げて蹄《ひづめ》を調べ、彼女を無視しようとした。

「今日は行けないわ」いつものようなきっぱりした横柄な口調だ。

「ほう?」ウルフは抑えた声で言った。彼女と話すたびに冷静でいられなくなる。心を乱されないようにしよう。ウィンダミア城は近いのだ。

「ブリジットが病気なの。馬には乗れないわ」

「あと三十分ほどで出発する」ウルフの口調は厳しい。「何人かの者を先にやった。朝食がまだならすぐすませたほうがいい。この先食べる機会はない」

「でもブリジットは具合が悪いのよ! 雨の中を行けないわ!」

「彼女は行けるし、行ってもらう」ウルフは平静を装って答えた。「昨日のようにニコラスと一緒に乗ってもらおう。それともこの〈曲がった斧〉に残るかだ」

「わかってないのね! わたしはブリジットの面倒を見なくてはならないのよ」

「きみが? 逆かと思っていた。きみの面倒を見るために乳母がついてきたのだと」

「違うわ！　この何年か、ブリジットはわたしの世話は何もできなくなっているのよ。つぎを当てるぐらいで……」

ウルフの恐ろしい顔を見るとキットはことばを切った。

「そう、つまりブリジットは年をとって、前のようには働けなくなったのよ。わたしが赤ん坊のときから一緒に暮らしていて、母の遠い……」

ウルフは片手を上げて抑えた。「もういい！」

「親戚《しんせき》なのよ。あの人を……」

「やめろ！」

「あんな体調で旅をさせるわけには……」

「宿の主人の話によると、ウィンダミアはここからほんの二時間ほどの道のりだそうだ」いらだちをあらわにしてウルフは言った。「わたしが自分で彼女の様子を見て、行けるかどうか決める」彼は歩きだそうとした。だがちょっとためらってから、人さし指をひとことごとにキットに突きつけながら言った。「きみは文句が多いが、抑えるようにしたらどうだ。そうすればもっと楽に生きられるだろう」

キットはウルフを蹴飛《けと》ばしてやりたかった。しかし、そのとき彼は考えられないことをした。犬にでもするように彼女の頭をなでたばかりか、こう言ったのだ。

「もっとたびたび顔を洗ったほうがいいな、いたずらっ子。悪くない顔なのだから」

「何ですって、このいばりくさった腹黒い石頭の……」

だがウルフはもう歩きだしていた。

ブリジットは、キットと一緒に使っている部屋にいた。ウルフが部屋に入ると、年老いた乳母は前に置かれた鉢から湯気の立つ粥を食べていた。ウルフは歩きまわりながら乳母に容態をきいた。確かに顔色が悪く、ひどい咳をしている。キットの言うとおりにしようかとウルフは一瞬考えた。老女につらい思いをさせるのはしのびないし、容態を悪化させたくもない。しかしブリジットは、誰かと同乗させてくれるなら行けると言い張った。

それほど長い時間でもないのだから、大丈夫だろうとウルフも思った。だが、ふたりの女性の身を引き受けた自分の運命を呪《のろ》いたい気分だった。

「サー・ゲアハート」戸口に行きかけるウルフに、ブリジットはおずおずと呼びかけた。

彼は足を止めて振り向き、ブリジットの次のことばを待った。早く出発できるようにさっさと言ってほしい。

「キットのことですが、いい娘です。誰にも迷惑をかけるつもりはないんですよ」

「わかっている」ウルフは部屋を出ようとした。これまで見聞きした限りでは賛成できかねる。

「いいえ、わかっていないと思います」ブリジットは言った。「あの子は強くなる必要があったのです。そして自立しなくてはならなかった。誰も世話をしてくれる者がいなくて、しかもたびたび……」

「サマズ男爵に？」

老いた乳母はうなずいた。「キットは殺されそうになったことが二度あります。あの人が思いとどまったのは、キットなしには領地を運営していけなかったからです。それに、いつヘンリー王の騎士がキットの様子を見に来るかわからなかったので」

「騎士？」

ブリジットは再びうなずいた。

「ヘンリー王の？」

「サマズ男爵には、騎士が来る理由がどうしてもわかりませんでした。儀礼的な訪問に見せかけて、キットのために来るのではないかといつも疑っていたんです。必ずキットのことをきかれたから……」

「騎士が最後にサマートンに来たのはいつだ？」

「何年か前でした。新しいヘンリー王が使者を送られるとは思っていませんでしたが」

「それで領地はどうなっている？　レディ・キャスリンが管理を手伝っていると聞いたが」

「いいえ、手伝ってなどいません」ブリジットは答えた。

もちろんだ。さっきはブリジットの言ったことを聞き違えたのだろう。背を向けて部屋を出ようとしたウルフは、ブリジットの次のことばにぴたりと足を止めた。

「みんなあの子がするんです。管理を任されていたんですよ」

二時間ほどの旅のあいだ、キットは乳母の様子を見るために振り向いてばかりいた。早く着かないかといらいらしていた。ウィンダミア城の敷地に入ると、馬上でブリジットを支えているニコラスのところに飛んでいった。

「さあいいわ。わたしが助けるからブリジットを降ろして……」ニコラスはいとこをちらりと見た。ウルフは面白そうな、当惑したような顔で見ている。

ブリジットが馬から降ろされると、キットが支えた。

「楽にして……」彼女はまずニコラスを、それからウルフを見た。「それで？」彼女はじれったそうに言った。「手を貸してくれないの？」

ニコラスがすぐに馬を降り、ぜいぜいと息をしているブリジットを支えた。

「すぐによくなるわ。心配しないで」役割が逆転したかのように、キットは乳母をなだめた。ブリジットは確かにひどく具合が悪い。温めて休ませる必要があった。治療師か薬草使いを探そう。それを言おうとしているところに、先に着いてウルフたちを待っていたヒュー・ドライデンとチェスター・モーバーンが、中庭から出てきた。

「着きましたね」チェスターが言った。「伯爵は留守で、夜まで戻らないと女中頭が言っていました」

一行は中庭を通って本丸の石の階段のほうに歩いていった。キットはブリジットをかばいながらついていく。ブリジットを早く寝かせたくてたまらない。

「伯爵は留守ですが、女中頭のハンチョーが部屋と食事を用意しました。ウィンダミアの市が明日から始まるので、ほかにも客人が来ているそうです」

ウルフはほかのことで頭がいっぱいなのか、うわのそらに見えた。だが、彼とヒュー・ドライデンのあいだには口に出さなくても通じ合うものがあるようだとキットは思った。ヒューは主人にうなずきかけて、チェスターとともに厩のほうに歩いていった。

キットはブリジットを疲れさせないように、ゆっくりと慎重に歩いた。じれったくなったウルフはブリジットを軽々と持ち上げて歩調を速め、大広間に入った。

キットはウルフに感謝した。ブリジットは自力でとても歩けそうにない。階段や建物、周囲のすべてが巨大だ。

こんなところははじめてだ。ブリジットのことさえなかったら、中に入らずに広大な石造りの砦《とりで》をじっくりと見たかった。遠くで見たよりずっと堂々とした石の城壁も、ブリジットが心配でよく見なかった。吊り橋や落とし格子、堀なども見る価値がありそうだ。機会ができ次第近くでよく見ようと彼女は思った。

大広間の壁にはタペストリーがかけられ、丸天井からは色とりどりの旗が下がっている。壁にはいくつかの細い高い窓のほか、アーチ形になったいちばん高いところにステンドグラスの窓があった。曇った窓から差す午後の日の光で内部は暖かい。

旗や足もとに敷かれた藺草《いぐさ》をよく見たキットは、大広間が荒れているのに気づいた。テーブルの下やベンチの上に犬用にとっておいた食べ残しが腐っているにおいがした。ルパートと結婚して館《やかた》の女主人になったら、こんなだらしのないことはけっしてしないようにしよう。サマートンでしていたように蘭草はいつも新しくして、タペストリーは繕っておこう。そして花瓶や壺《つぼ》にいっぱいの花を挿して飾るのだ。こんな立派な砦が荒れているのは許せない。

「サー・ゲアハートですね？」こざっぱりとした灰色のドレスにエプロンをつけた、キットより年上の女性が近づいてきた。髪はすっかりかぶり物に隠れていて、白いものがまじっているかどうかわからない。目尻にちょっとしわのある顔は美しかった。

ウルフはうなずいただけだった。彼の様子に敵意が感じられたが、キットにはなぜだかわからなかった。女中頭の対応は悪くない。伯爵がいないのでウルフが怒っているとは思えない。訪問を前もって知らせてはいなかったのだ。それに夜には戻るという。ウルフにどんな用事があるか知らないが、夕食のあとでもさしつかえないはずだ。

「こちらへ。わたしはハンチョーと申します。ウィンダミア卿の女中頭です」彼女は不愉快そうに鼻にしわを寄せてブリジットを見た。

「あのう」また別の階段を上りながら、キットは言った。「ここに庭師はいるかしら？　薬草に詳しい人は？」

「どこが悪いんですか？」王の家臣の一行のひとりであっても病人は迷惑だという気持ちが表れている。

「のどが痛むだけでは――」

「咳の出る風邪よ。欲しいのは――」

「あなたは何者です？　王様の使者が護衛してこられると聞いたんです、レディ・キャスリンを……」ハンチョーは黒い眉をひそめて、キットをしげしげと見た。この服に顔をしかめているのだとキットは気づいた。顔だけはきれいにしておいてよかった。

「その人がレディ・キャスリンだ」ニコラスが言った。

「無駄口をきいている暇はないわ」キットはいらいらして言った。「庭師を連れてきて。でなければ、木花のくりんざくらの花びらと葉、それからアイリスの根が欲しいわ。熱冷ましになるものなら何でもいいけど……」

女中頭はさらにじろじろキットを見た。どうしても気に入らないらしい。「でも、お嬢様——」

「お願いだから言うとおりにして。わたしの乳母はとても悪いの。寝かせて看病しなければならないわ」暗い大広間を急いで通ると、やっとキットとブリジットの部屋に着いた。ハンチョーは、回廊の先を指さしてウルフとニコラスの部屋を教え、キットたちの部屋の扉を開けた。

暗い陰気な部屋だ。窓には全部鎧戸《よろいど》が下りていて、明かりといえばニコラスと女中頭がともした衣装箱の上のふたつの燭台《しょくだい》だけだ。ウルフは厚いベルベットの上掛けのかかったベッドにブリジットをそっと寝かせた。ベッドは同じくどっしりしたベルベットのカーテンで囲われている。ブリジットの容態はますます悪く、咳き込むあいだには苦しそうにあえいでいる。早く何とかしなくてはならない。キットはクッションを積み上げてブリジットをもたせかけ、呼吸が楽になるようにした。

「紫苑《しおん》とのこぎり草を飲ませるといいと思いますが」息づかいが少し静かになると、女中頭は言った。

「こちらの願いはわかりにくかったとでも？」ウルフの口調にはいらだちと怒りがこもっている。キットは彼が口をはさんだのをありがたいと思った。彼の脅すような口調に、女中頭はたちまち背を向けて出ていった。ウルフはこの城の何にこんなに敵意を見せるのだろう？　愛想のいい人間ではないことはわかる。それでもこの態度は少し度を超している。

「ありがとう」彼女はウルフに言った。

彼はわずかにうなずいた。目にはどきりとするほど深い苦悩の色があった。

「乳母は親戚なのか?」ウルフはきいた。彼が何かに苦しんでいるという印象は消え、冷静で落ちついた態度に戻っていた。

「ええ、でも遠いのよ。ブリジットは……郷士の出なの」いつもと違う目で見つめられて、キットは口ごもった。彼の唇に視線を移すと、その唇のぬくもりと味わいを思い出し、急にとまどいを覚えた。彼はとても魅力的だ。しかもブリジットを世話するのに手を貸してくれた。「彼女は、母のはとこなの。ラウス郡のコクランの……」

「言わなくていい」ウルフは片手を上げて止めた。「きみの一族のことはじゅうぶん知らされている」

キットの目に怒りがよぎったのにニコラスが気づいた。「もうきみだけで大丈夫だろう、レディ・キャスリン?」彼はすばやく口を出した。

キットはウルフを心の中で罵《ののし》り、ニコラスに答えた。「ええ、もちろんよ」

「それではあとで……」ニコラスはキットをブリジットのそばに残してあてがわれた部屋に引き取った。ウルフはもういなかった。

庭師が薬草学の知識のある神父と一緒にやってきた。アイリスの根と柳の樹皮を煎《せん》じたものを使うことに決まると、ファウラー神父は祝福と祈りとともにブリジットに飲ませた。処方が自分の考えと大差なかったので、キットは口出しをしなかった。

ふたりとほとんど入れ違いに、召使いたちが桶《おけ》に何杯もの湯を持ってきた。黒髪の若い召使いは暖炉の火に薪《まき》を足し、風を送って燃え上がらせた。

「ちょっと寒いですから」彼女は大きなベッドで眠っているブリジットをちらりと見た。「あのかたが温まれるようにします……湿気がなくなるように」

「ありがとう」キットは帽子を脱いで、編んだ髪をほどきはじめた。

「今夜は特別の晩餐会《ばんさんかい》があるんですよ」黒髪の少女が言った。「ハンチョーが言わないかもしれないと思って……」

「マギー！」年かさの娘が声をあげた。「ハンチョーのことをとやかく言っちゃいけないわ。もちろんレディにお知らせするつもりでしょう」

マギーは鼻を鳴らした。「アニー、知ってるじゃないの。あのずる賢い女はきれいなレディを困らせるのが何より好きだって」マギーは桶の湯を浴槽に注いだ。「覚えているでしょう、あの人がレディ・クラリスをどんなにいじめたか――」

「お黙り、ばかな子ね！　つまらないことを言うとためにならないわよ！　わたしまで困るわ」

「今言ったように」マギーは落ちついてキットのほうを向いた。「市が明日から始まるので、今夜は盛大なお祝いがあるんですよ。それでこのあたりの領主や名士たちがみんな来てるんです。奥方様たちも。あなたもいちばんいい格好をしたいでしょう」

アニーはほかの客人たちに配るリネンをまとめはじめた。「のっぽのローレンスが迎えに来ます」

「その目はひどいですね」キットの顔を見てマギーは言った。「すっかり緑色と黄色になってますよ。隠せないことはないでしょうけど……」

キットは首を横に振り、ひとりで湯浴《あ》みができるからと言って召使いたちを下がらせた。

ブリジットは安定した規則正しい寝息を立てて、ぐっすり眠っている。キットはゆっくりと湯につかり、旅の汚れを洗い流しながら召使いたちが言っていたことを考えた。

レディ・クラリスとは誰？　どうしてマギーの言ったことにアニーはあれほどあわてたのだろう。このウィンダミア城は奇妙なところだ。サマズ卿が毎日酔っ払い、その妻は近くに住む男たちや通りすがりの客人とベッドをともにしているサマートン荘園より、もっと奇妙かもしれないとキットは思った。

二日も馬に乗ったあとで湯につかれば気分がほぐれるはずだ。だが寡黙なウルフのことが気にかかった。灰色の熱い目でキットをとろけそうにするかと思うと、次には子供扱いして叱《しか》ったり非難したりする。

もしわたしが湖で会った女だと気づいたらどうなるかしら。二度といたずらっ子と呼ぶことはないはずだ。

どうしてあんなことを言うのだろう？　いばって子供扱いし、いたずらっ子と呼ぶなんて。あんな男に用はない、わたしにはルパートがいる。

ルパートは絶対にいばったりしない。穏やかで面白くて、いつもほほえんでいる。ウルフのようなしかめっ面はけっしてしない。キットを幼いころから知っていて、宮廷の女性たちのように洗練されていなくても満足している。キットは何年ものあいだ彼に恋をしていた。ロンドンに着き次第、彼を捜して結婚するつもりだ。彼との結婚という夢があるからこそ、サマートンで健全なままでいられた。何者もこの気持ちを変えることはできない。

キットが暖炉の前で髪を乾かしていると、ブリジットが目を覚ました。「気分はどう、ブリジット？」

「エドマンド・グリンコブのところの大きな牛のマティルダが胸にのっているみたいな気分ですね」

キットは笑った。「そうでしょうね。咳がひどくてぜいぜいいっているんですもの。でもわたしたちの治療ですぐよくなるわよ」

「あの人たちは何を飲ませたんです？」

「わたしだったら処方しないものは何もなかったわ」

「よかった。あなたがいないときはあの人たちを近づけないでください」ブリジットはのどをぜいぜい鳴らした。

「絶対そんなことはしないわ」

「わかっていますよ。キティ。ここに座ってちょうだい」ブリジットは布団をたたいて咳き込んだ。「よくなるまでしばらくかかりそうですよ」

キットは立ち上がり、ベッドの端に腰かけた。

「何言ってるの。すぐによくなるわよ。そしてロンドンに行けるわ」

「伯爵と一緒の晩餐会に出るなら、着替えなくてはいけませんよ」

「そうね」きちんとしたドレスを着なさいと言われると思っていた。ひどく顔色が悪くて弱っているブリジットに逆らう気にはなれない。

「濃い緑色のベルベットのドレスにしなさい」乳母は言った。「クリーム色のウィンプルをつけてね。よく似合いますよ」

「何ですって？　白いドレスでなく？」ブリジットはキットの母親のものだった優美な刺繍《ししゅう》のある白いドレスを何年も大事にとっていた。そのいちばんの晴れ着にしなさいと言わなかったのでキットは驚いた。

「白と金色のドレスはヘンリー王の前に出るときにとっておかなくてはなりません。いいですね」

「わかったわ、お母様」キットは笑い、着替えはじめた。「あなたがいいと言うときのほかは、白と金色の服は着ないと誓うわ」

「それから、おとなしくするんですよ」

「わたしがおとなしいのは知っているでしょう」キットは安心させようとして言った。

ブリジットは目を丸くしただけだった。

ウルフはフィリップ・コールトンをよく覚えてい

た。三十代後半だが前と変わっていない。相変わらずふさふさした口ひげと先のとがったあごひげをきれいに手入れしている。こめかみのあたりの毛には白いものが少しまじり、眉間《みけん》には深いたてじわが刻まれている。

残忍そうに唇をゆがめて笑うのも前と同じだ。昔は父が主《あるじ》だった大広間に落ちついて座っているのは難しい。煤《すす》けたステンドグラスや、太い樫材《かし》の梁《はり》から下がっているぼろぼろになった旗、その細かいところまですべて見覚えがある。今にも父が息子のジョンとマーチンを連れて狩りや村の用事から帰ってきて、大広間に入ってくるような気さえした。あのころわたしはまだ一緒に行くには幼すぎたのだ。

もっとも生々しいのは、中央の戸口からマーチンの柩《ひつぎ》が運び出されたときの記憶だ。地下室の納骨堂に運ばれていく真ん中の息子の遺体についていきながら、父はすすり泣く母を支えていた。表情のある母を見たのはあのときが最後だ。

一四〇一年の秋にドイツに行ったときの苦い思い出がよみがえる。マーチンの死後、母のマルグレーテは実家の両親のもとに帰ったまま戻らなかった。ある日バーソロミュー伯爵のもとに使者が来た。妻がブレーメンで病の床にあり、危篤と言っていいほど重態だという。伯爵は残されたふたりの息子を伴ってすぐにドイツに駆けつけた。

そのブレーメンに行く途中、暴漢の一団に襲われて、ほとんどが殺されたのだ。

ウルフは重傷を負った。それでも生きながらえたのは、弟を守ろうとして英雄的な最期を遂げた兄のジョンと、ウルフよりわずかに年上の従者の機転のおかげだった。

その従者がヒュー・ドライデンだ。彼はウルフの傷に応急処置を施したうえで近くの修道院に運び込んだ。修道士たちの手当てでウルフの傷は癒《い》えた。

だが額から目にかけての傷がいちばんひどく、跡が残った。何週間かたち、少年だったウルフとヒューはブレーメンに行ってマルグレーテとその両親に再会した。しかし、すでにマーチンの死によって絶望していた母親が立ちなおることはなかった。来る日も来る日も自分の部屋に座って中庭を見つめ、死の誘惑に浸っていた。たったひとり残った息子と再会しても何の変化も示さなかった。

父や兄たちが死んだ今、ウルフは新しいウィンダミア伯爵なのだ。しかしその称号を名乗ることはできない。一族の名は、イギリスでは完全に信用を失っている。証拠を見つけ出して一族の名誉を挽回《ばんかい》する任務はウルフの肩にかかっている。イギリスに戻るため、彼は母方の姓を名乗らなくてはならなかった。正体を知っているのはニコラス・ベッカーと従者のヒュー・ドライデンだけだ。フィリップの悪事の証拠を握るまで、彼は誰にも正体を明かすつもりはなかった。証拠を手に入れたときこそフィリップに本名を名乗り、正義がなされるのを見届けるのだ。

フィリップは不実な性格を父親のクラレンスから受け継ぎ、そのうえ父にはない邪悪な面も持っている。いつも年下の者や弱い者を陰でいじめていた。被害に遭った子供たちや、召使いの少女たちは誰も、思いきって年上の人間に打ち明けることができなかった。人に苦痛を与えることを好むフィリップの性癖をウルフは知っていた。一、二度痛めつけられたときの跡がまだ体に残っている。その後は彼に近づかないことを覚えた。

大広間にはテーブルが据えられ、女中頭のハンチョーの指図で召使いたちが料理を運んできた。城中の者や地もとの貴族とそのレディたち、そしてウルフの配下の者も全員大広間に集まっている。フィリップの若い妻が最近亡くなったと聞いたのをウルフは思い出した。彼女の死後間もなく宴会を催すのはフィリップが迂闊《うかつ》なだけだろうか。

ウルフはフィリップの本性を知っている。父親と共謀して自分の家族を殺した男だ。うわべは平静を装いながら、彼は込み上げる怒りと闘った。

「ヘンリー王が国中いたるところに使者を送るとは珍しいことではないか？」フィリップが言った。

「王の使者を迎えるのははじめてと言われるか？」ニコラスがウルフに代わってやり返した。彼はウルフが怒りと闘っているのに気づいていた。

フィリップは、王からつかわされたふたりの長身の騎士を疑わしげに見た。ゲアハートと呼ばれるほうの銀色にきらめく灰色の目にはかすかに見覚えがある。「前にもあったと？」

「そう、もちろん」ニコラスは答えた。「王が使者を送る領域を広げられたというだけのことだ。長いあいだ外国に行っておられたから、使者を送らなくてはわからない――」

このとき、背の高い下僕に伴われてキットが大広間に入ってきた。ニコラスは言いかけたことを途中でやめた。ウルフは聞いていなかった。キットがあまり変わったので呆然《ぼうぜん》としていたのだ。頭を緑色の縁取りのある柔らかなクリーム色のウィンプルですっかり覆っていたが、ドレスを着ている。首から爪先まで届く濃い緑色のベルベットのあっさりした上品なドレスで、袖《そで》に施された刺繍が手の込んだ見事なものだということはウルフにもわかった。

体つきはドレスの上からはほとんどわからないが動作は優美だ。きれいに洗われた両手は小さくて華奢《きゃしゃ》だ。顔の傷もよくなっている。エメラルドグリーンの率直な瞳は変わっていないのが、ウルフには不思議なほどうれしかった。ウィンダミア城の大広間の客人にふさわしいまなざしだ。

レディ・キャスリンは公爵夫人のように堂々としている。ウルフは心のどこかでそう思っていた。

4

ウルフはものを言う気力を取り戻して、キットをフィリップに紹介した。彼女は威厳のある様子でフィリップに会釈し、差し出された腕を取って上座に向かった。客人は伯爵が席について食事が始まるのを待っている。

「こんなに美しいかたを我が大広間にお迎えできて、まことにうれしい」キットの右隣に腰を下ろしながらフィリップは言った。

ウルフとニコラスは少し離れたところに座った。痣《あざ》の残る目もとと傷跡のある唇。キットは小さくてひ弱に見えた。フィリップが餌食《えじき》として好みそうな相手だと思うと、ウルフの体はこわばった。

「このウィンダミア城にこんなに魅力的な客人が見えたのは久しぶりだ」フィリップの声がウルフの耳に届いた。

「奥方のことでは、お悔やみ申し上げる」領主のひとりが言った。

「まあ、伯爵」キットは眉を寄せてフィリップを見た。「奥方様は最近……亡くなられたのですか?」

「ああ。クラリスはこの十一月に亡くなった。かわいそうなことをした」

クラリスという名前は矢のようにキットの胸を刺した。マギーはその人のことを何と言ったのだったかしら?

フィリップはまったく感情を見せず妻の死について語っている。キットにすっかり心を奪われているようだ。若い妻がたった半年前に亡くなったというのに、悲しげなため息ひとつもらさない男がどこにいるだろう。それどころかフィリップは、キットの言うことに聞き入り、手を放そうとさえしないのだ。

「何てお気の毒なのでしょう」気を取りなおしてキットは言った。「急だったのですか?」

牛肉や鶏肉《とりにく》ののった盆と一緒に、木皿がやっと運ばれてきた。食事が始まり、フィリップはしぶしぶキットの手を放した。ウルフは妻を亡くした伯爵を気づかうキットの表情に気づいた。初対面ではフィリップの本性がわかるはずはない。それでも彼女がフィリップに同情しているのは腹立たしかった。

「いや」フィリップは答えた。「妻はしばらく前から病気だった……腹部の悪い病気だ」彼は手にしていた骨つきの肉を振ってその話題を退けた。それがキットにはひどく冷淡に思えた。もっと悲しそうな顔をしてもいいのに。ウィンダミア伯爵は冷たい風変わりな人間だ。彼女はかすかに眉を寄せた。

近くのテーブルの客人のほとんどが、レディ・キャスリンがフィリップの関心を独り占めにしているのに気づいていた。彼女の目もとの痣は故郷のノーサンバーランドを出発する前の事故によるものだという。なぜロンドンに行くのか、ヘンリー王とどんなつながりがあるのか正確に知る者はいない。それなのに王が彼女を後見し、夫を選ぶつもりだろうという憶測が広まった。

ウルフはあえて何も言わなかった。彼女が宮廷に呼ばれたわけは自分も知らない。それに、その憶測は彼女には好都合だ。確かなことは誰にも知られなければ知られないほどいい。特にフィリップには。

フィリップはとうとう部屋までついてきた。キットは疲れ果てていた。好色なしつこい伯爵が腕を放して部屋に入ることを許してさえくれたらほかには何も望まない。晩餐《ばんさん》のあいだ中つきまとわれ、今もエールのにおう息がかかるほど顔を近づけている。

キットはこの城の客だ。それにおとなしくするとブリジットに約束している。だから強引にウエストに腕を回され、汗ばんだ手で腰をなでられても、足を踏みつけることも下腹部に膝蹴《げ》りを入れることもしなかった。「かわいい人だ」彼はつぶやいた。

「伯爵、放してください、さあ」

「きみが気に入った、キャスリン」フィリップは語尾を延ばして言った。「若さは魅力的なものだ。どうすればきみを得られるか――」

キットは彼の手をぴしゃりとたたいた。もっと手ひどくこらしめてやらなくてはと考えていたとき、回廊の向こうに突然ウルフが現れた。一本の蝋燭《ろうそく》を掲げ、いくらか千鳥足でちょっと卑猥《ひわい》な鼻歌を歌っている。近づいてくると、重心を失って伯爵の肩に突き当たった。そのぶざまな様子にキットは驚いた。

「これは失礼」ウルフはろれつが回らない。「まったくいいワインで、すっばらしい宴会だった」

「下がれ！ 見苦しい間抜けめ！」

「お願いです、伯爵」キットはフィリップが短剣を抜く前にふたりのあいだに割って入った。部屋の前で切り合いなどされてはたまらない。伯爵の怒りをどうしたら静められるだろう。夢中で彼女は言った。「わたしの護衛の者はただすばらしいワインとおもてなしを楽しみすぎただけで……。わたしが部屋まで連れていくのをお許しくだされば、これ以上見苦しいところをお見せすることもないかと」

キットはウルフの手から蝋燭を取ると、腕を引っ張った。

「行きましょう、ゲアハート」そしてフィリップに言った。「おやすみなさい、伯爵」キットはふらつくウルフの腰に腕を回して支え、回廊を進んでいった。ちらりと振り返るとフィリップがついてきていないのでほっとした。「気取り屋のばか」彼女は小声で言った。

キットには、ウルフの大きな体をこれ以上支えていられなかった。彼の部屋がすぐ近くならいいが、遠かったら、回廊の床に放《ほう》り出さなくてはならなくなる。

「部屋はどこなの、ゲアハート?」

「ここだ……いや、ひょっとしてもっと先か……」

ウルフは重い体をあずけてくる。ふたり一緒に倒れてしまいそうだ。「きみはまた薔薇《ばら》の香りがするな、いたずらっ子」そう言って彼は少しよろけた。

彼が薔薇の香りに気づいたことにキットはびっくりした。いつも薔薇の石鹸《せっけん》で体を洗うのだが、ほのかな香りなので、誰も気づかないと思っていた。

「この部屋だ」ウルフがよろよろともたれかかると、扉は重みで内側に大きく開いた。どちらも転ばなかったのは奇跡だ。キットは自分がウルフの腰に腕を回しているのではなく、今は彼の腕が自分の腰に回されているのに気がついた。酔っているのに、ウルフは転ばないように支えていたのだ。キットの息づかいは速くなった。ウルフの頭が下がってきて、唇が危険を感じさせるまでに彼女の唇に近づき、ほとんど触れそうになった。キットは、心とは裏腹に彼に応《こた》えそうになる自分を抑えられなくなった。良識あることとは思えない。だが彼の唇に触れられ、もう一度感じたい。

蝋燭から熱い蝋が溶けて手に落ち、キットは飛び上がった。我に返って急いでウルフから離れた。

「もう大丈夫でしょう? それとも誰か呼んで、助けてもらう?」キットは少し息を弾ませていた。

「どうして助けなんかいるんだ?」酔った口調はみじんもなくなっている。

「どうして……。全然酔っていなかったのね?」キットはきいた。ウルフの目には面白そうな色がある。からかわれたのだと気づいた。

「もちろんだ、いたずらっ子。そんなに飲んじゃいない」自分でも当惑しているように彼は言った。今までどんな場合でも酔ったふりなどしたことはない。フィリップがキットを大広間から連れ出したとき、跡をつけなくてはならないと思った。自分には彼女を守る責任がある。晩餐のときのいとこの好色そうな目つきからして、暗い回廊でふたりきりになったら安全なはずがない。

「どうしてあなたは……。この嘘《うそ》つき！」キットは叫んだ。彼に投げつけてやりたいことばを探したが、見つからなかった。くるりと背を向けて、暗闇《くらやみ》に彼を残したまますっさと部屋を出た。

自分の部屋に入ると、ブリジットが眠っていることを考えて扉をたたきつけたい気持ちを抑え、そっと閉めた。鼓動が耳に響く。ウルフにキスをされたらどうなっただろう？　一度キスをしただけで湖で会った女性だとわかっただろうか？

暗がりに立ちつくして思い悩んでいたキットの口もとに、ゆっくりと微笑が浮かんだ。ウルフの酔っ払いのふりを思い出したのだ。おかげで助かった。ウルフが邪魔をしなかったら伯爵の思いどおりにされたか、または気まずくなるようなことを自分がしたかのどちらかだ。ウルフのおかげでどちらも選ばないですんだ。あの助け方は完璧《かんぺき》だ。もしかしたらまるで面白みのない人間でもないのかもしれない。

キットは髪を隠していたウィンプルを取った。あれは計略だったのだろうか？　それとも伯爵に言い寄られているのを見て、衝動的に助けなくてはと思っただけ？　ブリジットの横に腰を下ろし、熱っぽい額に手を置きながらもその疑問が頭から離れない。これまで助けてくれようとした人間はいなかった。ルパートでさえ。

火格子の火はほとんど消えていた。キットは蝋燭の明かりを頼りにドレスを脱ぎ、薄い白い服に着替えた。部屋は暗いが、向こうの隅に小さなベッドがあるのは知っている。ブリジットを起こさないようにあそこで寝よう。蝋燭を取ってそちらを向いたとき、闇の中で奇妙な物音がした。キットは立ったまま耳を澄ませた。耳ざわりな笑い声が聞こえた。不気味な声だ。

「あの雄鶏《おんどり》はねぐらを飾るのにまたきれいなかわいい雌鶏《めんどり》を見つけたのか！」キットは蝋燭を掲げて部屋を照らした。暖炉の前が少し明るくなり、声はそこから聞こえてくる。怖くてとても近づけない。ブリジットの寝ているベッドのそばに戻った。予備の枕《まくら》の下にナイフが隠してある。侵入者の目的はわからないが、ナイフで自分とブリジットを守ろう。

「あなたは誰？　何が目当てなの？」

「今度はあの狼《おおかみ》が、鳥に襲いかかって夕食にしようとしているんだろう」

眠っているブリジットが小さくうめいた。その声に、キットは死ぬほどびっくりした。

「ばかなことを言わないで！　明るいところに出てきて顔を見せてよ」顔を見るのなどごめんだが、勇気を奮って対面しなくてはならない。

腰の曲がった小さな人影が火のそばを離れ、キットが蝋燭を置いた衣装箱に近づいた。明かりの前で足を止め、こちらを向いた。粗末な黒い服を着た、腰の曲がったただの老婆だ。

「あはん！　あいつが落ちぶれるのを見られたらどんなにうれしかろう！」老婆は上機嫌で拍手した。

「あなたは誰？」キットは声をひそめてもう一度きいた。

「わたしかい？」自分を知らない人間がいるとは信じられないというように、老婆はキットを見た。

「ウィンダミア伯爵夫人だよ」彼女は頭をそらして声をたてずに笑った。その奇怪な笑い方に、キットの背中に悪寒が走った。

「わたし……伯爵夫人は去年の秋に亡くなったと聞いたわ。あなたが……伯爵夫人のはずがない。幽霊

「おまえの狼は必ず必要なものを探し出す。時間があって探す場所さえわかれば」

「わたしの狼――」サー・ゲアハートのことを言っているのだ。彼はけっして自分をウルフと呼ばせないのに。「誰のこと？　何を言っているの？」

「銀色の目。黒いたてがみ。正統の伯爵」老婆は、口ずさむように言った。

「サー・ゲアハートのことなの？」

「ああ、そう呼ばれているのかい？　バーソロミューとマルグレーテの息子が？　とうとう生まれながらの権利を取り返しに来た」また声をたてずに異様な笑みを浮かべた。

ようやく老婆は背を向けると、影の中にひょこひょこと入っていき、そのまま姿を消した。

動くのが怖い。キットはしばらくそのままでいた。こんな奇妙な体験は生まれてはじめてだ。どう考えたらいいかわからない。あの老婆は消えうせたの

なの？」

老婆はまた悪魔のように笑った。キットは震えた。確かにクラリスの幽霊だ。

「アガサだよ」

「何ですって？」キットはすっかり当惑した。

「わたしだよ、わたし！　わたしはアガサだ。泥棒のクラレンスの妻さ」

「クラレンスって？」ますますわけがわからなくなってキットはきいた。

「今ウィンダミアでわがもの顔をしている、みえっぱりのフィリップの父親だよ」

キットは混乱して頭が痛くなった。「何が言いたいの？」

「気をつけるんだよ。あいつは雛《ひな》を産む雌鶏が必要なんだ。前の雌鶏はひなを産まなかった」

「何を言っているのかわからないわ！　わかるように言ってくれない？」

か？　どこから出ていったのだろう？　扉は開いていなかったたし、窓から出ていったはずもない。キットはやっと勇気を振り絞って燭台《しょくだい》に近づき、火をともした。やはり老婆はもういなかった。

キットが眠りに落ちるまでにはかなりの時間がかかった。明け方にブリジットの咳《せき》とのどをぜいぜい鳴らす音で目を覚まし、薬を飲ませるために起きると、あとはもう眠れなかった。寒かったので火に薪《まき》を足し、前夜のできごとに頭を悩ませながら部屋を行ったり来たりした。

あの老女の来訪はどういうことだったのかはっきりしない。アガサだと言っていたが、どういうことだろう？　先代の伯爵がクラレンスで、自分はその夫人だとアガサは言った。それが本当なら、どうして夜中にふらふら歩きまわるのか？　現れたかと思うと煙のように消えたり、気がふれたようにわけのわからないことをぶつぶつ言ったりするのか？　あの自尊心の強い伯爵がなぜ母親に粗末な身なりで歩きまわり、城の客人を悩ませるのを許しておくのだろう？

キットは鎧戸《よろいど》を開けた。まだ夜明けだ。雨は夜のうちに上がり、気持ちのいい春の日になりそうだ。薄もやの中で木の幹は黒っぽく、葉はいっそう緑が濃く見えた。遠くの草原は、見慣れたものよりもっと青々としている。耕作地がきちんと並び、かなり大きな町が遠くに見える。美しい土地だ。

キットは洗面器に水を入れて顔を洗いはじめた。そのとき小さな灰色の鼠《ねずみ》が部屋を横切り、天井から床まで届く大きなタペストリーの下に消えた。今までこのタペストリーにはたいして関心を払ってなかった。年を経て黒ずみ、模様の細部がぼやけていてよく見えないのだ。

鼠の穴をふさがなくてはならない。キットは壁に近寄るとタペストリーを一方に寄せて、穴を探した。すると鼠の穴ではないものが見つかった。ただの石壁のように見せかけて、蝶番《ちょうつがい》つきの扉が隠されていたのだ。石の扉にはちょうど二本の指が入るぐらいの小さな丸い穴が開いている。キットが指を入れると掛け金が音もなく押し返され、扉が重々しく開いた。

奥は湿っぽくてかびくさい通路だ。暗いので、キットは燭台に火をともし、毛布を身にまとって入っていった。すぐ狭い螺旋《らせん》階段になった。キットは階段を上りはじめた。果てしがないと思ったとき、不意に階段は終わって、さっきとそっくりな石の扉が現れた。掛け金をはずすと、そこは巨大なタペストリーの裏側だった。キットは音をたてないように気をつけながら横からのぞいた。間違いなくレディ・アガサの寝室だ。

キットの部屋にあるのと同じ重厚なカーテンをめぐらしたベッドで、老女が高いびきをかいている。キットが持っている燭台の明かりが壁や床に長い影を投げかける。キットは用心しながら部屋に入った。

それでも体を隠せないうちにアガサの黒い目が開いた。「ほう、ほう」

「はい、あのう、わたしは……あなたがどうやってわたしの部屋に来られたのか不思議で……」キットはぎこちなく言った。前夜、老女のほうが先に侵入したのに、自分が侵入者のような気がした。

「おまえを待っていた」

「わたしを？」

アガサはベッドの上に起き上がり、肩をすくめてにっと笑い、歯のないピンク色の歯ぐきをむき出した。「おまえをだよ、もちろん」

アガサはベッドから下り、うなずきながら窓に近寄った。そして鎧戸を片側に寄せ、三階下の中庭を見下ろした。庭には誰もいない。彼女は満足そうな顔をした。そして部屋を横切って小さな木の足台を取り上げ、窓のそばに運んだ。キットに片目をつぶり、足台に上がった。窓から手を伸ばして外壁から煉瓦《れんが》をひとつはずそうと躍起となった。

「わたしにはできない。おまえがはずすんだよ」

「何を？」

「あの煉瓦だよ！」アガサはじれったそうに叫んだ。

「あの煉瓦だってば！　彼が必要な――ああ！　さあ、手をお出し」彼女はキットを足台の上に立たせ、窓から手を伸ばさせた。「そっと引っ張るんだよ。おまえの手なら届くはずだ」

　キットは不快になってきた。この部屋になど上がってこなければよかった。言われたとおりにしたものの、こんなことをして何になるのかと思わずにはいられない。手を引っ込めようかと思ったとき、ゆるんだ煉瓦が手にさわった。

　キットは煉瓦を引き出して、振り向いてアガサに差し出した。

「それだ！　それだよ！　あの雄鶏は昼食の焼き肉になる！」

　キットはまた壁のくぼみに手を伸ばした。粗い布に包まれた、大きめの硬貨のような硬くて重い金属が手にさわる。取り出してみると凝った作りの大きな指輪だ。羽をいっぱいに広げた孔雀《くじゃく》の印章が彫ってある。

「これは誰の印章なの？」

「バーソロミュー・コールストンの印章さ。あるときは紛失し、あるときは盗まれた。また新しく作るしかなかったのだよ」

「わけがわからないわ、お婆《ばあ》さん。もっとわかりやすく言ってくれない？」

「それをあの狼にお渡し。そうしないとおまえに災いが降りかかるよ」

　キットはとうとう我慢できなくなった。「この小さな宝物は戻しておいたほうがいいと思うわ」彼女は印章を壁のくぼみに戻した。老女がこれをフィリップから隠しておく理由はどうでもいい。ふたりの争いに巻き込まれたくはない。

「いけない！」アガサは鋭い声を出した。「それを持っておいき！　隠しておいて、あの狼だけに見せなさい」

「お願い、レディ・アガサ」印章をまた手に取りはしたが、キットは言った。「あなたと息子さんだけの問題にかかわりたくないのよ。わたしは……」

「あの禿鷲《はげわし》をわたしの息子だなんて言わないでおくれ！　血などつながっていない！」

「何でもいいわ。これが印章ならあなたから彼に返したほうがいいのではないの？」印章を渡そうとしても、アガサはキットの指を押さえて開かせない。

「どうしてわからないのだい？」アガサはがっかりしたように言った。「それを持っておいき！　隠しておきなさい！　どうすればいいのかは狼が知っている」

キットはため息をついた。印章を持ったまま燭台を取り上げて、肩を毛布でくるんだ。「わかったわ、レディ・アガサ」キットはしぶしぶ言った。「そうするわ」秘密の扉のほうに行きかけて振り返ると、レディ・アガサは満足そうにしていた。

「何年も待っていたんだ。ロンドンでトミー・タトルを捜すよう狼に言うんだよ。彼がもっと詳しく教えて……」

「トミー・タトルって、誰なの？」

アガサはまた声をたてずに笑っただけで、答えはなかった。「この通路のことを誰にも言ってはいけないよ」老婆は警告した。

キットはアガサに背を向けてタペストリーの後ろに回り、石の扉から出た。数分後には自分の寝室のブリジットのかたわらにいた。この部屋を出ていったことなどなかったような気さえした。

キットはフィリップたちと一団となって町に出た。唇の傷はかなりよくなり、馬上から見る市の光景や音に満面の笑みを浮かべた。目のまわりの痣は薄い黄色になり、前日よりはるかに目立たなくなった。馬はフィリップに借りた。ドレスを着ているので横座りに乗らなくてはならないが、それでも戸外を動きまわるにはもってこいの気持ちのいい天気だった。

キットはサマートンを出たことがなかった。サマートンで開かれる市は、小規模で地味なものだったから、ウィンダミアの市には目を見張った。フィリップの領地では何もかも大がかりで贅沢《ぜいたく》だ。町はすばらしい。さまざまな音や色彩にあふれ、音楽と娯楽でいっぱいだ。食べ物のにおいには口中に唾《つば》がわいた。露店のあいだをはしゃいで走りまわる子供たちの姿には心が浮き立った。

豪勢な身なりのフィリップはキットと並んで馬を進め、ウルフはニコラスやヒューや二、三人の供と一緒に少し離れてついていった。キットは町民や小地主たちが自分たちから距離を置くようにしていることに気づいた。人々は視線を下に落とし、口をつぐんでいる。そしてフィリップが通り過ぎると、手で口を隠してひそひそとささやき合うのだ。

ウルフも人々の敵意を感じ取った。爵位と領地を奪い返したとき、フィリップの悪行の跡を立てなおすのは大変な仕事になるだろう。フィリップのことだ。数々の残虐な行為をしたに違いない。

キットはフィリップの手を借りて馬から降りた。革細工のベルトや袋物を売っている露店のほうに歩いていくふたりをウルフは見ていた。昨夜から彼女とは話していない。いつもはうるさいと感じているおしゃべりを聞きたいと思っていることにウルフは気づいた。彼女は今日も髪をウィンプルで隠し、袖《そで》が長く下がったワイン色のドレスの上にマントを羽織っている。女らしい体の線がうかがえ、彼女が子供でないのはいよいよ確かだ。

　昨夜、ウルフは彼女にキスをしたいという強い衝動に駆られた。キャスリンはサマートン湖の金髪の女性以上に心をそそられる存在だった。昨夜のように腕に抱くことを考えただけで胸がどきりとした。ウルフは顔をしかめた。彼女は自分とはかかわりのない女性で、ルパート・アイリースのものだ。自分の任務はロンドンに連れていくだけで、それ以上何もない。

　ウルフにはうれしいことに、キットはフィリップと連れ立って歩くことを少しも喜んでいないようだ。彼女はしょっちゅうフィリップのそばを離れて一行のほかの領主やレディたちに寄っていく。フィリップはそのたびに腕を取って引き戻そうとした。

「いとしいレディ・キャスリン」フィリップは言った。「おいで、この先にある店に行こう」

　ぬかるんだ道を二、三人の少年たちが大きな丸い石を相手に取られないように蹴りながら走ってくる。遊びはだんだん乱暴になっていき、ひとりがよろけた。足を滑らせて大きな水たまりに踏み込み、うっかりキットに泥をはねかけてしまった。

　フィリップは激怒した。少年に平手打ちを食わせると、容赦なくその耳をつまみ上げて、寄ってきたラムジーという名の恐ろしい顔つきの家臣に引き渡した。まだ十歳ほどの少年は泣きだした。

「お、お願いです、伯爵様」少年は泣きながら言った。「ごめんなさい。ぼく……ぼくはあんなことするつもりじゃ……」

「この物乞《ご》いめ！　はりつけにしてやる。おまえを産んだ、けしからん薄汚い貧乏人どもを……」

　フィリップの振る舞いはひどすぎる、ウルフは腹が立った。確かにキットのマントにはかなりの泥がはねていたが、フィリップは少年を手ひどく打ったのだ。それほどまでにする必要はない。町の人々の反発を買うだけだ。噂《うわさ》はあっという間に広まるだろう。

「こいつを罰してくれる！　柱に打ちつけろ！　いいか！」フィリップがわめくと、また人相の悪い家臣がふたり、少年に近づいた。

「どうする？」ウルフの怒りを察して、ニコラスがきいた。

「くそっ！　何もできない」ウルフは両の拳《こぶし》を握って立ちつくした。

「きみが邪魔をしたら、フィリップは腹を立てるだろう。そうしたらヘンリー王は――」

「それがわからないとでも思うのか、ニック！」しかし、何とかしてフィリップが少年を罰するのを止めなくてはならない。このままでは少年は耳や手足を柱に打ちつけられてしまう。何とかしなくては。

「お慈悲を！」キットが割って入った。彼女は少年の肩に腕を回して抱き寄せ、フィリップの衛兵たちに連れていかせまいとした。「お願いです、伯爵！　待ってください！」彼女は哀願した。

キットは服を汚されても少しも気にせずに身をもって少年をかばい、フィリップの衛兵を恐れていない。ウルフはその場を見守った。伯爵の配下の者が何人か追いついて興味深く見ている。

「伯爵、被害に遭ったのはわたしですから、罪人を罰するのを任せてくれませんか？」

「罪人？　こいつをただの罪人だと？」フィリップがあざけった。「こいつは悪者だ。処刑しなくては」

「お願い、伯爵……」キットは内心とは裏腹のやさしい声で言った。フィリップの目の邪悪な光は、自分を打とうとする義理の父親の目を思い出させた。胸がどきどきしたが勇気を奮い起こして続けた。

「この子の罰はわたしに決めさせてください」

「どうしていけないんです、伯爵?」そう言ったのは、伯爵の配下の者だ。

「そう、面白い。レディ・キャスリンにその子の罰を決めさせましょう」

フィリップは手を振って、衛兵たちを下がらせた。

「どんな罰を考えている?」フィリップはきいた。

彼は風向きが変わったのを悟って同意したように見せかけてはいるが、鼻孔がひくひくと動き、上唇が震えていた。穏やかな口調にキットはだまされなかった。何といやな男だろう。

キットは少年と向かい合い、やさしい表情で少年を落ちつかせようとした。それでもフィリップの前では厳しくしてみせなくてはならない。

「この子は無防備なレディを困らせたわ」彼女はきっぱりと言った。「だから小姓として供をさせるわ。荷物を持ったり、使いに行ったり、わたしのわがままな言いつけに従うのよ」賛成の声が広がった。少年の罪がはりつけに値すると思っている者はほとんどいない。「こんないい日に子供は遊びたいに決まってるわ。じゅうぶんな罰になるはずよ」

フィリップの決断を待つあいだ、キットは息を詰めている。ウルフはなぜか胸が締めつけられるような気がした。

「そうするがいい!」やっと、フィリップは言った。「めそめそするのはやめろ。そして、言われたとおりにしろ!」

キットの胸は、フィリップに聞こえそうなほどどきどきしていた。「ありがとうございます、伯爵」

彼女は息を吐き出した。そして、少年の肩に回した腕にちょっと力を込めてから離し、名前をたずねた。

「アルフィーです」とても小さな声だ。「アルフィー・ジュヴェット」

「よろしい、アルフィー。最初の仕事はこの泥を落とす手伝いよ。さあ、わたしをあなたのお母さんのところに連れていって。失礼します、伯爵」彼女はフィリップに言った。「すぐ追いつきます」キットが一行から離れると、少年はついてきた。「家は近いの?」

「はい、奥様」先に立ちながら、少年は答えた。

「この道の先です」

「お母さんは家にいる?」

「ぼく、よくわからない。市なんかがあると……」

少年がまた泣きだしそうに思えたので、キットは肩にやさしく手を置いて安心させた。少年は頭をそらして、もつれた長い髪を目から振り払った。

「いいのよ、アルフィー、何とかなるわ」フィリップや家臣たちがついてきていないことを確かめようと振り向いたキットは、ウルフの姿にびっくりした。彼がついてくるとは思いもよらなかった。そして、アガサの謎《なぞ》めいたことばを思い出したが、今はそれより気がかりなことがたくさんあった。中でも伯爵のことがいちばん気になる。フィリップは危険な男だ。彼の前では用心しなくてはならない。

「ここです、奥様」道沿いにつましい家があった。質素だがきちんと整った台所に入ると、アルフィーは先に行って母親を呼んだ。

返事がない。

「いないんだな」ふたりに追いついたウルフが言った。「水ときれいなぼろきれがあるといい。レディのために取ってきてくれ」

「はい」アルフィーは急いで母親の戸棚から必要なものを見つけてきて、それから洗面器に水差しの水を注いだ。そしてぼろきれを水に浸して絞り、キットのマントをこすりはじめた。

「マントを汚してごめんなさい。そんなつもりじゃ――」

「わざとではないのはわかっているわ。気にしなくていいのよ。泥を落とせばきれいになるから」キットは言った。「わたしだってあなたぐらいの年には大失敗をしたことがあるわ」そのとき受けた罰のことは口にしなかった。

アルフィーはびっくりしてキットを見上げた。このレディがぬかるんだ道を駆けまわったことなど想像できない。「はい、奥様」

「わたしには名前があるのよ、アルフィー」キットは言った。「キャスリンというのだけれど、友だちにはキットと呼ばれているわ」彼女はたらいの水で手を洗った。質素な台所にいる今が、この何日かのうちでいちばんくつろげた。

ウルフは別のぼろきれを取って濡《ぬ》らした。そしてキットのあごを片手でとらえ、頬や鼻についている泥を落とそうと彼女の顔を明るいほうに向けた。

「泥をつけているのが好きだとフィリップに言ってやればよかったのに」

キットは頬を染めた。そして、急に速くなった胸の鼓動とともに彼を無視しようとした。冗談だとわかっていても、彼には落ちつかない気持ちにさせられる。

彼女は少年に話しかけた。「伯爵のところに戻ったらお行儀よくしなくてはだめよ、アルフィー。あなたを連れていったら伯爵はいい顔をしないと思うの。だから見られないようにして……」

「じっとしていてくれないか、キット？　痛い思いをさせたくない」ウルフがぶっきらぼうに言った。

キットは身動きひとつせずに、暖炉の石組みを見つめていた。それから視線を荒削りなテーブルに移した。顔の泥を落とそうとするばかりか、傷にまで注意を払うとは。どうしてこんなにやさしいのだろう。今までもウルフは、たとえキットに腹を立てているときでさえやさしかったのだから、意外ではないのかもしれない。だがキットは、誰からもこんなに親切にされたことがなかった。

ウルフの着ている革の胴着のにおいや清潔な男性の香りまでがかぎ取れる。こんなに近くにいるのにどうして冷静でいられるだろう？　見上げたら、彼の目にきらめく銀色の光や長くて黒いまつげの数まで数えられるに違いない。

「これで精いっぱいです。奥……ええと、レディ・キット」アルフィーが身を起こして言った。マントはすっかりきれいになったとは言えないが、もうそんなにひどく汚れてはいない。

「それでじゅうぶんよ、アルフィー」キットは言った。ウルフがあまり近くにいるために息さえ苦しかった。身を震わせながらも彼女はすばやく頭を働かせた。「さあ、清潔なチュニックに着替えられる？」キットはウルフの黒い目をちらりと見上げた。するとその目にも彼女自身と同じような当惑の色があった。彼女ははじめて、どうしてもルパートの目の色が思い出せなかった。

5

フィリップは鼻高々で町のあちこちをキットに見せてまわった。こんなに見事に作り上げたのは自分だと言わんばかりだ。ちょっとした建物にも橋にもいかにも満足しきった様子なので、キットはすぐ一緒にいるのがいやになった。

　はじめて会ったときから好きになれそうな相手ではなかった。今はそばにいられると身震いする。すぐにもウィンダミア城を発《た》てたらどんなにうれしいだろう。しかしブリジットのことを思えばそうはいかない。よくなるまでとどまっていなくてはならないのだ。それに、ウルフのこともある。彼がその気になっていないのに出発しようと説得する力が自分にあるとは思えない。

アルフィーはその日一日荷物を持ってキットについて歩き、うやうやしく振る舞った。キットはもう気にしないようにと何度もなだめ、安心させた。だが少年に対するフィリップの態度は、残忍さの一歩手前の陰湿なものだった。ふたりきりになったらどんな仕打ちをするだろうと思うとキットはぞっとした。

ウルフは熱心に市を見物した。キットは彼が町民と話しているのをよく見かけた。くつろいだ雰囲気で、皆、彼に好意と敬意を持っている様子だった。

キットは一行のレディたちの何人かがウルフの気を引こうとしているのに気がついて動揺した。彼女たちに返すウルフの笑顔はすばらしい。わたしにはどんな笑顔も向けたことがないのに。いつも顔をしかめるか当惑するかだ。うるさい変わり者としか思っていないのだろうとキットは思った。

ウルフがレディ・クリスティーン・ウェルズリーを見つめたとき、キットはわけもなくいらいらした。クリスティーンは近隣の領主の娘だ。赤毛の美人で、深い青い目をして、両頬にはえくぼがあった。優美なドレスは体にぴったりした流行の型だ。薄い絹のヴェールで一部を隠しただけで、髪をむき出しにしている。ウルフが彼女にほほえみ返したとき、キットは殺してやりたくなった。

なぜだろう？　自分はウルフに対して何の権利もない。だいいちレディ・クリスティーンとではくらべものにならない。それなのに、なぜか無性に腹が立った。キットはふたりに背を向け、わたしはルパート・アイリースのものだと自分に言い聞かせた。彼がノーサンバーランドへ行く前に、ロンドンで会えるだろうか？

城に帰ってもフィリップはキットが中に入るのを許さなかった。フィリップに腕を取られて、彼女はしぶしぶ庭園の小道を通り、城から少し離れたところに来た。何よりもブリジットのそばに行きたい。だがどんなに頼んでも、フィリップは解放してくれそうにない。

「ずいぶんおとなしいな、キャスリン」庭園の池のほとりに来たとき、フィリップが言った。そこは彫刻を施した木のベンチがあり、いろいろな方向に向かう小道が集まっている美しい場所だった。

フィリップはキットをベンチに座らせた。そしてブーツを履いた片方の足を彼女の横にのせて、立ったまま見下ろした。

「ちょっと疲れたのです。長い一日でしたから」キットはやっと答えた。言外の意味を感じ取って、解放してくれればと願っていた。「わたしの乳母が病気なので……」

「今すぐに話したいことがある。といっても、誰に言えばいいのかよくわからないのだが」フィリップは眉をひそめて言った。「きみの保護者は正しくは誰だ、キャスリン？」

遠回しなその言い方に、キットは真意を測りかねた。それ以上にブリジットの容態を心配しているのがわからない彼にいらだっていた。

「父上のサマズ男爵か？　それとも噂《うわさ》どおり王なのか？」

「すみません、伯爵。自分でもよくわからないのです。でも、王様の保護下にあるとサー・ゲアハートは言っています」

「ふむ」フィリップは茶色のとがったあごひげを指先でなでた。

「わたしには妻が必要だ」

キットは息が詰まりそうになった。

「前に言ったように、レディ・クラリスは何カ月か前に死んで……」

「伯爵、急に言われても困ります。わたしは考えても……」

「ああ、それはそうだが、誰に言えばいい？　ヘンリー王か？　それともサマズ男爵か？」

まったく何と無神経な男だろう。気の毒なクラリス、とキットは思った。冷たい墓の下に行って間もないというのに、夫はもう穴埋めをしようとしているなんて。腹を立てたキットは、不意に立ち上がると二、三歩離れた。こんな無作法な相手に礼儀正しくすることはない。彼の傲慢《ごうまん》さにはうんざりだ。

「わたしは考えて……」キットはきつい口調で言いかけた。だがそのとき、何人かの男たちが小道からこちらに向かってにぎやかに話しながらやってきた。池に着いたとき誰かが言った冗談に彼らはどっと笑った。ヒュー、エドワード、ダグラスなど、みんなウルフの配下の者だ。彼らは笑いすぎて涙をこぼしながら、穏やかな午後のひとときを邪魔したことをフィリップにわびた。

キットはつられて笑いだしそうになった。六人の屈強な騎士が、太腿をたたいて大笑いしている光景は滑稽《こっけい》と言っていい。だが、フィリップは面白そうな顔も見せず、怒ったようにうなるとキットを引っ張って歩きだした。キットは笑いをかみ殺した。誰よりも滑稽なのは伯爵だ。

キットは微笑しながら、ぷりぷりしているフィリップに連れられて城の入り口まで来た。階段にウルフがいて、何げなく鞍《くら》袋の革ひもを結んでいる。ろくにふたりを見ようともしなかったが、横を通るキットと一瞬目が合った。通り過ぎるとすぐ革ひもを結ぶのをやめたのに気づいて、キットは妙な気がした。彼はどこか満足そうな顔をしていた。

フィリップがキットを連れて大広間に入っていくと、ブランチ・ハンチョーが心配そうな顔で迎えた。

「わかった、わかった、ブランチ」フィリップはうわのそらだ。

「少しお時間をいただきたいのです。大切なことなので……お客様のひとりのことで」

そのことばにフィリップは足取りをゆるめた。キットの肘をつかんでいた手を離して彼女の手を取り、キスをした。見上げた目と手の甲に感じた冷たい唇に、キットは身震いしそうになった。「では晩餐《ばんさん》のときに」

キットは解放されると、早く部屋に戻りたくて階段を駆け上がった。ブリジットを小間使いだけに任せっぱなしにしていたことが気になって、一日中心配していたのだ。

急いで角を曲がって、キットは一瞬立ち止まった。ウルフが部屋の戸口の前に立っていた。広い胸に腕を組み、鞍袋を肩にかけている。不機嫌そうな難しい顔をしていたが、その姿は端正で実に男らしく見えた。

「階段が騒がしくって何ごとかと思った」キットに顔を向けて、彼は言った。

キットは頬が赤くなるのを感じた。スカートを下ろして足首を隠し、ゆがんだウィンプルを直し、背筋を伸ばした。「二度も助けていただいたことに感謝しなくてはならないわね」

「わたしの記憶では三度だ」

「三度ですって？」

ウルフはちょっと首をかしげただけだ。

「いつウィンダミアを発つの、サー・ゲアハート？」計算が合わないことは無視して、キットはきいた。

「ここがいやになったのか？」

「人間関係に耐えられないのよ」キットはため息とともに答えた。「ウィンダミアそのものはすてきな場所だわ。それに町も……今まで見たどんなところより魅力的よ」ウルフはその答えに満足して、明後日には発つつもりだと告げた。

キットがいないあいだに、ブリジットの容態は悪化していた。キットはベッドの端に腰かけて額に手を当てた。ひんやりして湿っている。

「確かに少し悪くなったような気がします」ブリジットはキットに言った。「咳《せき》の出る風邪というだけではないような」息づかいは荒く、しゃべるのも楽ではなさそうだ。

ブリジットは急に咳の発作に襲われた。血を吐いたことに気づいて、キットは怖くなった。毛布をめくって見ると、足首からすねの途中までむくんでいる。キットは、シオドア修道士に教わったように乳母の胸に耳を押しつけて鼓動を聞いた。

鼓動から察すると心臓が弱っている。不規則で、手首の脈はほとんど感じ取れない。

「マギー、庭師のウィル・ローズを呼んできて。早く!」キットは言いつけた。「見つからなかったら、
誰かにジギタリスの粉をわけてもらって」

ブリジットは弱っていて、目を覚ましていられないようだ。老いた友人を救えるのは奇跡しかない。キットは恐怖に駆られた。

「ブリジット、いつから足がむくんでいるの?」

「ああ……」まっすぐに見つめるキットの目に、ブリジットはごまかせないのを知った。「何カ月か前からです……シオドア修道士に薬をもらっていました」彼女はひどく弱り、まぶたの血管がほとんど青く透けて見えそうだ。「市は楽しかったですか?」

「ええ、すてきだったわ」キットはうわのそらで、自分が何を言っているかもわからなかった。どうしてあんなばかばかしいうわついた市などを一日中見ていたのだろう、ブリジットをひとりでベッドに残したままで。

「そして伯爵は……どんな人ですか?」

「体力を消耗してはいけないわ、ブリジット」

トは懇願した。「市のことも伯爵のことも、あとで話すわ。あなたが元気になってから」

　ブリジットはうなずき、またうつらうつらしはじめた。キットはベッドから滑り下りて、床にひざまずいた。そしてブリジットの冷たい手を取るとベッドに頭をのせて、マギーが戻るのを待った。

　ウィル・ローズが小間使いと一緒に現れた。彼がブリジットの容態を見ているあいだ、キットはそばについていた。ウィル・ローズは、ジギタリスが必要というキットの意見に賛成した。そしてキットをベッドから離れたところに連れていき、粉状にしたジギタリスの葉を水にまぜながら、静かに言った。

「ご存じでしょうが、これは毒です」彼は警告した。

「しかし、飲ませるしかないのです。飲ませなければ心臓が止まってしまうでしょう」

「わかっているわ」

「これを飲ませてください。わたしは床屋を連れてきます」彼は、終曲の秘跡を執り行うファウラー神父も一緒に呼んできた。

　その夜、ブリジットの意識はなくなったり戻ったりした。床屋が瀉血《しゃけつ》を施しても何の効き目もなかった。キットはベッドのそばの腰掛けに座って、ブリジットの手を取って見守り、意識が戻ったときにはいつもなだめた。下僕が夕餉《ゆうげ》に呼びに来たが、伯爵にお断りすると伝えてほしいと頼んだ。ブリジットがよくなるまで、再びそばを離れるつもりはない。

　それからすぐにウルフが現れた。キットが大広間にいないのに気づいたのだ。やさしく肩に手を置かれるまで、キットは彼に気づかなかった。

「どんな具合だい？」彼はささやくように言った。

　それまで冷静だったキットは、急に涙が出そうになった。のどにつかえるものをのみ下すとウルフを見上げ、首を横に振った。「心臓が悪いのよ。わたしには言ってくれなかったの」

ブリジットが目を覚まし、ウルフがキットの背後にいるのに気づいて弱々しくほほえみかけた。「あ、あなたでしたか……頼みます……キティを」

「わかった」ウルフは短く、きっぱりと答えた。

「この子を……帰さないで……悪い男爵のところに」

ウルフは安心させるようにうなずき、キットは、ブリジットをやすませようとした。

「彼はこの子を……一度は殺そうとして……今度はきっと殺すでしょう」

「そうはさせない」ウルフは静かに答えた。

「この子は逃げようとして……一度」

「もう黙って、ブリジット」キットは言った。「息が切れないように……」

夜が更けていった。キットにはブリジットをどうしてやることもできなかった。マギーが暖炉のそばの椅子で眠ってしまったので、キットはひとりで眠らずにつきそった。真夜中近くなって、ブリジットはまた目を覚まして口をきいた。

「わたしは……今、あなたに話さなくては」苦しい息の下からささやく声を聞き取ろうとキットは神経を集中した。「なぜヘンリー王があなたを呼んだのかわたしにはわかって……。秘密があって……何年も守られてきた……メガンの望みで。でも今は……あなたに言わなくては」

「やすんで、ブリジット。話は明日、もっとよくなってからよ」

「今でなくては」その緊迫した口調に、キットは黙った。「あなたのお母様は……ヘンリー・ヘレフォードに会って……ヘンリー王のお父様の……ロンドンで王になられたときに……。メガンは若くて純情な……美しい娘だった。ヘレフォードは彼女に夢中で……獲得することができて」

あまりにも苦しそうなのでやめさせたかったのだが、ブリジットはどうしても話し続けようとした。

「あの人たちは……あの人たちは……」

「何があったの、ブリジット?」キットは促した。

「わたしに何が言いたいの?」

ブリジットはひどい咳の発作に襲われて、しばらく話ができなかった。「ヘレフォードは彼女をサマートンに送って……サマズ卿《きょう》と結婚させるために……あそこは遠くて……スコットランド人の襲撃からも距離がある。彼はあなたたちふたりとも安全だろうと知っていて……」

「誰が? 母とサマズ卿のこと? 母とわたしが安全だろうということなの?」

もっとよく聞きたかったが、ブリジットは衰弱しきっている。キットは生まれてはじめて、どうしていいかまったくわからなかった。自然に涙が頬を伝う。ブリジットの手を取りその上に頭《こうべ》を垂れて、彼女は声を殺して泣いた。

ウルフは、暗い陰鬱《いんうつ》な部屋で老いた友人の看護をしている厄介な小娘のことがどうしてこんなに気にかかるのかわからなかった。二十年ぶりのウィンダミアで仇敵《きゅうてき》がすぐそばにいるというのに、頭にあるのはキットのことばかりだ。自分に何の関係があるだろう? フィリップのことに集中すべきなのはわかっている。

真夜中近くになった。レディたちは大広間から引き上げていき、何人かの男性だけが火のそばでワインを飲みながら談笑していた。ウルフはフィリップに、〝不名誉な〟伯父のバーソロミューの話をさせるよう仕向けた。バーソロミューはリチャード王の支援者だったとフィリップは断言した。ほどなくヘンリー・ヘレフォードがリチャード王から王位を奪ってヘンリー四世となったが、そのヘンリーを含めた権威ある諸侯とは敵対する立場にあったという。

「バート伯父は、愚かにもオーウェン・グレンダウアーの反乱のときヘンリー王に刺客を送った。ああ、そうだ、モーティマー家とパーシー家も加担していた。だが伯父ほどばかなことをした者はない」

「その事件はよく知らないが」ニコラスが言った。「バーソロミューが刺客を送ったとどうして証明できる？　グレンダウアーの反乱が起きたころに、前伯爵は息子たちと一緒に海外で亡くなったのではなかったのか？」

「もちろん証明はできない」フィリップは冷笑した。「だが、たしかその刺客は逃げて逮捕されなかった」ウェルズリー男爵が悲しげに首を振りながら言った。「あのへまなやつは財布を落とした。中には報酬として受け取った金貨と一緒にバーソロミューの有罪を示す手紙が入っていた。押印がまさしく彼のものだったのだ。そのときも今も、どういうことかわからんが」

　では、バーソロミューが陰謀にかかわった証拠を作るために、盗まれた印章が使われたのだとウルフは思った。父は間違いなく反逆罪に問われただろう。

「前伯爵の印章はそれより前に盗まれていたと聞いた」

「当然、伯父がその噂を広めたのだ」フィリップは即座に答えた。「我が一族の名誉ある印章を、不法に使うつもりだったからだ」

　暖炉の前で背中を暖めていた年配の男爵が、白い眉をほとんどくっつきそうなほど寄せた。「バーソロミューは、別に印章を作ったと聞いたように思う。前のとは違うものを。それはどうした？」思い出せなくていらいらしているらしい。

「バートはどうして新しい印章を使おうとしなかったのか」別の男爵が言った。「刺客に暗殺を指令するために……」

「そう、そう、新しいほうもなくなったのだ」

「そのとおり」年配の男爵が言った。「伯爵と息子たちがヨーロッパで殺されたあと、新しい印章もどうしても見つからなかった」

「それは誰のしわざということになった？」ウルフは感情を抑えた声できいた。

「山賊か追いはぎか。誰にもわかるものか」フィリップは肩をすくめた。

「父上のクラレンス卿は調査されたのだろうな？」ウェルズリーはフィリップにきいた。

「答えは出なかった。あの襲撃を生き延びた者はいないのだから」フィリップは杯を飲み干した。「今夜は過去の幽霊ばかり引きずり出しているようだ。もっと楽しい話題にしよう」

会話は、ウルフには興味がない明日の狩りの予定に移った。彼はニコラスをフィリップの話し相手としてその場に残し、食べ物を探しに行った。夕食をとっていないキットに何か持っていってやろう。彼女には長い夜になるだろう。

扉をたたいても答えはなかった。ウルフは中に入り、パンとチーズの皿を衣装箱の上に置いた。キットが乳母の上に身を投げ出して泣いている。ウルフは胸が締めつけられるような苦しさを覚えた。ブリジットは意識を失ったまま横たわり、ぜいぜいとのどを鳴らしている。兵士たちは、これを死ののど鳴りと呼んでいた。キットの古くからの友人は今夜ひと晩ももたないだろう。

暖炉の火はほとんど消えていた。ウルフは近寄って火をかきたてた。それからキットの横にかがんで、肩に腕を回してやさしく抱き寄せた。

「何か食べるかい？」

キットはかぶりを振り、彼の腕に体をあずけた。誰かにこんなに必要とされたことがあっただろうかとウルフは考えた。

「まったく目を覚まさないのか？」

「一度だけ」

「きみはできるだけのことをしたんだ、キット」ウルフが腕に力を込めると、キットは彼の腕の中で溶けていきそうな気がした。キットは自分以上にこの世界でひとりぼっちだと気づいて、彼は唾《つば》をのみ込んだ。ブリジットを失う悲しみから彼女を守ってやりたい。愛する者を失う悲しみは彼自身も知っていた。だが慰めた経験はなかった。

「やすんだらどうだい？」

「母が死んだときを思い出したわ」ウルフのことばを無視して、キットはささやいた。「ブリジットはずっと母につきっきりで、わたしのところに来てくれようとはしなかった。ブリジットが愛していたのは母で、わたしではないと思ったのよ」

「食事をしなくてはいけない」


キットは再びかぶりを振った。食欲はまったくない。急に思い出して、彼女は衣装箱に近づいた。ふたを開けると、長い茶色の毛の靴下を引っ張り出した。爪先の部分に重いものが入っている。

「今日、不思議なお婆《ばあ》さんがくれたの」彼女は言った。その声にはいつもの活気がまるでない。「これをあなただけに見せろと言っていたわ」キットは靴下を彼に渡すと、ブリジットのそばに戻って座った。

靴下の中から出てきたのは、昔盗まれたウルフの父の印章だった。あまりにも簡単に手に入ったことにウルフは驚いた。これをよこした老婆のことをキットにきけと頭のどこかで声がする。しかし、今はたいしたことではないような気がした。この世でただひとりの古い友人であり、母にも等しい存在をもうすぐ失おうとしている若い女性を慰め支えなくてはならない。それこそが今の彼の務めだと言う、もっと大きな不思議な声が聞こえていた。

6

ブリジットは夜明け前に息を引き取った。

見慣れた老女の顔や体をウルフが柔らかいシーツで覆うのを、キットは離れて見ていた。泣いている自覚すらほとんどない。胸が痛み、気分が悪く、疲れ果てていた。

ウルフはキットを抱いて一緒に暖炉のそばの大きな椅子に座った。キットはウルフの胸に心地よくもたれ、彼のゆっくりした規則的な鼓動を感じていた。

昇る朝日を見つめながら、ウルフはキットを抱き寄せ、ため息をつきながら考えた。彼女は今まで会ったどんな女性とも違う。彼女を美しいと思いはじめたのはいつからだったか？　彼女はキャサリン女王の宮廷の女性たちだったら同じ部屋にいることさえいやがるようなひどい身なりをしている。酔った義理の父親に虐待されていた。それなのにルパート・アイリースを待つためにサマートンに戻ろうとした。つい昨日は階段を子猫のように駆け上がっていた。少年のアルフィーをとりなし、死の床にある親戚《しんせき》の老女をやさしく看取った。

どうして彼女を美しくないと思ったときがあったのだろう？

「ブリジットには子供がいなかったの」キットが静かに言った。ウルフは反射的に、肩を抱く腕に力を込めた。「ルパートとわたししかいなかったのよ。彼がここにいたらいいのに」

キットのことばはウルフの胸を打った。

どうしても彼女を、サー・ルパートに会わせてやるのだ。ジェーナスをできるだけ速く駆けさせて。

正午前に、葬送のミサと埋葬が終わった。キットにつきまとっていたフィリップは、彼女の親戚の鎮魂のミサなどどうでもよかったらしく狩りに出かけた。

ウルフと配下の者やブリジットとかかわった少数の召使いたちがミサに出席してくれたことにキットは深く感謝した。町で話をした何人かの人々とともにアルフィーが来たのには驚いた。

葬儀が終わると、キットはブリジットと一緒に使っていた部屋に戻った。ひとりでいたかった。だが、顔を上げるたびに目はブリジットが死んだベッドに引き寄せられてしまう。心にむなしさが広がり、外へ行きたくなった。

旅のときに着ていた古い服に着替えた。茶色の膝丈のズボンに目の粗い毛織物のチュニックとマント、そして髪を覆い隠す帽子というでたちだ。部屋を出ると、大広間は静まり返っていた。キットは誰にも会わずに厩《うまや》に来た。彼女を待つかのように、一頭の雌馬に鞍《くら》が置かれていた。キットは吊《つ》り橋を駆け抜け、城壁の向こうの牧草地を目指した。

キットが城を出てからすぐ、ウルフは彼女が部屋にいないのに気づいた。彼は何人もの召使いに彼女を見なかったかときいた。墓地に戻ったのだろうと思って行ってみたがそこにもいない。心配でたまらなくなったウルフは急いで厩に行き、厩番に命じてジェーナスに鞍をつけさせた。

「レディ・キャスリンを追いかけるんですか?」少年がきいた。

「レディ・キャスリン? 彼女の何を知っている?」ウルフは追及した。

「何も。ただ、少し前にレディが馬に乗って出ていかれたので」

「ひとりでか?」

少年は肩をすくめた。

「どっちへ行った?」

少年は牧草地のほうを指さした。

ウルフは馬を全速力で走らせてキットを捜した。女性がひとりで城壁の外に出るのは危険だ。馬に乗って見知らぬ土地に出ていくとは向こう見ずにもほどがある。ウルフは腹が立った。町で市が開かれているときにはよそ者がうろうろしている。ウルフには王に対して彼女の安全を守る義務がある。だが、彼の心配は義務感をはるかに超えていた。

ウルフは、二十年前に兄たちと遊んだ牧草地をずっと先まで駆けていった。父や兄たちとよく釣りをした小さな湖のそばで、乗り手のいない鞍を置いた馬が歩いているのを見つけた。最悪の想像が当たったと彼は思った。キットは馬から振り落とされ、負傷して草の中に倒れているのではないだろうか。彼は恐怖に駆られて馬を降りた。

根こぎになった木が、静かな湖面にその幹を横たえている。キットは大きな根によじ登り、長くて太い幹の上を歩いていった。そして幹に腰を下ろし、垂直に突き出した枝に背中をもたせかけて脚を垂らし、足の先を清澄な冷たい水に浸した。

しばらくすると、こちらに近づいてくる蹄《ひづめ》の音が聞こえた。乗り手が歩いて水際に姿を見せるまで少し時間がかかった。ウルフの姿を見たとき、キットはほっとした。

彼が草の中を探しているらしいので、キットはちょっとがっかりした。自分を捜しているのではなさそうだ。彼がひと晩中黙って一緒に座っていたことが思い出された。

口笛にウルフははっとした。鳥の声とは違う。音のするほうを見ると、やっとキットの姿が目に入った。巨大な倒木の幹に座り、口の両端に指を当てて、もう一度吹き鳴らそうとしている。膝丈のズボンをまくり上げて足先を凍るような水につけているが、その冷たさに顔をしかめても身震いしてもいない。ウルフは両腕を月に向かって上げていた水辺の妖精《ようせい》を思い出した。だがすぐに肩をすくめてその記憶を振り払った。

ウルフは木の幹に上がり、キットのほうへ歩いていった。そして彼女が寄りかかっている枝の反対側に背をもたせかけて座った。こんなに心配させられたことを思えば首を絞めてやりたいほどだったが、彼女の悲しげな目を見ると責められなかった。

「ブーツが濡《ぬ》れるわよ」

ウルフの長い脚の先が水面にさわりそうなのを見て、キットは言った。ウルフは足を少し上げた。

「何か探していたの?」キットはきいた。

「きみだよ」

ウルフは不機嫌そうだったが、キットはうれしかった。彼の横顔を見て、こんなに美しい男性がいるだろうかと思った。額を横切る傷があってさえ、彼はどきりとするほど美しかった。

その彼に腹を立ててほしくない。「わたしを捜していたの? 草の中を? ひき蛙《がえる》を探していたとしか思えなかったわ」

「ひき蛙ではない」彼は言った。「子猫《キトン》だ。中庭から遠くまで出ていって迷子になった」

「ブリジットがよくわたしをそう呼んだわ」キットは、まばたきして涙を押し戻した。「あるいはキティとね」

「知っている」

「わたしをキットと呼びはじめたのはルパートよ」彼女は言った。「あなたはどう? あなたも呼び名をたくさん持っているの? それとも、いつもゲアハートなの?」

「わたしにはたくさんの名前がある」ウルフはルパートを思い出して、そっけなく答えた。「ときにはゲアハートだ」

「ご両親は?」キットはきいた。「あなたを何と呼ぶの?」

「父は死んだ。母はいつもマイン・ゾーンと呼んだ。わたしの息子というだけの意味だ」

「いつもそうだったの?」

「ずっと前のことだ」

「お母様はまだ生きていらっしゃるの?」

彼はうなずいた。

「この五年間は会うの?」

「この五年間は会っていない」ウルフは答えた。「母が二十年前と変わっていなければ、会ってもしかたがない。今もブレーメンの祖父の大邸宅で、窓から庭を眺め、あてがわれるものだけを食べ、人の言うことを何も聞いていないのなら……。「だが無事でいることはわかっている」

「わたしは母のことをほとんど知らないのよ。五歳のときに亡くなったから」キットは片足の先を水につけた。「先代ヘンリー王が母をトーマス・サマズと結婚させるためにサマートンに送ったのだとブリジットが昨夜話してくれたわ。母がどうしてサマズ男爵と結婚したのか、いつも不思議だった。もっと詳しく聞きたかったのだけど、ブリジットは息が切れてほとんど話せなかったの」

「亡くなる前に聞いたのか?」

キットはうなずき、また足を水に浸した。「話さなくてはならないことがあると言ったのよ。それが、そのことだったの」彼女は肩をすくめた。もしかしたら、王の使者として来たウルフがもっと詳しいことを教えてくれるかもしれない。

「どうしてヘンリー王がきみの母上をサマートンに送ったかが疑問だ。王はトーマス・サマズに会ったことはなかったはずだ」

ウルフはキットの母親のことも、彼女の母親の結婚についても知らないのだ。

「ウィンダミアで、いろいろなことがわかりそうなのよ」

「あの印章のことか？」

「あれについてもっと関心を示すと思っていたわ」

「たぶん、ほかのことにかまけていたからだろう」ウルフは答えた。それは本音だ。盗まれた父の印章よりもキットを守ることのほうが、今のウルフには大事だった。

「不思議なお婆《ばあ》さんがあれをくれたのよ。最初は幽霊かと思ったわ」キットは説明した。「でも、わたしの部屋の秘密の扉から入ってきたのだとわかったの」

「秘密の扉？　そんなものはない。つまり、ウィンダミア城にそんな秘密の通路があるとは聞いたことがない」ウィンダミア城のことなら隅から隅まで知っているとウルフは思っていた。だが、住んでいたのはずっと昔のことだ。ブレーメンに出発したとき、彼はたった九歳だった。幼い少年には、城の秘密が見抜けなかったのかもしれない。

「あったのよ。帰ったら見せるわ」

「そのお婆さんとは誰だ？　名前を言ったかい？」

「アガサよ」

「アガサ！」ウルフは叫んだ。

キットは驚いて彼を見た。

「アガサはフィリップの父クラレンスの後妻だ」ウルフは完全に動揺していた。「ずっと前に死んだと思われている」

「そうは思わないわ、ゲアハート」キットは反対した。「わたしは二度も、生身の彼女に会ったのよ。二度目は彼女の部屋で。そのときアガサは、わたしに窓の外の壁の煉瓦《れんが》をはずさせて、隠しておいた指輪を出すように命じたの」

「そして、わたしに渡すようにと言ったのか？」ウルフはきいた。彼は、キットが優美なしぐさで足を水から出し、柔らかな革の靴を履くのを見守った。

「銀色の目と黒い髪の男に渡せと言ったのよ。あなたのことだろうと思ったの」キットは、アガサが彼を狼《おおかみ》と呼んだことは言わなかった。一緒に倒木の上を戻りながら、あの印璽はどれほど大事なものなのか、アガサはどうしてそれをウルフに渡したがったのかとキットは考えていた。アガサの話はとりとめがなくてわけがわからなかったが、もしかしたら指輪の受け取り人としてウィンダミアの客人たちの中から適当にウルフを選んだのかもしれない。きっとレディ・アガサも彼の端正な姿に惹《ひ》かれたのだろう。じゅうぶん魅力的なのだから。

アガサが言った、正統の伯爵のことはどうなのか？　よく思い出せない。とにかく、今のところは関係ない。伯爵はフィリップだし、あの老女は明らかに少し頭がおかしいのだ。

「それで……城でほかの誰かに何か言われたか？」馬が草を食《は》んでいる草原に向かってふたりは歩いていた。

「フィリップ卿《きょう》だけよ」キットは答えた。「わたしに求婚するには、ヘンリー王かサマズ男爵か、どちらに申し込めばいいのかときいていたわ」

「何だって？」

「信じられないでしょう、ゲアハート」キットは足を止め、彼と面と向かい、語気を強めて言った。「わたしは不器量でしょうけど、あなたが思うほど結婚に適さないわけではないのよ」

「わたしはきみが結婚に適さないと言ったことなどない……」

キットは笑った。「そうは言わなかったわ」

「ほのめかしたと言うのかい？」第一印象は必ずしも正しくはない。ウルフは、ウィンダミアでの最初の夜に、大広間に入ってきたキットの堂々とした姿、そして、アルフィーの件でフィリップを丸め込んだ見事な手腕を思い出した。ジェーナスに相乗りしたときどんなに息が合ったか、そしてさっき素足を水につけていた彼女の、優美で魅惑的ですらあるしぐさを考えた。彼女の唇はぽっちゃりしていて官能的だ。そして緑色の目は、誰よりも長いまつげに縁取られて、とてもいたずらっぽい。不器量で結婚に適さないとはとんでもないことだ。「そんなことはない」ウルフは静かに言った。

ウルフの灰色の目の熱っぽさには心をかき乱すものがあった。漠然とした恐れを感じて、キットは顔をそむけて歩きだした。「ウィンダミアは恥ずかしい状態ね」ようやくキットは言った。

「恥ずかしい？」

「あれはフィリップが受け継いだ資産なんでしょう？」彼女はきいた。「それなのに、執事は女中頭が采配《さいはい》を振るうままにさせて、お城は荒れてしまったわ。農地管理人は権利を濫用しているし、代官は小作人から搾取している。荘園《しょうえん》は——」

「どうしてそんなことまで知っている、キット？」

彼女の鋭い観察力に驚いて、ウルフはきいた。

「わたしには目も耳もあるし、生まれつき勘がいいのよ」キットは言った。「ここで何が行われているか、どうすればそれを正せるかは、特別頭がよくなくてもわかるわ」

「きみならどうするつもりだ、きみがレディ・ウィンダミアだったら？」

「レディ・ウィンダミアのつもりにはなれないわ」

彼女は軽蔑《けいべつ》するように言った。「もしフィリップの執事だったら、自分で家政を取り仕切るわ。そして農地管理人を、噂《うわさ》に聞いたこと全部の罪で告発するわ。代官も同罪よ。そしてあの女中頭をくびにする。あの人にはレディ・クラリスをいじめる権利なんかないわ。それから職人たちを雇って——」

「どういう意味だ、レディ・クラリスをいじめたとは?」

「ああ、ハンチョーが彼女を苦しめたのだと思っている召使いたちもいるのよ」

「ふむ」ウルフはそのことをじっくりと考えた。

「それから職人は?」

「雇いたいのよ。城を立てなおすために」

「フィリップはどうする?」

「ああ、フィリップ……。わたしはあの人が領主ではないものとして考えていたのよ。あの人に女中頭や執事をくびにする気があるとは思えないわ」

「サマートンには執事はいなかったとブリジットが言っていた」

「ブリジットは話し合うのが好きだったわ」

ウルフはサマートンを思い浮かべた。館《やかた》の中の清潔な藺草《いぐさ》や花々、豊かな実りをもたらしそうな田畑やこぎれいな町は、キットのおかげだったに違いない。あのだらしのない酔いどれの男爵や役立たずの彼の妻に、サマートンほどの規模の領地を取り仕切っていく能力はなさそうだ。ロンドンでの用事がすんだらキットに戻ってきてほしいとサマズ男爵が思っているのは間違いない。

「サマートンから逃げようとしたとき何があった? また逃げようとしたらそのときこそ殺されてしまうだろうと、ブリジットが言っていたが」

「わたし……。別に何も」キットは身震いした。サマズ男爵のことも、キットを痛めつけるとき目に宿る邪悪な光も憎悪に満ちた笑みも思い出したくない。ブリジットの言ったとおりだ。義理の父親から逃げることこそ最良の道だったのだ。

「何かあったんだろう?」どうしてこんなに彼女を問いつめるのか自分でもわからない。だが、どうしても知りたかった。

「何年も前のことよ。男爵は酔って怒り狂い……」

ついにキットは言った。「名前は覚えていないけど、王様からの使者として騎士が来たの。その人が帰ったあとだったわ。わたし……どんな悪いことをしたのかいまだによくわからないのよ。でも男爵はわたしを殴って……階段から突き落としたの」

そのときのことを思い出してキットは危うく泣きそうになった。あの日、男爵はいつもにもまして凶暴でとても怖かったのだ。

「わたしは、き、きっとしばらく失神していたのね。気づいたときには額の傷の血が乾いていたから」

「何が起こったんだ?」キットがサマートンの長い木の階段を転がり落ちるさまを思い浮かべ、ウルフは怒りに駆られた。

「落ちるとき何かに頭をぶつけて切ったのよ」キットは答えた。「やっと起き上がって体を動かしたら、打っただけにしては肩があんまり痛いことに気がついたの。鎖骨が折れていたわ」そのときの痛みを思い起こして、彼女は震えるような長いため息をついた。

「きみはいくつだった?」ウルフは、食いしばった歯のあいだからきいた。

「十一歳……たぶん十二歳だったわ」キットは答えた。「ブリジットがどこにいるかわからなかった。でも、村まで行って街道に出れば、サマズ男爵に会いに来た騎士に追いつけると思ったのよ。その人はものわかりがよさそうで、サマートンでの暮らしは快適かとわたしにきいたの。わたしは小作人の家に隠れたわ。暗くなるまで待って、それから……」

「それから、どうなった?」キットのひとことひとことに怒りをつのらせながら、ウルフはきいた。サマートンにいるときにこんな話をまったく知らずにいたのは、サマズ男爵にとっては幸せなことだった。

「わたしが知らないうちに、彼は家を二軒焼き払ったのよ」

「農家に隠れていることを知って？」

キットはかぶりを振った。「わたしをどこかで見なかったか、どこへ行ったかきき出したかっただけでしょう」

「それで人々の――自分の領民たちの家を焼いて脅したのか？」

キットはうなずいた。

「何てばかなことを」ウルフは吐き捨てるように言った。「それから？」

「わたしは男爵が何をしているのかを知って、隠れているところから出て頼んだの。やめてくれと」

「それでやめたのか？」

「ええ。わたしを連れ戻して、もしまた逃げ出したらそのときこそ殺すと言ったわ。そしてまた、ぶ、ぶったの。何度も。殺されてしまうと思ったけど、義理の母が止めに入ったの。金切り声をあげて、男爵をわたしから引き離したのよ」


「レディ・イーディスはきみをかわいがっていたのかい？」

「いいえ。男爵に何やら警告していたわ……サマートンを立ち去ったばかりの騎士のことだと思うけど、はっきりしないわ。今でもよくわからないのよ」

ウルフは、キットをけっしてサマートンに帰しはしないと誓った。ルパート・アイリースを結婚式のために教会に引っ張り出すことになるとしても。

「どうして彼はきみを殴る？」

「わからないのよ、ゲアハート」キットは答えた。

「でも、殴る機会はけっして逃さなかったわ」

ふたりはウィンダミアの大広間に戻った。

「来て」キットはウルフの腕に手をかけて引き止めた。「見せたいものがあるの」彼女は階段を上り、角を曲がって回廊を進み、ウルフを自分の部屋に導いた。

部屋に入ると、キットは扉を閉めてかんぬきをかけた。それから燭台《しょくだい》に火をともして、タペストリーの裏の秘密の扉のところにウルフを連れていった。掛け金をはずして扉を開け、隠された階段を上って、アガサと会った部屋にたどりついた。

部屋はからっぽだった。家具も敷物も小さな腰掛けもない。塔の部屋は冷え冷えとして空虚だった。

「彼女はここにいたのよ!」自分の目を疑うようにキットは言った。「絶対いたのに!」

「きみの言うアガサが?」

「そうよ! ベッドがあって……あそこよ!」彼女は指さした。「それから衣装箱に、椅子に、腰掛けも……。何があったというの?」

「きみは確かに……」

「もちろん確かよ! でなければどうしてわたしがこの場所を知っているの。ほら、見て」キットは窓を開け、手を伸ばした。指先がゆるんだ煉瓦に触れるとはずしてウルフに渡した。「彼女はここに、印章を隠していたのよ」

ウルフも手を伸ばして、石壁のくぼみにさわった。革の小袋がある。彼はそれを注意深くつかんで引き出し、煉瓦をもとの場所にはめ込んだ。

「彼女はここにいたのよ、ゲアハート。本当に、空想なんかでは……」

「信じるよ」そう言うウルフの表情は険しくなった。

「見てごらん」彼が小袋を開けると、中には、ばらばらの硬貨と黄ばんだ羊皮紙が入っていた。羊皮紙には押印があったが、図柄はよく見えない。文面もほとんどがぼやけていた。しかし、一四〇一年八月二十二日に、クラレンス・コールストンに宛《あ》てて書かれたものであることだけは確かだった。

「アガサに何があったの? この袋は前にはなかったわ。あなたはどう思って……」

「キット、きみをここから連れ出さなくてはならない」

「どうして？」

「フィリップはレディ・アガサの存在を知られたくないんだ。きっと彼がアガサを別の場所に移したのだ。きみと話をしたと思っているに違いない」ウルフは計画を練りはじめた。「きみがあれを幽霊だと思っていると彼が考えていたら……」

「でも幽霊ではなかったわ、ゲアハート、生きた人間で……」

ウルフはキットの肩を押さえた。「キット、フィリップは信用できない人物だ」

キットは不思議そうに彼を見た。

「あとで説明するよ。今はただ、わたしを信じてくれればいい。ブリジットのことがあったばかりか、きみの前に幽霊が現れた、それでウィンダミアを出立したいと思っているとわたしから彼に話そう。そうすれば……」

「ウィンダミアを出たいと思っているって？」

「できる限り早くだ」ウルフはちらりと外に目をやって、太陽の高さで時刻を測った。「すぐに出発すれば四、五時間は馬で行ける」

「でも明日までいることになっているんでしょう。フィリップが怪しまないか……」

「きみがとても動揺していて、この城を出たがっていると言えば大丈夫だ」ウルフは答えた。「きみがアガサと話したのではないかとフィリップは疑っている。それなのに不思議なことがあったと言わなかったら……」

「わかったわ。何か隠していると思われるわね。でも、幽霊だと思っていると言えばね」

「そのとおり」彼は言った。

「印章のことはどうなの？　あれは誰のものなの？　それからこの羊皮紙は？　指輪を見つけたときにはなかったわ。どういうことかしら？」

ウルフは窓に掛け金をかけ、キットを秘密の扉のところに引っ張っていった。「安全にウィンダミアを出られたら、話せることは話そう」

配下の者たちは馬に荷をつけ、城の厨房《ちゅうぼう》から食料を補充している。ウルフはフィリップと大広間で話をした。キットに口を出させず、急に出発するわけを自分で説明したかった。正直すぎる彼女は、うまく嘘《うそ》をつけそうにない。

「レディ・キャスリンは親戚のブリジットの死に非常に落胆して、もう出発したいと切に願っている」ウルフは話した。「そのうえ、さらに衝撃を受けるような体験をした」

「つまり?」フィリップは脅すような目でウルフを見た。

「どうやらこの城には幽霊が出るらしい」ウルフは精いっぱいまじめな顔で言った。

「幽霊が?」

「そうだ。ウィンダミアの昔の伯爵夫人がレディの部屋に現れて……」ウルフはことばを切り、あとはいとこの想像に任せた。

「ああ、それは幽霊だ」フィリップの眉間《みけん》のしわがわずかに深くなった。

「心当たりがあるのか?」ウルフはきわめて真剣に言った。自分もキットも幽霊の存在を信じる人間だと思わせたかった。

「伯爵夫人の幽霊の噂は聞いている。しかしわたしは見たことがない」フィリップはあごひげをなでた。

「その幽霊は何か言うとか……?」

ウルフはかぶりを振った。アガサがキットに話をしたことはフィリップに知られたくない。「レディ・キャスリンによれば、何かぶつぶつ言っていたがまったく意味がわからなかったそうだ。恐ろしいことだ」

フィリップは長いため息をつき、あごひげを引っ張った。

「レディはひどく動揺して、これ以上ウィンダミアにはいられないと言っている」

「もし何なら部屋を変えて……」

「それはだめだ」ウルフは言った。「そのことはもう言った。それでも彼女の気持ちは変わらない」

「それではレディに別れを告げることにしよう」フィリップは言った。「ウィンダミアの衛兵に送らせることを承知してほしい。街道は安全とは言えない」

「ありがたいがその必要はない、フィリップ卿。わたしの配下の者は非常に有能で……」

「ぜひとも」フィリップは言った。

ウルフは、フィリップの配下の者と同行するつもりはなかった。ロンドンに着くまであれこれ詮索《せんさく》されてはたまらない。まして、父の印章と塔の部屋の外壁のくぼみから見つけ出した手紙を持っていくのだ。

「王はご自分で我ら使者を指名された」ウルフは反論した。「王の承認を得ずに護衛の者を増やすのは不敬に当たるだろう」

「お望みのままに、サー・ゲアハート」フィリップは不機嫌そうに言った。「レディ・キャスリン」ウルフに離れるように合図をして、フィリップはキットの手を取った。そして近くにいた小姓に言いつけて厩に使いに行かせた。「旅支度なので、きみとは気づかないところだった」彼はキットの粗末な服のことを言った。

「旅をするにはこれがいちばんです、伯爵」

フィリップがキットに別れを告げているあいだ、ウルフは暖炉のそばに行って椅子にかけ、ブーツのひもを締めていた。

「その……幽霊のせいでウィンダミアを完全に見捨てないでいただきたい」フィリップは言った。

「もちろん見捨てることはありません」キットは答えた。「普段のわたしだったらあのような体験を……すてきだと思ったことでしょう。でも、今は血縁の者が亡くなって……」

「よくわかる」フィリップはキットを大広間の出入り口に導き、ウエストに手を当てた。「またすぐお会いできるだろう。その日を心待ちにしている」

「ありがとうございます、伯爵」ウルフが出ていくのが見えた。配下の者たちと荷馬は出発の準備ができて、彼女を待っている。

「敬愛のしるしとして、ちょっとした贈り物をさせていただきたい」フィリップは一緒に階段を下りながら言った。厩番の少年が、キットがさっき乗っていった雌馬を引いてきた。鞍が置かれ、すっかり乗れるように準備が整っている。

「伯爵、こんな立派な贈り物をいただくわけにはいきません。わたしは……」

「受け取っていただきたい」フィリップは言った。「この馬がいつかきみをまたウィンダミアに連れてくることを祈ろう。それもすぐに。さあ、乗るのに手を貸して……」

愛馬にまたがったウルフが、手を伸ばしてキットを自分の前に乗せた。「レディ・キャスリンはわたしと一緒に乗っていく」

フィリップが抗議しようと口を開いたが、ウルフはあっさりとその口を封じた。

「ずっとこうして乗っていける」彼は微笑した。「だが、馬を提供してくださったことには、王が感謝の意を表されることと思う。立派な馬だ」

馬は快適な速度で駆けていく。キットは鎖帷子《かたびら》をつけたウルフの胸に心地よくもたれかかっていた。ルパートと相乗りしても、これほど守られていると いう安らぎを感じられるだろうか?

晴れた暖かい午後なので、ウルフはこてをはずしている。日焼けした肌に黒い毛が生えているごつごつした手をキットはじっと見つめた。その手には力とともにやさしさがある。彼自身は気づいていないのではないかとキットは思った。

「長い話になる」ウルフは話しはじめた。「それに、すべて知っているわけではない」

キットは眠そうな声で返事をした。ウルフと一緒に大きな馬に揺られていくのは何と気持ちがいいのだろう。昨日はひどい一日だった。彼が話しだしたとき、彼女は半分眠りかけていた。

「フィリップの父はクラレンス・コールストンといって、先々代のウィンダミア伯爵バーソロミュー・コールストンの弟だった。バーソロミューの妻マルグレーテはブレーメン辺境伯ルドルフの娘だ。バーソロミューとマルグレーテのあいだには三人の息子があった」

キットならこんなに気楽に自分の家族の話ができるのか。ウルフは驚いていた。今まで誰にも家族の話をしたことがなかったのだ。

「ウィンダミアの町民たちは、いまだにバーソロミュー・コールストンを非常に敬愛している。公明正大で話のわかる領主で、町民や農夫から好かれ、立派な執事と公正な代官、そしてものわかりのいい農地管理人を抱えていたとみんな言っている。ただひとつの問題がバーソロミュー卿の弟のクラレンスだ。好んで農夫や町民を脅かしていたのだ。そして、結婚承認料や借地相続税をおさめるしきたりを廃止したバーソロミューを批判していたそうだ」

「でも、どんな立派な領主でも、そういう昔ながらの税は取り立てていたのでしょう」キットは言った。

「そのとおりだ。しかしバーソロミューは、そのほかのもっと小さな税のいくつかも廃止した。それでウィンダミアの人々は、ますます彼に忠誠心を持つようになった」

ウルフがこれほど雄弁なのははじめてだ。しかも驚くべき話だ。だがウルフ自身にも関係する話だとはキットは気づかなかった。

「アガサがきみにくれた指輪はバーソロミューのものだった。二十年以上も前に盗まれ、見つからなかったのだ。印章が消えたとき、クラレンスかフィリップが関係しているという噂があったが、証明することはできなかった」

「どうして伯爵の弟が印章を欲しがったの？」キットは眠そうにきいた。「何に使うつもりだったのかしら？」

「クラレンスもしくはフィリップは、バーソロミューが国家的犯罪にかかわったように見せかけるために使おうとしたのではないかと思う。反逆罪という罪に……」

「どうしてアガサはわたしに指輪を渡したのかしら？　どれほど大きな意味があるの？」

「バーソロミューとその息子たちの死の状況を知る手がかりになるかもしれない」

「というと？」

「はっきりとはわからない」ウルフは嘘をついた。

「だが、ロンドンに着いたら調べてみるつもりだ」

「ロンドンでトミー・タトルを捜せとアガサは言ったけど、どういうことかしら？」キットはあくびをしながら言った。

「何と言ったたって？」ウルフはぎょっとした。

「ロンドンでトミー・タトルという人を捜せとアガサが言ったのよ。その人が話してくれると……」彼女は肩をすくめた。

「アガサはほかに何を言った？　全部思い出してくれ、キット」

「たしか正統の伯爵が爵位を要求しに来るというようなことを」キットは言った。「でも、あの人の話ははっきりしなくて、何のことか全然わからなかったわ」

銀色の目。黒い長髪。正当な伯爵。アガサのことばがよみがえると、キットは突然ウルフの話に隠されていた意味に気づいた。ウルフがバーソロミュー・コールストンの息子だということがありえるだろうか？　息子たちは二十年前に死んだと彼は言わなかったか？

「教えて、ゲアハート、バーソロミュー・コールストンの息子たちの名前は？」抑えた声で、キットはきいた。

「上のふたりはジョンとマーチンだ。末息子の名はウルフレムといった」

7

夕暮れになった。背後に風よけになってくれるごつごつした岩山がある木の茂った場所でウルフは停止するよう命じた。このあたりには山賊はめったに出ないと聞いているので、襲われる心配はない。

小さな焚《た》き火《び》をおこし、ウィンダミア城から持ってきた食料で夕食にした。キットはほんの少ししか食べず、火のそばで毛布にくるまって横になった。ウルフの配下の者たちも食事を終えるとそれぞれ居心地のよさそうな場所を見つけて落ちつき、何人かはそのまま見張りに当たった。

キットは眠れなかった。もう泣くまいと思っていたのでブリジットのことを考えるのをやめ、ウルフから聞いたバーソロミュー伯爵と盗まれた指輪のことを考えた。フィリップと一緒にいた時間は短かったが、彼が印章の紛失にかかわっていたということは簡単に納得できた。アガサのことばをすべて思い出せればいいのに。だがアガサの言うことは支離滅裂で、信じていいかどうかわからなかったのだ。

しかしウルフ――ウルフレムがバーソロミュー・コールストンの生き残りの息子で、正当な権利を持つ伯爵であることは間違いない。何かわけがあって、彼はその事実を隠している。今もフィリップを恐れる理由があるのかもしれないが、なぜなのかはわからなかった。ウルフほど力強くしかも冷静な男性は見たことがない。伯爵領を奪われたままにしておく理由などひとつも見当たらないのだ。

ロンドンに着き、ルパートに会えるまでにあと何箇所くらいの領地に寄るのだろう。彼にはずいぶん長いあいだ会っていないような気がする。三年しかたっていないのに、キットは彼の顔をほとんど覚えていなかった。明るい褐色の髪と緑色がかった茶色の快活な目は記憶にあるが、顔立ちはおぼろげだ。ルパートにはウルフのように、そばにいるだけでどきどきするものがなかったとキットは思った。ロンドンまでの道がもっと長ければいいのにと思ってしまいそうになる。もしかしたらルパートは違うのかも……。

突然あたりが静まりかえった。ウルフ、ニコラス、そしてヒューは話をやめ、黙って炎を見つめている。三人ともくつろいでいる様子ではない。ほかの男たちも緊張しているらしい。よく見るとみんなひそかに武器を手にしている。キットは背筋が寒くなった。危険が迫っているのだ。

次の瞬間、周囲の闇《やみ》の中で男たちが動いた。見知らぬ男たちだ。キットは飛び上がり、馬をつないだ場所に駆け寄った。剣と剣が打ち合う音が響き、必死で戦っているウルフたちの姿が目に映った。見たところ山賊のほうが四人多い。

キットは、手提げ袋の中にぱちんことひと包みの石を入れておいたことを思い出した。荷を下ろしたエグバートとクロードはあの袋をどこに置いたのだろう？

キットは戦いの場からそっと抜け出した。手提げ袋が置いてある場所を突き止めると、その袋に入れた小さな武器を探した。小動物を殺すのにしか役立たないが、狙《ねら》いどころさえよければ大きな動物も簡単に気絶させられる。

キットは石の包みをベルトにはさむと、フィリップに贈られたおとなしい雌馬にまたがった。高いところからなら狙いやすい。

激しい戦いが続く。キットは目標が定まるたびに石を打ち込んだ。夢中だったので山賊に見つかったのに気づかなかった。山賊のひとりが馬の後ろに回って彼女ににじり寄り、荒々しく馬から引きずり降ろして戦いの場から離れたところに引っ張っていった。

「のどもとにナイフがあるぞ、レディ。声をたてるな」山賊は耳ざわりな押し殺した声で言った。

襲撃者は小さな川のそばでやっと足を止め、彼女を地面に突き倒した。馬乗りになってナイフで服を切る。冷たい金属を肌に感じると、キットは金切り声をあげた。

「黙れ！」あごを思いきり殴られて、キットの目に星が散った。「殺す前にいただいてやるぞ！」

キットは全力でもがいた。どうせ殺されるとしても戦わずに死にたくない。片手が自由になり、何とかナイフを手にすることができたが、すぐにたたき落とされた。服が荒々しく引き裂かれると、今度こそ本物の恐怖に襲われた。キットは蹴《け》ったりもがいたりして猛烈に暴れた。効果的な蹴りが入ったが、男をいっそう怒らせただけだった。激しく殴られて、キットの目に痛みと絶望の涙がにじんだ。

そのとき、遠くで呼ぶウルフの声が聞こえた。

「ちくしょう！」男はことばを吐き捨てると、キットをさらに乱暴につかんだ。キットは悲鳴をあげ、全力を振り絞って抵抗した。少しでも時間をかせぎたい。

やっとウルフが駆けつけると、あっという間に片がついた。いまわしい襲撃者はキットのかたわらに身を横たえて死んだ。ウルフはキットを抱き上げると、死体が見えないように小川のほとりへ連れていった。ウルフはすすり泣いている彼女を岩に座らせ、やさしく腕に抱いてあやすように揺すった。

手を貸そうと駆けつけたヒュー・ドライデンをウルフは下がらせた。野営地の襲撃はもう片がついていた。味方に死者はなく、ふたり負傷しただけだ。襲撃者のほとんどが死に、ふたりは逃げた。

ウルフは戦いが始まってすぐ、有利になったのを悟った。次の相手に立ち向かう前にちらりと見ると、キットが動いていた。信じられないが、味方を有利に導いたのはキットの働きだったのだ。

ウルフは彼女が泣きやむのを待った。やっとしゃくりあげるだけになってもまだそのままでいた。小さな武器を使うキットの姿にはまったく驚かされた。いつになったら心配をかけるのをやめるのだろう？

「これで四度目だわ」しゃくりあげる合間に、キットは言った。

「四度目って……。ああ、そうか」意味がわかって、ウルフはほほえんだ。「だが、五分五分だと言ってもいい」彼はキットの額に軽く唇を触れた。あれほど恐ろしい体験をしながら、彼女は帽子さえなくしていない。そして今も薔薇《ばら》の香りを漂わせている。

「本当なの？」大きな濡《ぬ》れた目で見上げられて、ウルフはどきりとした。彼女が危害を加えられたかもしれないと思うと、胸を突き刺されたような気がする。震えている彼女をウルフはしっかりと抱きしめた。

「きみの小さな武器を見せてくれるだろう?」彼は言った。

ウルフの胸の中で、キットはうなずいた。

「もう歩けるかい?」

「もちろんよ」キットは彼の膝から滑り下り、引き裂かれたチュニックを合わせた。とたんに膝ががくりと折れ、ウルフがすばやくつかまえなかったら倒れるところだった。抱き上げられると、キットは両腕を彼の首に回して見上げた。今度はウルフも顔をしかめなかった。

「キット」その声はしわがれていた。キットが無事で自分の腕の中にいるのは何とすばらしいのかということしかウルフの頭になかった。

ウルフは一瞬ためらったが、唇を重ねた。このうえなく官能的な感触にキットは身を震わせた。キットの爪が彼のうなじに食い込む。彼はさらに激しく唇を求め、舌で探った。キットは全身で応《こた》え、彼の腕の中で溶けていきそうになりながらうめいた。ああ、彼はどうしてわたしをこんなふうにできるのかしら?

ウルフは岩の上に座りなおして、キットの華奢《きゃしゃ》な首筋に唇をはわせた。チュニックの裂け目から滑り込んだ手は豊かな胸の先端を探り当て、親指で、舌で愛撫《あいぶ》した。ウルフの手がお尻から太腿に下りていくと、キットは喜びの声をあげた。彼が胸の先端をもてあそび、膝のあいだに手を滑り込ませる。キットは身をよじって彼のうなじにキスをした。

「かわいいキット」ウルフはささやき、また唇を重ねた。「信じられないほど美しく……」

ウルフのことばにキットは我に返り、急に身を引いた。「ああ、だめよ」彼女は小さく言って両脚をぴたりと合わせた。「ルパート」うろたえた声で叫ぶ。「わたしはルパートを裏切ったわ」キットは身を引き離すと、両手に顔を埋《うず》めた。こんなに仲になるだなんて、とてもウルフとは顔を合わせられない。しかも、わたしはそれを許したのだ。

「きみはルパートを裏切ってはいない」声を震わせて、ウルフは言った。「こういうことは……今夜のような事件のあとでは自然なんだ。戦ったあとは自制心を失いがちだから」

「ええ」キットはどぎまぎしながら答えた。「わかったわ」それでもルパートへの誓いを破ったという思いは消えない。ああ、どうしたらいいのだろう、たった一度ウルフにキスをされただけなのに。そのキスに彼女は震え、それ以上のことを求めたのだ。

だがルパートはロンドンで彼女を待っている。そして、伯爵の息子でありドイツの辺境伯の孫であるウルフにはアンナなんとかいう人がどこかで待っているのだ。

「見てくれ」ウルフとキットが野営地に戻っていくと、ニコラスが言った。そして襲撃者の死体から見つけた革の財布を見せた。

小川のほとりでのできごとのために、キットはまだ震えていた。毛布を取り上げてくるまり、ウルフについて焚き火のそばに行った。「この中にウィンダミアの市で袋物を売っていた商人がいたんだわ。ロバート・クロスとかいう名前の」キットが言った。「ほら、裏にハート形の中に十字架が型押ししてあるわ。自分の名前を署名代わりにするとは何て気がきいているのだろうと思ったのを覚えているの」

「あの男たちはたくさん金を持っている。だから我我の金を何としても手に入れようとすることはない」ヒューが言った。「金が目当てではなかったんです」

「よし。またひとつ彼の証拠をつかんだ」

「誰の証拠なの、ゲアハート?」キットはきいた。

「フィリップ・コールストンがこの刺客たちに我々の跡を追わせた」ウルフは言った。「わたしたちに護衛をつけようとしたのを覚えているだろう?」

キットはうなずいた。

「寝ているあいだに殺そうとしたのは間違いない」

「でもどうして?」キットはたずねた。「あなたがあの印章を持っているから? どうして彼はそれを知っているの?」

「彼はきみがアガサと会ったことを知っている。だがそのときアガサが何を言ったかはよくわかっていない」ウルフは答えた。「アガサが、クラレンスとフィリップの共犯者だったことは確かだ。今はもうフィリップは彼女を信用していないだろう」

「彼がわたしたちを殺すためにこの男たちを送り込んだと言うの?」ほとんどささやくような声で、キットは言った。

ニコラスはうなずいた。キットは馬がつながれているほうを見やった。彼女の茶色の布袋はまだ地面に投げ出されたままで、中身が少しこぼれ出している。キットはまた震えだした。

「わ、わたしを森の中へ連れていった男は……わたしを知っていた。レディと呼んだのよ。ど、どうしてわかったのかしら、こんな服を着て、男の子にしか見えないはずなのに」

「しかし、彼にはきみがわかった」ニコラスは言った。

やがてキットは岩の上で丸くなり、眠ろうとした。だがやはり眠れない。どうしても震えが止まりそうになかった。

ウルフはキットが毛布の下で震えているのに気づき、近寄ってそばに横になった。何も言わずにキットを抱き寄せ、自分の厚い毛布をかけた。キットは背中を丸くして彼の体温に心地よく包まれた。ほどなくキットの震えはおさまり、眠りに落ちた。

キットはしばらく前から、眠りの中で鳥の声を聞いていた。すっかり目が覚めても、そのまま静かに横たわっていた。ひとときの安らぎともつれ合うようにして眠っている男性の体の力強さと温かさがうれしい。

男性？　もつれ合う？

キットは急に脚を引っ込めて起き上がった。するとウルフと目が合った。横向きになって肘を曲げて頭を支え、くつろいだ様子だ。

「おはよう、キット」彼は穏やかに言った。「よく眠れたかい？」視線がキットの唇に移り、それから抑えきれないように柔らかな丸みを帯びた体に走った。

キットは自分を見下ろした。チュニックが大きく裂けている。柔らかな白い肌と先が薔薇色の豊かな胸がウルフの目に映ったことに気づくと、彼女は布地を引っ張って前を合わせた。

ウルフは唾《つば》をのみ込んだ。起き上がると彼女の肩を毛布で包んだ。「着替えるんだな」彼はぶっきらぼうに言った。「すぐに出発するから」

それからの三日間、キットは女性用の服を着てウィンプルで頭を覆い、泥のしみのついたマントを羽織って過ごした。旅のあいだウルフはずっと無口なままで、彼女が何をきいてもほとんど答えなかった。キットはいぶかりながら何とか彼の機嫌を直そうとしたが、うまくいかなかった。

ロンドンに行くまでに寄るのはあと一箇所、ケンドル侯爵ジョン・ビーチャムの領地だけだとウルフはキットに言った。しかしケンドル侯爵がバーソロミュー・コールストンの親友で、バーソロミューとその息子たちの死を調査してほしいとヘンリー四世の宮廷に何度も願い出ながらそのつど退けられていたことは言わなかった。バーソロミューが死んだ当時、宮廷では何ごとも疑念や邪推につながりそうな雰囲気があって、ヘンリー・ヘレフォードは再考する気になれなかったのだ。

ウルフはケンドル侯爵に秘密を打ち明けようと考えていた。この件をヘンリー五世に訴えたとき、彼の支援がどれほど力になるかわからない。もしかしたら現ヘンリー王は、もう一度調べなおして裁きを下すかもしれない。

ウルフは心の奥底で、もうすぐウェストミンスターに着いてキットをヘンリー王の手に渡すのだと考えずにいられなかった。そして彼女はルパート・アイリースと会う。それを思うと落ちつかなかった。

ロンドンに着いたら、王が彼女をそばに置きたいと願うのは言うまでもない。きっと王は、ルパートとの結婚を許すだろう。もしかしたら、王は彼女を政略結婚させようと考えているのかもしれない。しかし何があろうとキットは、ウルフのことなど意に介さず自分の道を貫くだろう。

ウルフはアンネグレットのことを考えた。祖父がウルフの結婚相手として選んだ、ドイツの辺境伯の娘だ。キットとは対照的な青白くておとなしいアンネグレットとの婚約はこれまでずっと避けてきたが、両家はともに縁組を強く望んでいる。もうすぐ婚約するはめになりそうだ。

ケンドル城に馬を進めながら、ウルフは計画を立てた。ケンドル卿《きょう》にロンドンに来てもらおう。そしてバーソロミュー・コールストンの件には証拠があるのかどうかそれとなくきいてもらうのだ。今ならヘンリー王は、父王の暗殺計画にバーソロミュー・コールストンがかかわっていたかどうか調査することを考えるかもしれない。ウルフには法廷の書類にどんな偽造の証拠があっても反論できる自信があった。バーソロミューが作りなおした新しい印章と盗まれた古い印章、そしてクラレンスの名前と謎《なぞ》の押印のある古い手紙を持っているのだ。

ウルフは、アガサが言ったというトミー・タトルを捜し出したいと思った。ロンドンでは何とありふれた名前だろう。二十年も前の犯罪とかかわりがあるらしいトミー・タトルは見つかるだろうか。必要とあらばウィンダミアに取って返して自分でアガサと会い、ヘンリー王の前に連れていって証言させようとウルフは心を決めていた。

そして最後に、キットと距離を置かなくてはならないと考えた。秩序立った抑制すべき日々を彼女は脅かす。これ以上彼女の魔力のとりこになってはいけない。

一行は暗くなる前にケンドル城に着いた。階段の上で、上等のブルーのドレスとかぶり物をつけた、丸々とした小柄な女性が出迎えた。侯爵夫人レディ・メアリー・ビーチャムだ。

「ケンドルにようこそ」レディ・メアリーは弾むような温かい口調で挨拶《あいさつ》した。「お客様がいらしてうれしいわ。めったにないことよ。一日中馬に揺られて皆さん、お疲れのようね。お食事と休憩が必要ですわね。すぐ準備しますからね。まあ、わたしったらまたしゃべりすぎだわ」彼女はことばを切った。「はじめまして」彼女はキットの腕を取った。「わたしはレディ・メアリー。ケンドルの妻よ。ああ、来てくださってうれしいわ。これで義理の娘のシャーロットさえここにいれば……」キットはほほえみながらレディ・メアリーと一緒に歩いていった。不機嫌なウルフからつかの間でも離れられるのはうれしい。しかし、レディ・メアリーは口をきく暇を与えてくれるだろうか?

ニコラスとウルフは侯爵の騎士に導かれて、広間を横切り、奥にある湾曲した階段を上って塔の小部屋に着いた。そこがケンドル侯爵の執務室だ。円形の部屋で、石壁には細長い窓がいくつかある。日の光がじゅうぶんに入るうえ、枝形の燭架《しょくか》が低く吊られていて室内はとても明るい。

ケンドル侯爵はそれほど長身ではないが、がっしりした体つきで、若いころは活動的だったのに違いないと思われた。生え際にだけ白いものがまじった髪は、ウルフの記憶にあるとおり薄茶色だ。鋭い青い目には親しげな光があり、話し好きな妻と対照的に口数が少ない。ケンドル城を訪ねてきた本当の理由をどう切り出したらいいだろう？ ウルフが迷っていると、侯爵がとうとう口を開いた。

まっすぐにウルフを見つめて、静かに言った。

「きみはわたしを、ゲアハートという名前に覚えがないほどもうろくした老いぼれだと思っているのかね？」

8

ケンドル卿《きょう》がドイツ人の祖父の名前を覚えているとは思いもよらなかった。ごまかそうとしたと腹を立てているだろうか。ウルフは残念に思った。ケンドル卿にはぜひ味方になってほしかったのだ。

「きみはジョンか、それともウルフレムか？」侯爵はきいた。「少なくともあの襲撃を生き延びた者であることは疑いない。思うにきみはウルフだろう。もっとも三人とも父上の面影があったが」ケンドル卿は椅子に座りなおしてウルフをつくづくと見た。

「ジョンだとしたら若すぎる」

「ジョンは父と一緒に死にました」ウルフは静かに答えた。

二十年前にわかっていたはずなのに、ケンドル卿は動揺の色を見せた。「なぜここへ来た？　何が目的だ？」彼はたずねた。

「ウィンダミアを取り戻し、父の汚名を晴らすため、力になっていただきたいのです」ウルフは慎重に答えた。

「力になろう」ケンドル卿は即座に答えた。そして椅子の肘掛けに手をついて立ち上がった。「あの件は、伝えられているように街道で賊に襲われたというだけではないとつねづね思っていた。邪悪な意図が働いていたに違いない。わたしの考えでは、叔父上のクラレンスがきみの家族を抹殺しようともくろんだのだ。さらに、クラレンスかフィリップが、グレンダウアーの反乱の際のヘンリー・ヘレフォード王暗殺計画にかかわっていたとも信じている」

「証拠はお持ちですか？」ウルフは驚いてきいた。

「いや」ケンドル卿はかぶりを振った。「だが、若いころきみの父上とその弟をよく知っていた。クラレンスはウィンダミアと爵位をひどく欲しがっていた。クラレンスは裏切りを――殺人ですらしかねない男だ。彼はウィンダミアを狙《ねら》っていた」

「わたしたちはウィンダミアから来たのです」ウルフは言った。

「あそこから？」ケンドル卿は片方の眉を上げた。「フィリップに近づくにはさぞ用心したことだろう。あの男は父親と同じくゆがんでいる。もっともクラレンスの場合はいつも嫉妬《しっと》からだった。きみの父上をねたんでいたのだ」

それはウルフも知っていた。

「フィリップはまったく違う」侯爵は机を回って前に出てきた。「汚らわしいできごとがいくつかあった。もちろんすべてもみ消されてきたが」

「侯爵、アガサ・コールストンは生きているのです」ウルフは言った。

ケンドル卿はびっくりした。「何年か前に死んだと聞いたが」

「彼女がレディ・キャスリン・サマズにこれを渡したのです」ウルフは印章と手紙の入った革袋を鎖帷子《かたびら》から取り出した。「わたしに渡すように言ったそうです。そして消えたと」

「どんなふうに？」

ウルフはキットがアガサと会った顛末《てんまつ》を話した。

「父の事件に彼女が最初からかかわっていたのは確かです」彼は結んだ。「だがどうして今になってフィリップを裏切ろうとするのかわからないのです」

「思うに」侯爵は考え込みながら言った。「アガサはいわばあの城のとらわれ人なのだろう。彼女とフィリップがうまくいっているとは思えない。それでウィンダミアにやってきたきみを見て、賭《かけ》に出たのだろう」

「どうしてアガサにわたしがわかったのでしょう？」

「もちろんきみにはわかるまい」ケンドル卿は考え込みながら言った。「しかしきみは、父上に生き写しだ」

「それならどうして、フィリップにはわからなかったんですか？」ケンドル卿の机に印章を置いているウルフに代わってニコラスがきいた。

ケンドル卿は肩をすくめた。「あれから二十年にもなる。バート・コールストンの息子が死を逃れたとは考えてもいないのだろう」彼は印章に彫られた模様をじっと見つめた。「これは盗まれたバーソロミューの印章だ。アガサが持っていたと？」

ウルフはうなずいた。「隠し持っていたのです」

ケンドル卿は机に向かって座り、目の前の色あせた羊皮紙に眉をひそめた。

しばらく古い手紙を吟味していたケンドル卿は椅子に座りなおした。「これは簡単なことだろう」彼はにやりとした。「いつロンドンに発《た》つ？」

ケンドル城に着いてからウルフや配下の者はどこにいるのだろうとキットは思っていた。あの不機嫌な護衛役に会って、二日間の失礼な態度を非難してやりたい。これ以上ウルフに自分を無視するような態度を続けさせる気はなかった。

それでなくてもキットはつらかった。ブリジットを失った悲しみに、あふれそうな涙を何度もこらえた。鈍感な騎士たちに囲まれて旅をしているときに、泣いてはいられない。中でも騎士たちの首領は最悪だ。陰鬱《いんうつ》に考え込んでいて、彼女とのあいだに壁を築いている。キットはもう耐えられなかった。

ウルフは、キットのぱちんこの腕前についても何も言わなかった。彼女の〝小さな武器〟に興味を示しただけだ。まるであのキスがふたりのあいだにくさびを打ち込んだかのようだ。

キットは晩餐《ばんさん》のために着替えをして、大広間に下りていった。ウルフが男性と大きな暖炉のそばに立っていた。

「ところで、ゲアハート」その男性は、キットに強い関心を示して言った。「こんなすばらしいレディのことを、きみも父も何も言わなかった」彼はキットの手を取り、さらに慇懃《いんぎん》に頭を下げた。

「お父上は、まだこのレディに会っていないと思う」ウルフはそっけなく言った。そしてキットをケンドル卿の息子のウィリアム・ビーチャムに紹介した。「レディ・キャスリン・サマズを紹介する。ヘンリー王の保護下にあり、王の護衛官のサー・ルパートと婚約している女性だ」ほとんどキットのほうを見なくても、ウィリアムがキットの手を放さないのに気づいていた。

「サー・ルパート？　アイリースか？」

「そうです」キットは短く答えた。ルパートの名前を持ち出すとは何のつもりだろう？　浮気心を出したことを思い出させるために決まっている。

「彼なら知っている。立派な兵士だ」ウィリアムは言った。「お幸せに」

「ありがとうございます」キットはそう答えて、ウルフをにらんだ。

「わたしの兄のロバートは、妻と息子と一緒にロンドンにいる。もしよかったら……」

「まあ！　そこにいらしたのね！」レディ・メアリーが夫とともに大広間に入ってきた。「ウィリアムに会ったのね。ほかの人たちはどこ？」レディ・メアリーは大広間を見回した。「サー・ゲアハート、あなたのいとこはわたしたちと一緒に食事をしてくださるでしょうね？　料理人が特別の料理を準備して……」

「メアリー！　ゴブレットが足りているかどうか見てくれないか？」ケンドル卿が言った。

「もちろんですわ」レディ・メアリーは答えた。「今夜はすばらしいワインを樽《たる》から出したのよ。わたしたち……」

晩餐のあいだにウルフと話をしようとキットは思っていた。しかし、ケンドル卿父子《おやこ》と話さなくてはならない。そのうえレディ・メアリーが絶え間なくウルフに話しかけているので、機会がなかった。食事が終わると男たちは挨拶《あいさつ》もなしに大広間を出ていった。キットのいらだちはつのった。

「あの人たちはどこに行ったんですか？」部屋に向かう階段を上りながら、キットはレディ・メアリーにたずねた。もう夜は遅い。レディ・メアリーは答える前にあくびをかみ殺した。

「ああ、ほら。男性は危険がないかどうか自分の目で確かめたいものでしょう。夫は胸壁に行って、歩《ほ》哨《しょう》が警戒に当たり、備えができているかどうか見るのが好きなのよ」

キットの部屋の前まで来ると、城の女主人はおやすみの挨拶をした。「もし眠れなかったら」彼女はちょっと考えてからつけ加えた。「階下《した》に温めたワインがふたつきの壺《つぼ》に入れてあるわ。旅のあとには気持ちが休まるわよ」

「ありがとうございます、レディ・メアリー」キットは言った。「心に留めておきます」

部屋に入って蝋燭《ろうそく》に灯をともすとすぐに、キットは部屋を抜け出してワインを捜そうと心を決めた。ちっとも気持ちが落ちつかない。眠れるまで長い時間がかかりそうだ。

キットはワインを見つけ出すと、たっぷりと杯につぃでまだ薪《まき》がくすぶっている大広間の暖炉のそばに行った。そして暖炉に向いた大きな椅子に座り、猫のように丸くなってワインをすすった。

明日こそウルフに、無視されて怒っていることを言おう。自分は子供ではない。ウルフにはそれなりに敬意を払う義務がある。小川のほとりでのできごとはふたりとも忘れたほうがいい。ルパートの名前など持ち出してからかってほしくない。望まれていないような気がする男性と婚約していると言われるのがどんなに動揺するものかわからないのだろうか？　どうしてあんなに無神経なのだろう？

言いたいことがまとまって満足すると、キットは二杯目のワインを飲みながらくつろいだ気分になった。炎が肌に温かく、ワインは体にしみわたる。すぐに心地よくなって眠くなった。男たちが大広間に戻ってきて、まだやすむつもりのないウルフを残して引き取ったことにまったく気がつかなかった。

ウルフは暖炉に近づいて立ったまま炎を見つめ、ケンドル卿のところに来たおかげで幸運に恵まれたことを考えていた。

ケンドル卿の拡大鏡でよく見た結果、羊皮紙の文面はクラレンスとフィリップには逃れられない証拠となることがわかった。ケンドル卿はウルフとともにロンドンに行くと言い張っている。ヘンリー王の宮廷で、卿が口添えしてくれたらどんなに有利になるだろう。すぐにも爵位を取り戻すことができ、フィリップは処罰されるのだ。ウルフに突然思いがけず明るい前途が開けた。胸壁を歩きながら、ケンドル卿は二、三助言をした。彼はそれにそって、ウィンダミアを取り戻したあとのことを考えはじめた。

ウィンダミアには修正しなくてはならない問題が山ほどある。まず建物自体を修復しなくてはならない。町で見聞きしたことからして、代官や農地管理人はキットの言うとおりらしい。領民たちは豊かではなく、暮らしに満足していない。フィリップが領主になってから、どれほど多くの残忍な行為があったのだろう？

父の執事だったスティーヴン・プレストを捜し出せないものかとウルフは思った。スティーヴンなら父が定めた制度に戻すのにどれほど力になってくれるかわからない。新しい代官と農地管理人には、父のときのような心正しい人間を選ばなくてはならない。ウィンダミアに戻ったら、するべき仕事が山積みだ。

祖父はアンネグレットとの結婚を迫るだろうか？　たいした問題ではない、とウルフは思い込もうとした。ウィンダミア伯爵夫人と世継ぎは必要だ。それにふさわしい女性なら誰でもいい。しかし、腕の中のキットの感触、柔らかな唇、そしてため息を思わずにはいられない。

静かなため息に物思いを破られ、ウルフは振り返った。背後の椅子でキットが眠っていた。脚を曲げて椅子に上げ、腕に頭をのせている。いかにもあどけなく魅力的で、心をそそる寝顔だ。彼女が自分に腹を立てているのはわかっている。それも当然だ。数えきれないほど何度も会話に引き込もうとしたのに、彼はそれをことごとく拒絶したのだ。彼女がルパートを裏切ったと感じているのを知りながら、ルパートの名前を持ち出しさえした。

ひどいことをしているとわかっていても、ウルフにはそうするしかなかった。襲撃された夜のようなことが二度とあってはならない。キットをロンドンに連れていきヘンリー王の手にゆだねたら、ウィンダミアを取り戻す仕事に専心するのだ。ウィンダミアが再び彼のものとなったときには、この二十年のあいだに受けた損傷を修復する仕事にかからなくてはならない。そしてときが来たら、アンネグレットでも誰でもいい、おとなしくて落ちついた女性と結婚しよう。

キットが椅子の上で動いた。ちょっと目を開けたがすぐまた閉じた。それから急にウルフに気づいてはっきりと目を覚ました。伸びをして手で口を覆ってあくびをした。

「寝ていると思った」ウルフは静かに言った。

「疲れていないのよ」

「そうは見えない」ウルフは言った。

「わたしと話をしてくれるとは変わったわね」緑色の目をきらりと光らせて、キットは皮肉った。

ウルフは答えなかった。キットが自分を少しも恐れていないのを面白く思った。

「この三日間、あなたがわたしにかけたことばといえば二十ぐらいなのを知っている?」

ウルフはからになった杯を取り上げてにおいをかいだ。ワインを相当飲んだのだろうか?

「あんなふうに無視するなんてひどいわ、ゲアハート」彼女は非難した。「サマズ卿でさえわたしを無視はしなかったわよ」

悪者のサマズとくらべられてウルフはひるみ、その気持ちが顔に出た。

「怒ったの?」彼に言ってやろうと思っていた不満

が消えうせてしまった。キットは不安になった。声がかすれないようにと願いながら、彼女は静かにきいた。「わたしが何かしたと……」

「いや、キット」ウルフはやさしく答えた。これ以上彼女を傷つけたくはない。「さあ。部屋まで送ろう」

「送ってもらわなくていいわ」また反抗的な態度に戻って、キットは言い返した。

ウルフは微笑した。傷ついた子雀《すずめ》より向こう見ずで傲慢《ごうまん》なレディ・キャスリンのほうが扱いやすい。

キットは少しふらふらしながら立ち上がり、階段のほうに歩きだした。彼など必要ないし、求めてもいない。そして……。

「そうか。それなら同じ方向だから一緒に行こう」

「わたしにかまわないで、ゲアハート」よろめく足で階段を上りながら、キットは言った。「わたしは本当に大丈夫」

キットはつまずいた。ウルフは彼女の腰に手を回して、転がり落ちないように支えた。

キットは癇癪《かんしやく》を起こして、熱い涙を流しそうになった。そのときウルフが彼女を荒々しく腕に抱いて、逃げる暇も与えず激しく唇を重ねた。唇を開き、彼女にもそうするよう無言のうちに求めた。キットが口を開くと舌を合わせてきた。激しい情熱にキットは膝が折れそうな気がした。強く抱かれていなかったら倒れてしまいそうだ。

キットは彼の首に両手をかけた。熱情と欲望のおもむくまま、求めに応じて口を開いた自分に驚いていた。前のときより、このキスははるかにすばらしい。キットは身を震わせた。信じられないほど強い欲望がふくれ上がり、今にも爆発しそうだ。彼の両手で全身を愛撫《あいぶ》してほしい。

ウルフの手が胸の両脇《りようわき》に上がってきた。豊かな胸の先端を親指で探り、愛撫した。

やめなくてはいけないとウルフにはわかっていた。あまりにも甘美なキットの魅力、その感触に欲望がかき立てられる。正気を失いそうなほど彼女が欲しい。だが、それが許されないのもわかっている。キットは王に保護される身であり、ウルフは彼女を守らなくてはならない立場なのだ。自分のものにすることはできない。たとえルパートとヘンリー王が待っていなくても。キットの幸せと、ウィンダミアのことを考えなくてはならないのだ。

そして、気は進まないがアンネグレットのことも……。

ウルフは身を引いた。キスされてふくらんだキットの唇を見ると、暖炉のそばに運んでいって愛したくなる。こんなにも突然、欲望に駆られたのははじめてだ。だがこのような欲望は胸の痛む結果しかもたらさない。キットもまた彼を求めていることは目を見ればわかる。それでもここで踏みとどまらなくてはならない。踏みとどまらなかったらもうあとには引けなくなる。キットを自分のものにすることはできない。ルパートが待っているのだ。

ウルフは唾《つば》をのみ込み、胸の思いを隠すためにいやらしい笑みを浮かべた。そしてキットの手を取ると、そのてのひらに悩ましいキスをした。「今夜の無作法な振る舞いは言い訳のしようがない、いたずらっ子。たぶん長いこと娼婦《しょうふ》を買っていないせいだと――」

キットは彼の顔に平手打ちを食わせた。そしてふらつく足取りで、できるだけ早く階段を上っていった。踊り場に着くと、テーブルの上にともっている蝋燭を一本取り、すすり泣きを押し殺しながらまた階段を上った。苦しげな泣き声がウルフに聞こえないようにと祈った。

娼婦ですって？

ウルフには二度と近づいてほしくない。

9

その夜キットは泣きながら眠った。次の日は一日中ケンドル侯爵夫人と過ごした。ウルフの姿は大広間で朝食をとったときに一度ちらりと見たきりだ。キットは彼と目を合わせようとせず、レディ・メアリーのおしゃべりに聞き入っているふりをしていた。

こんな惨めな思いをしたのは何年ぶりだろうとウルフは思った。キャスリン・サマズほど魅力的な女性には会ったことがない。野火のような激しさで彼のキスに応《こた》える。サマートン湖の金色の女性に似ていて、しかももっと現実的だ。血と肉と、心と魂と、魅力的な激しさを合わせ持っている。ウルフは彼女を求めていた。

キットの哀れな様子に胸が痛む。目は真っ赤に腫《は》れ上がり、ゆうべの彼の侮蔑《ぶべつ》的なことばに泣いたのがわかる。それでなくてもこの二、三日、彼の冷ややかな態度に苦しんでいたのだ。ウルフは良心にさいなまれた。

だが、ウルフはキットとは距離を置こうと決めていた。それでわざときらわれるようなことまでしたのだ。キットの苦悩をやわらげてやる手立てはない。

ウルフはその日、ケンドル卿《きょう》と息子のウィリアムとともに過ごした。ケンドルの領地に馬で出かけ、午後は釣りをした。ケンドル卿は、若き日のバートことバーソロミューがした若者らしいいたずらの話を次から次へと語って、ウルフを喜ばせた。

だが、ウルフの思いはしばしばキットに戻っていった。どうして彼女がこんなに気にかかるようになったのか？

「本当にルパート・アイリースと結婚することにな

っているのか?」ウィリアムがきいた。

ウルフはうわのそらだったことに気づいてうなずいた。キットを見たときのウィリアムの反応からして、何のことかはわかった。

「彼女は赤毛だろう?」ウィリアムはたずねた。そしてウルフが答えるより早く、侯爵の息子は熱心な口調で続けた。「わかるとも。目があのような緑色だから。わたしは――」

「彼女はだめだ」ウルフはそっけなく言った。キットは赤毛だろうか? かぶり物を取ったところを見たことがない。もっとも、ロンドンに着いて流行のドレスを着たレディたちを見たらすぐにかぶり物を取るだろう。そして胸の広く開いた、腰を締めつけるようなドレスを着るかもしれない。ウルフは顔をしかめた。彼女は今のままで完璧《かんぺき》なのだ。

「なぜヘンリー王は彼女を呼んだのだろう?」ケンドル卿がきいた。

「さっぱりわかりません」ウルフは答えた。「できるだけ早くルパートと結婚させて、彼に品行を改めさせようというのかもしれません」

「ふむ。それでは彼女はルパートにゆだねられるのだな」

「言ったとおりです」ウルフはむっつりと答えた。

ウルフの心はふたつに引き裂かれていた。キットと顔を合わせないようにしたい気持ちと、彼女が元気だと自分の目で確かめたい気持ちとに。まったく腹が立つ。昨夜はどうしてあれほど無神経なことが言えたのだろう? もう取り返しがつかない。きらわれるためにしたことだからあれでじゅぶんだ。

あと一日旅をすればキットはロンドンに着いて彼の手から離れる。ルパート・アイリースと結婚して、ノーサンバーランドのアイリース家の領地に帰るだろう。彼女を忘れるまでにどれほど長い年月がかかるのか、ウルフにはわからなかった。

「こんばんは、サー・ゲアハート」晩餐《ばんさん》のとき顔を合わせたレディ・メアリーが言った。「今日はずいぶん早く出かけたのね。お客様がいらして夫がこれほど喜んだのは久しぶりよ。明日も、わたしを置いてあなたがたのお供をするとは、夢中になりすぎているようだわ」すねているような言い方だが悪気はない。真剣にきいてもらおうと思っていないのだ。

ケンドル卿の隣に座ったキットは目の前の料理しか頭にないようだ。だがウルフがレディ・メアリーのおしゃべりを聞き流しながら彼女を見ると、木皿の上で食べ物をつついているだけで、ごくわずかしか口に入れていない。一度だけウルフのほうを見たが、すぐにまた目を伏せた。

見るからに苦悩しているキットの様子がウルフには気になってならなかった。目に涙が光っている。もし泣きだしたらすぐにでも飛んでいって彼女を腕に抱き、許しを請うだろうとウルフは思った。

彼女は泣いてはならない。いつもの快活で頭の回転の速い女性でなくては。

話題は、ウルフたちがケンドルに来る途中で賊に襲われたことに移った。ウルフはこの機会に乗じてキットをちょっと怒らせようとした。

「レディ・キャスリンは石を飛ばして、まぐれで二人の山賊を倒したんです」

「何ですって?」自分の耳が信じられないというふうにキットはつぶやいた。

「賊は石が当たってびっくりした。おかげでわたしたちはたちまち有利になったのです。我々は数において劣っていたし、そのうえ……」

「びっくりしただけではなかったわ」

「何だって、レディ・キャスリン?」

「わたしは賊を驚かせただけではなかったのよ」自分の働きをウルフが過小評価しているとは信じられ

ない。危ないところを救ったのに。

「本当だ。あの連中の気をそらしてくれたので配下の者は……」

「全滅だったでしょうよ、もしわたしがあの悪者たちを倒さなかったら！」

「レディ・キャスリン」ウルフは保護者のように言った。「我々一同はきみの働きには感謝して……」

「チェスター・モーバーンは切りつけられたでしょうし、ダグラス・ヘンレーは倒されていたわ！」

黙って見ていたケンドル卿は、どうしてウルフはこんなに挑発するのかと考えた。彼女が怒るのはもっともだ。ケンドル卿は好奇心をそそられた。このふたりはどうなるのだろう？　ぜひ見届けたい。

「しかも、レディにあるまじきことに馬にまたがって」ウルフは偉そうにキットを非難した。「手当たり次第に石を打ち込んでいた。きみが森の中に連れ去られるのをわたしが見なかったら、もっと大変なことに……」

「わたしはあなたが来るまで頑張ったのよ！」キットはかみつくように言った。「もう少し時間があれば自力で逃げられたわ。あれはただ……」

ウルフがばかにしたようにくすくす笑ったので、キットはいっそう怒り狂った。レディ・メアリーが夫の体越しに手を伸ばしてキットの腕にさわり、落ちつかせようとした。

「出ましましょうか？　しばらく男のかたたちだけにさせてあげましょう」レディ・メアリーが言った。

ロンドンへの道中はひどかった。キットは自分の雌馬に乗ると言い張った。ウルフの馬に相乗りしたくない。誰かしらいつも彼女のそばにいたが、ウルフはけっして近寄らなかった。ウルフが彼女に話しかけるとき、その口調は冷ややかだった。キットのほうを見るときには必ずあざけるように片方の眉を上げ、森の中で用を足すために止まってほしいと言うと、わざといらいらした様子を見せた。

もう我慢できない。キットはロンドンに着いて、彼と離れられるのが待ちきれなかった。

それでも、ウェストミンスターに着くと惨めな気持ちになった。彼との別れが迫っている。キットはまた危うく泣きそうになった。あまり身近にいたので、ずっと前から知り合いのような気になっていた。彼がいなくなったらどうすればいいのだろう?

王宮に着いたとき、キットの心は不安と孤独感でいっぱいだった。王宮に驚嘆する気持ちもなく、王に呼ばれたという事実も忘れていた。荷物が下ろされ、乗ってきた雌馬がお仕着せを着た従僕に引きわたされている。キットはそんな小さなことに意識を集中し、ウルフとの別れを考えまいとした。一度だけ思いがけず目が合った。彼の目に火花が散ったようにに思えたが、すぐに消えた。思い違いだ。彼の目が輝くのは、アンネグレットを見るときだけに決まっている。

ランカスター王家の遠い親戚《しんせき》に当たるレディ・モード・チーズデールが中庭で出迎え、キットの相手を引き受けた。ウルフが簡単にこれまでの旅の報告しているとき、ケンドル卿はキットを脇《わき》に呼んだ。

「きみがこの王宮に慣れるまでには少し時間がかかるだろう。もし何か……難しい問題が起きたら、いつでもわたしを呼びなさい。わたしはここではどんな勢力にも影響されない」

「ありがとうございます、ケンドル卿」キットは答え、爪先立って彼の頬にキスをした。彼の親切に別れのつらさもいくらかやわらいだ。「そのときはお願いします」

「それからわたしも、レディ・キャスリン」ウィリアムがことばをそえた。「あなたのお役に立ちたい」

「忘れません」キットは悲しそうにほほえんで言った。「あなたがたもレディ・ケンドルもとても親切にしてくださいました。それから、あなたも、サー・ゲアハート?」キットはおずおずときいた。不愉快な状態のまま別れたくない。思いやりのあることばをかけてほしかった。「必要なときにはそばにいてくれる?」

ウルフは歯をきしらせた。「きみにはかしずく人間がありあまるほどできそうだ」きつい口調だ。「わたしの助けは必要ないだろう」

レディ・モードにせき立てられて、キットは宮殿の衛兵ふたりと荷物運びの召使いと一緒にウェストミンスター宮に入っていった。最後にもう一度振り返ると、ウルフが所在なげにアーチ形の通路に立ち、顔をしかめて見送っていた。ケンドル卿とその息子をはじめほかの男たちは馬にまたがって出発するのを待っていた。ウルフの目を見ると、もう会えないのだと彼にもやっとわかったのだろうという気がした。キットは込み上げる寂しさをぐっとこらえた。彼の腕にもう一度抱かれたいという激しい欲望を押し殺して背を向けると、ウェストミンスターの奥に通じる回廊を歩いていった。

「あなたがいついらっしゃるか、はっきりわからなかったのよ、レディ・キャスリン」きびきびした足取りでキットを導きながら、レディ・モードは言った。「でもお部屋の用意はできているわ。それから王様がお帰りになるまで、よく仕込まれた小間使いがふたり、お世話をするわ」

「お帰りになるまで?」王はここにはいないのか。それなのにどうして自分を呼び寄せたのだろう?

「そうよ。あいにく今はいらっしゃらないのだけれど、二週間以内にお帰りになるわ。そうしたらあなたも会えるわ」

キットはヘンリー王がなぜ自分を呼んだのかききき

たかった。だが、知らないことは明らかにしないほうがいいような気がした。それには触れずロンドンでの日々に耐えたほうがいい。ルパートを捜す時間ができたのだ。最初からそのために来たのではなかっただろうか？

やっと部屋に着いた。贅沢《ぜいたく》な家具調度のある広々とした気持ちのいい部屋だが、質素な好みのキットには気に入らなかった。今は夕闇《ゆうやみ》に包まれているが、中庭を見晴らせる大きな窓がある。ウルフと別れたところは建物の反対側だ。ここからは彼が出発する姿をかい間見ることさえできないのだ。

「隣の居間も使っていいのよ、レディ・キャスリン」あいだにある扉を開けながら、レディ・モードは言った。「ほかのレディたちが旅のお話を聞きたがるのは間違いないわ。ここで皆さんに会っていいし、ほかに何をしてもいいのよ。わたしたちは、あなたが王宮でくつろげるおもてなしをするように言われているの」

「ありがとうございます、レディ・モード」キットはため息をついた。「とても感謝しています。でも、どなたが……」

「まず何がしたい？　湯浴《あ》み？　それとも食事？」

モードは扉を開けて、ふたりの小間使いを呼び入れた。どちらも若い娘で、新しい女主人に会うので興奮している。膝を曲げてお辞儀しながら名乗った。メグとジェーンだ。

「湯浴みがしたいです」レディ・モードから離れたくて、キットは言った。ひどく疲れた気がして、ひとりになりたかった。ルパートに会えると思っても気持ちは引き立たない。

「王様の多くの家臣や顧問官がこのウェストミンスターに住んでいるのよ。キャサリン女王のレディたちや、王様の顧問官の妻や娘も大勢いるわ。似通った名前の女性はほかにもいて……。とてもきれいな名前ね」

「ありがとうございます」

「明日はきっとレディたちに会うことになるでしょう」モードは言った。「みんな、あなたの到着を心待ちにしていたのよ」

「そうなんですか？」キットはいくらか驚いた。ヘンリー王の用件を知らないのは、わたしだけなの？

「まあ、どうして？　もちろんよ」レディ・モードは答えた。「あなたを待っていると陛下はおっしゃっていたのよ。ああ、お湯が来たわ」下僕たちが湯気の立つ桶《おけ》を下げて入ってきて、暖炉のそばに据えた浴槽に湯をつぎ込んだ。「あとは小間使いたちに任せるわ」

キットはこれまで経験したことのない孤独な八日間をどうにか過ごした。

ヘンリー王は、レディ・キャスリンを大切にして必要なものは何でも与えよという命令を下していた。キットのためにドレスが何枚も作られた。レディたちは彼女の田舎ふうのドレスを大目に見た。洗練された宮廷のレディたちを見慣れたウルフの目に、自分がどんなに時代遅れで変に見えたことだろうと、キットはつらく思った。ゆったりとした裾《すそ》の長いドレスはまったくの流行遅れだった。幸いウェストミンスターのお針子たちの腕はすばらしい。ヘンリー王の帰還までに、キットの手持ちの衣装はすっかり入れ替わりそうだ。

ウェストミンスターには、王と王妃の側近たちがたくさん残っていた。キットにはまったく縁のなかったフランス語を女性たちはよく使う。しかも誰も通訳してくれないことがたびたびあった。

キットは毎朝庭園を散歩した。いつもひとりで歩きながら、ウェストミンスターを出て田舎に行きたいと願っていた。もしかしたら、広大な敷地内でウルフの姿を見かけることができるかもしれない。だがもう二度と会えないこともわかっていた。

午後は宮廷の何人かのレディと過ごした。彼女たちはさまざまな仕事を持っている。縫い物、繕い物、刺繍《ししゅう》、そして色鮮やかな巨大なタペストリー作り。おしゃべりをしながら一緒に働き、ときには放浪の吟遊詩人がリュートを奏でたり即興で詩を作ったりして皆を楽しませた。

ルパート・アイリースの名前はよく話に出た。そんなときには必ずと言っていいほど、皆はくすくす笑ったり顔を赤らめたりする。キットにはなぜだかわからなかった。わかっているのは自分がルパートに腹を立てていることだけだ。彼はロンドンに、それもごく近くにいる。たぶんわたしが到着したのは聞いているだろう。それなのに訪ねてこようともしない。手紙さえくれない。どうして来ないのだろう？ それに、どうしてこのレディたちは、彼の名前が出るたびにくすくす笑うの？ もしかしたら彼は……？ いいえ、そんなはずはないと、キットはその考えを振り払った。

サー・ゲアハートの名前さえ出ることがあった。みんなキットから彼のことをきき出そうと躍起となっているようだ。とりわけレディ・キャサリン・モンフォートは興味を示した。「サー・ゲアハートは」彼女は甘ったるい声を出した。「活動的で、とてもすてきで……。本当に彼は……」

「サー・ゲアハートはドイツにいる恋人のためにほかの女性には心を開かないのよ。知っているでしょう」ジャクリーヌ・モーが魅力的なフランス訛《なまり》で言った。「宮廷の女性の誰とも恋愛はしないわ」

「まあ、ドイツで待っている女性などいないと思うわ」キャサリンが口をとがらせた。「彼はただ……」

「いるに決まっているわ」クレアという女性が反論した。「その女性とお父様に会ったと父が言っているわ。とても美人だそうよ」

「それなら、サー・ゲアハートはドイツに帰って結婚するの？」

「もしかしたら、彼女がイギリスに来るのかもしれないわ」ジャクリーヌがキットに答えた。「それとも、一緒にパリに行くか。サー・ゲアハートはパリが好きなんですって」

話はいつまでも続いた。キットはだんだん落ちつかなくなった。ウルフの婚約をフランス語で噂《うわさ》をしていたときには通訳は必要なかった。アンネグレットが洗練された美しいレディだということはわかった。ノーサンバーランドからロンドンまでの旅のあいだ、ウルフは婚約者と引き離されたことを怒っていたのだろう。

九日目の朝に、ケンドル卿が義理の娘を連れて訪ねてきた。キットが寂しい思いをしているだろうとウルフが何度もケンドル卿に言っておいたのだ。様子を見てこようとケンドル卿は約束した。だがどうしてウルフレムは自分で訪問しないのだろう？　その理由を知りたいとケンドル卿は思った。

「ここは毒蛇の巣窟《そうくつ》のようなものだろう、レディ・キャスリン」ケンドル卿は言った。「友だちが欲しいだろうと思ったのだ」

レディ・シャーロット・ケンドルは、キットよりほんの少し年上だった。背の高い黒髪の女性で、穏やかな茶色の目をして、笑顔は気取りがなくて親しみやすい。宮廷の女性たちとはまったく違う。「とてもお会いしたかったわ」彼女はキットに言った。「ノーサンバーランドからの旅のことは、サー・ゲアハートに聞いたわ」

「サー・ゲアハートに会ったの？」キットは活気づいたがすぐに気落ちした。そんなに近くにいるのに。

「ええ」シャーロットは笑った。「うちにはお客様があふれているのよ。そのうえケンドル卿と夫の弟まで増えたわ」

「わたしたちはすぐアランデルに行く。厄介払いができるよ」ケンドル卿は、義理の娘の罪のない冗談を気にかける様子もなかった。彼女は息子のよい嫁で、ちょうど一年前に跡継ぎの息子をもうけたのだ。

「気にしないでください」シャーロットは答えた。

「わたしたちはお客様が好きなんです」

「いつ、アランデルにお発《た》ちになるんですか、侯爵？」キットがきいた。

「明日だ」

「ゲアハートも？」

「そうだ。サー・ゲアハートも一緒に行く」ケンドル卿は言った。「きみがウェストミンスターでどんなふうに暮らしているか、必ず彼に話そう」

キットはうなだれた。なぜか会えなくても近くにいると思っていた。それなのに彼は明日、遠い西サセックスに行ってしまうのだ。

10

一四二一年五月下旬
アランデル

ヘンリー五世は上機嫌だった。ヴァロア家のキャサリン王女との結婚は満足のいくものだったし、フランスでの勝利は本国イギリスに大きな利益をもたらした。王は古くからの友人たちには親しげで寛大に振る舞う。中でもケンドル卿《きょう》はもっとも忠誠心の厚い家臣のひとりだ。彼はヘンリー四世が初期のさまざまな困難を乗り越えて王権を維持するのを支え続けたのだ。

ケンドル卿とともに来たウルフも歓迎された。王はキャスリン・サマズをロンドンに連れてきた旅の報告を喜んで聞いたが、キャスリンがウィンダミアで親戚《しんせき》の老女を失ったことを知るとその死をいたんだ。ウルフは道中のできごとをすべて語り、ウィンダミアを発《た》った晩に賊を撃退した話もした。

「襲撃のあいだ、レディはどうしていたのだ?」ヘンリー王は驚いてたずねた。「けがをしたか?」

「いいえ、陛下」ウルフは答えた。「彼女も戦いに加わりましたが」

「ほう?」王は緑がかった茶色の目に好奇の色を浮かべた。

「彼女はこっそりその場を抜け出したのです」ウルフはにやりとした。「そして馬にまたがって、革ひものぱちんこで襲撃者たちに石を放ちました。狙《ねら》いは正確でした」

ヘンリー王は、信じられないという顔でウルフを見た。武器を使うレディなど見たことがない。命がけの戦いに加わろうとするとは……。

「レディ・キャスリンのことをもっと話してくれ」王は命じた。

ウルフは驚いた。王はキットについて必要なことは全部知っているものと思っていた。キットをロンドンに呼び寄せた理由も謎《なぞ》のままだ。いくら親しいとはいえ、王にきくわけにはいかない。

ウルフは王宮に閉じ込められているキットのことが心配だった。ケンドル卿がレディ・シャーロットを紹介したことに感謝した。キットがどうしているか自分の目で見たくてたまらない。だが、旅の終わりの何日間かのことがあって、自分は歓迎されないと思い込んでいた。いずれにしても、今はもう彼女はルパートと再会して喜んでいるだろう。

ウルフは、王に思い出せる限りのことを話した。キットがサマートンを切り盛りしていること。義理の父親に虐待されていたこと。ブリジットを看病したことと、死なれたときの様子。ウィンダミアの市でフィリップ・コールストンがアルフィー・ジュヴェットを不当に罰しようとしたとき、見事に丸くおさめたこと。

ヘンリー王は話だけでなく、いつも冷静で落ちついていて、しかも冷たいまでに自制心の強いサー・ゲアハートの態度にも興味を覚えた。ゲアハートとはフランス遠征のとき親しくなったのだが、こんなに女性に魅せられている様子を見たことがない。

王は、レディ・キャスリンに対する計画を考えなおしながら微笑しそうになるのを抑えた。フランスに戻る前にしなくてはならないことがたくさんある。出発するまでにすべて片をつけたいと思った。

「外見はどんなふうだ？」

ウルフは片手を髪に突っ込んだ。「わたしはまだ、実際によく見てはいないのです、陛下」王の当惑した顔に、説明が必要だと感じた。「はじめて会ったとき、彼女は農民の服を着ていました。汚れた膝丈のズボンとチュニック、それからマントを羽織っていたと思います。顔も手も泥だらけで、目は腫《は》れ上がって痣《あざ》になっていました。唇にもサマズ卿に殴られてできた傷跡がありました。それで実際はどんな顔だったかわからないのです」

「そのうちには顔を洗ったのだろう」

首筋が奇妙に熱くなる。ヘンリー王は何が知りたいのか？　彼女が王の左手に輝いているエメラルドのような目をしていることとか？　それとも肌はクリームのように白く、王の白いチュニックの繻子《しゅす》のように柔らかで……。頬を染めると朝のそよ風のようにやさしげだということか？　頬骨がどんなに高く、あごがどんなに優美な形をしているか……。

「あごは、あなたと同じように割れています、陛下」ウルフは唐突に言った。ほかの話題に移りたかった。

ヘンリー王のひるんだ顔を見て、ウルフは取り繕おうとした。

「感じのいい顔立ちです。もっとも、かぶり物をかぶっていないのを見たことがないのですが」だんだんいらだたしい気持ちがつのるのを感じながら、ウルフは言った。「いつも体つきがよくわからないような服を着ていますが、身長はこれぐらいで……」ウルフは自分の肩のあたりを手で示した。「わたしと相乗りすると、鞍《くら》のあいたところにちょうどおさまって……」

ゲアハートは彼女に夢中なのだと王は思った。非常に興味深いことだ。そんなに長くレディ・キャスリンの話をしているわけでもないのに、彼が動揺しているのがわかる。

王はゲアハートの働きをうれしく思っていた。キャスリン・サマズを無事ウェストミンスターに連れてきたことだけでなく、何年もよく仕えている。報いてやりたいとずっと前から考えていた。キャスリンの件で、報酬は当初の予定より多くなりそうだ。

「会えてうれしい、ケンドル」王はずっと黙って控えていた侯爵のほうを向いた。ケンドル卿もまた、ウルフの話に興味をそそられていたのだ。「キャサリンの戴冠式《たいかんしき》で、子息に会ったぞ」

「はい、陛下」ケンドル卿は答えた。「息子から聞きました。息子とその妻は、キャサリン女王をイギリスにお迎えしたことを非常に喜んでおりました。お幸せを祈っています」

王はうなずいた。

「わたしもお会いしたい用向きがありまして……」

ケンドル卿は書類と証拠の品々を王に見えるようにテーブルの上に広げ、ウルフに代わって説明しはじめた。

ウェストミンスター宮

ある晴れた朝、キットは西の庭園を散歩していてルパートにでくわした。正確に言えば、彼につまずいたのだ。

その日はいつにもまして憂鬱《ゆううつ》で寂しかった。すばらしい景色を見れば気分が晴れるかもしれないと思いながら、キットはあまり人が行かない道を歩いていった。庭のはずれには小川が音をたてて流れ、面白い形の岩があちこちにかたまっている。樫《かし》の大木の下にはベンチがあった。

小川のほとりに薬草が生えていた。収集に加えられるかもしれない。キットはよく見ようと身をかがめて川べりを進んでいき、岩陰に生えている若木と薬草のほかは目に入らなかった。

キットは二本の脚につまずいた。彼女が物音をたてなかったせいか、それともふたりがあまりに夢中になっていたためか、ルパートと彼の連れはそのときまでキットが近くに来たのに気づかなかった。ルパートはさっと草の中に起き上がり、怒鳴りつけようとしてその相手がキットだとわかった。

ちょうどそのとき、キットも見覚えのあるレディ・キャサリン・ヘイワードが起き上がり、髪やドレスから草を払い落とした。そして頬を赤らめ、当惑したような笑みを浮かべた。

「いやあ、キット!」ルパートはすっかりあわてている。立ち上がってキットにおずおずと笑いかけた。

少なくとも後ろめたさはあるらしいと思いながら、キットは会釈した。彼の挨拶《あいさつ》はどこかよそよそしい。

キットは自分でも驚くほど何の感情もわいてこなかった。やっと彼に会えた。でも彼はいつも甘ったれた声でしゃべる、頭の足りないキャサリン・ヘイワードにすっかり夢中になっている。ルパートと向き合っているというのに何も言うことがなかった。彼に会えたら腕に飛び込んで、ブリジットのことや王のことを何もかも話し、王に呼ばれたわけを一緒に考えてもらおうと思っていたのに。

「きみがここにいるのは聞いていた」ルパートはこの三年のあいだにますます美男子になっていたが、キットは何の感動もなかった。キャサリン・ヘイワードの赤くなった顔とふくらんだ唇を見ると、宮廷の女性たちのひそひそ話の意味がわかった。自分が知っていると思っていたルパートはもういない。彼はキットのものではなく、宮廷の女性たちのものになっている。それでもちっともかまわない。

「帰ってきてどれくらいたつの?」キットはきいた。

「何だって?　ロンドンへ帰ってからかい?」

キットはうなずいた。

「ああ……そうだな、一カ月くらいだ」ルパートは答えた。「わたしたちは王より先に帰った」

「王宮で忙しかったに違いないと……」

「そんなことはないさ」ルパートはいたずらっぽく笑った。「フランスにしばらくいたら、あとは自由に帰っていいと陛下はおっしゃった。会えてうれしいよ、キット」

「わたし……わたしたちは、あなたがノーサンバーランドに帰ってくると思っていたのに」彼は何カ月もわたしのところに帰ってこなかった。それがわかっても動揺するどころかなぜかほっとしている自分にキットは気がついた。この破廉恥な美男子と正式に婚約していなくてよかった。

「いや。わたしは帰らなくてはならないときが来るまで帰る気はない。ロンドンにいたいんだ」彼は放蕩者《ほうとう》らしい笑みを浮かべた。

「わかったわ」キットはキャサリンに目をやった。彼女は立ち上がって、ドレスの胴着を直している。キットはルパートがレディ・アリスを追いかけまわしているという噂《うわさ》を思い出した。それなのに、彼は今キャサリンと一緒にいる。

何と軽薄な男だろう。キットとの約束を真剣に考えていなかったばかりか、家族に対する責任も果たそうとしないとは。家族を訪ねるか、年老いた父親に手紙ぐらいは出すべきだ。キットは怒りが込み上げてきた。

「キット……」

「ルパート」キャサリンが甘えた声で呼んだ。「もうわたしを帰して。母が変に思うわ」

「すぐだよ、ケート」

だが、キャサリンは彼の腕を取ってすがりついた。

「どうしてここに、キット?」彼はたずねた。「ヘンリー王はどうしてきみを呼んだ?」

「何も聞いていないわ。お帰りになるのを待っているのよ」

「王は四日以内に帰るそうだ」ルパートが言った。

キャサリンは本気で彼の腕を引っ張った。「ああ、このレディを送り届けなくては……」

「さよなら、ルパート」

「さようならじゃない」彼は反論した。「また会えるから」

キットはもうふたりに背を向けて歩きだしていた。後ろからキャサリンのくすくす笑う声が聞こえた。

悲しくなるか、せめて腹が立つのが当然だ。だがルパートはいつもこうだったとキットは思った。考えなしで気まぐれで。どうしてわたしは彼が結婚の約束をまじめに考えていると思ったのだろう? 歩きながらキットはほっとしていた。

その一方で、人生でたったひとつ確かだったものがなくなったのだという気もしていた。

アランデル城

ケンドル卿は喜びに輝いていた。ウルフと並んで長い回廊を歩きながら、微笑が浮かぶのを抑えられない。これ以上ないほどすべてうまくいった。王はウィンダミアのフィリップの話を聞き、差し出された証拠品を改めたうえで結論を出したのだ。

一四〇一年の反乱のときのヘンリー四世の暗殺計画に関して、王はバーソロミュー・コールストンは潔白だと認めた。そのうえ提出された品々は、クラレンスとフィリップ父子《おやこ》がヘンリー四世暗殺の陰謀だけでなく、バーソロミューとその息子の死にも関与していたという動かぬ証拠となった。色あせた羊皮紙の文面は完璧《かんぺき》にその事実を裏書きした。

フィリップとその父は、巧妙にバーソロミューに王暗殺の陰謀の罪を着せ、名誉を奪おうとした。バーソロミュー父子がブレーメンへ行く途中の襲撃で生き延びても、ウィンダミアを確実にものにできるようにしたのだ。王は、ウルフが生き残ったのは奇跡だと言った。そして身の上を偽っていたことを寛大に許した。バーソロミュー・コールストンの反逆罪の嫌疑が晴れないうちはドイツ名を使わなくてはならなかったことを理解したのだ。

王はすぐに、サー・ジョン・デューボイスを統率者とする小人数の軍勢を送った。彼らに与えられた指示は、フィリップとアガサをロンドンに連行することだ。ロンドンでアガサは公に尋問され、フィリップはバーソロミューとジョンを死に追いやったかどで裁判にかけられる。反逆罪についても尋問されるはずだ。クラレンスは十八年前に死んでいるのでフィリップがひとりで答えなくてはならない。

ウルフは成りゆきを見届けるためにヒュー・ドライデンをウィンダミアに送った。

「なぜそんな渋い顔をしている?」中庭に出ると、ケンドル卿はたずねた。「領地は返還され、爵位も取り戻せた。きみは今やカーライル公爵だ。ウィンダミアと五、六箇所ある領地はきみのものだ。ほかに何が……」

「簡単すぎました」ウルフは答え、眉を寄せた。「ウィンダミアを取り戻すためには死に物狂いで闘わなくてはならないとずっと思ってきました。こんなふうだとは考えても……」彼は首を振った。「いや、それはどうでもいい。ウィンダミアはわたしのものになった。その代償は払うつもりです」

「しかし、きみは今、ウィンダミア伯爵という以上だ」ケンドル卿は言った。「この国で公爵といえば、ヘンリー王の兄弟たちと同格だ」

確かにウルフは大きな報酬に感謝していたし、喜んでもいた。ウィンダミアに領主として帰り、以前の壮麗な領地に戻すことができるのだ。

ヘンリー王は、ウルフがウィンダミアへの帰還を熱望していることを知っていたが、出発する前に最後の奉仕をするよう新公爵に望んだ。

ケンドル卿は次の日、王の手助けをするウルフを残して、息子と一緒にロンドンに帰っていった。

「ウルフ、わたしは重大なことをきみに話そうと思う」その日の午後、仕事が終わってからヘンリー王は言った。友人のような彼をウルフと呼ぶようになっていた。ドイツ名のゲアハートと同じようにこの名は彼にふさわしい。彼は心身ともに強くて、高潔で正義感が強い。誰かがしなければならない難しい役目を信頼して任せられる人間だ。

「わたしは最近、妹がいることを知った」王は言った。「妹の母親に会った記憶はない。だが父の書類の中の文書によると二十年ばかり前、父が即位したすぐあとにその女性は身ごもったのだ」

先代のヘンリー王の最初の妻は二十年以上前に死んだ。そして、リチャード二世の跡を継いで王になったときには、ナヴァル家のジョアン王女とはまだ結婚していなかった。二度の結婚のあいだに妹が生まれたに違いない。

「彼女の存在はいろいろな方面に知られてしまって

いる。フランスにも、そしてあいにく敵対するスコットランドにも。妹の身の安全を確保しなければこちらが不利になるのは間違いない。卑怯《ひきょう》なスコットランド人にさらわれ、多額の身の代金を要求されては困る。あのいまいましいロラード派でさえ、要求を通すために宮殿を攻撃すると脅しをかけてきている。妹の身を危険にさらすことはできない」

「ロラード派が?」ウルフはきいた。ロンドンの異端者たちの集団がそれほど好戦的だとは知らなかった。「血なまぐさいことが起きそうだと?」

王はうなずいた。「つねにその可能性はある。わたしは妹の身を守るよう手を尽くした。しかし、それだけではじゅうぶんではないのだ」

「どうされるつもりです?」

「結婚させる。力と権威を持った夫に妹を守らせるのだ」王は言った。「彼女には公爵の夫が必要だ」

ウェストミンスター

キットは仮縫いと噂話ばかりの毎日に耐えていた。

王がウェストミンスター宮に着くはずの日の午後、キットの前にルパートが現れた。宮殿の門のそばでヘンリー王の兵士たちと弓の試合をするからと、キットを誘いに来たのだ。彼女が弓を引くのを見れば男たちが喜ぶのはわかっている。かなりの腕前だと、彼はもうみんなに言っていた。

たちまち宮殿中に噂が広まった。キットがルパートと弓の試合に出ると聞いたレディたちは、ぜひ仲間に入れてほしいとルパートに懇願した。キャサリン・ボーヴェイ、キャサリン・コートニー、アリス・トレヴィリアン、そしてマーガレット・トロワーはいちばん派手なドレスを着て、馬でやってきた。レディたちは食事を外に運ばせるようにしていた。

「自分の弓が欲しいわ」馬に乗って坂を下りながら、

キットはルパートに言った。

「心配いらない。きみにぴったりのがあるよ」

キットは兵士たちにまじって派手な服装のレディたちがいるのにとっくに気づいていた。ルパートが自分とふたりきりになるのをそんなにも恐れているのかと思うと、キットは笑いそうになった。

「ああ、よかった」前方に見える人の群れを見て、ルパートが言った。

キットは片方の眉を上げた。

「作戦がきいた」ルパートはずるそうな顔をしている。秘密を打ち明けようかどうしようかと考えているらしかった。

「何のことを言っているの？」

「ジャッキー・モーだよ」彼は人の群れのほうに頭をそらした。「彼女は、大好きな母方の叔母さんが病気だという知らせを受け取っていて……」

キットは女性たちをひとりずつ見た。キャサリン・コートニー、キャサリン・ボーヴェイ、マーガレットに、そして……アリス！「どうしてそんな卑怯なことをしたの！」急にわけがわかって彼女は叫んだ。「レディ・ジャクリーヌ・モーを追い払ったのね。アリス・トレヴィリアンを口説く邪魔になるから」

「ジャッキーは立ちなおりが早い」ルパートは言った。「いつだってそうなんだ」

「でもひどいわ、ルパート」キットは憤然として言った。「ウェストミンスター中のレディをひとりずつ狙い撃ちするなんて許されないわ。間違っているし、不道徳だわ。そして、とても思いやりのないことよ。彼女たちの気持ちを考えてみて……」

「きみはあんまりやさしすぎるんだよ、キット」ルパートは笑った。「あのレディたちの誰ひとり、心なんか持っていないさ。みんなわたしをそれぞれのやり方で誘惑しようとしている。わたしは合わせて

「あなたが行ってしまってから、稽古《けいこ》したのよ」彼の戯れを喜びながらキットは答えた。屈託なく笑っているのは、彼女の記憶にあるルパートだ。ふと気がつくと、宮殿に向かって王の随行者たちが道を進んでくる。

王と王妃は、三百人の兵士と何人かの相談役に囲まれていた。王の隣のウルフは、王夫妻が明日の晩に催される晩餐会《ばんさんかい》の話をしているのを聞くともなく聞いていた。それよりウィンダミアに帰ることのほうが重大だ。王の許しが得られれば、晩餐会には出ないことにしよう。

ウルフは何げなく西側の空き地に目をやると、弓の試合が行われていた。キットと思われる女性が、完璧に的の中心を射た。そして彼は、ルパート・アイリースが彼女にキスするのを目にした。

確かにキットはルパートの首に腕を回し、キスを返した。

やっているだけだ」

「どうしようもない人ね、ルパート・アイリース」

キットは雌馬の脇腹《わきばら》を蹴《け》り、ルパートを置いて先に行った。彼女はルパートの言うとおりだと思っていることを彼に悟られたくなかった。ほとんどのレディはルパートを注目に値する男性だと思っていた。

キットは心配ごとを忘れて競技に夢中になり、大いに楽しんだ。王はもうすぐ戻られる。そうしたらロンドンに呼ばれた理由がわかるのだ。

「思ったよりうまい、キット！」キットの矢が的の中心に当たったとき、ルパートは笑いながら言った。彼はアリスを動揺させようと、キットの両肩を抱いた。「もう一度今の腕前を見せてくれ」

キットはほほえんで、矢をつがえた。そして弓を引き絞って放った。矢の行方を誰もが見守った。

「ど真ん中だ！」ルパートが叫び、キットの顔を両手ではさんでキスをした。

11

今夜ラングストン伯爵エドワード・マーカムが訪問するだろうと、レディ・モード・チーズデールがキットに告げた。彼はヘンリー王が最も信頼している外交官のひとりで、数週間前にフランスから帰国し、王と一緒にその日の午後ウェストミンスターに着いたのだ。

ラングストン卿《きょう》はキットの祖父といってもいいくらいの年配の白髪の人物だった。片手に金色のリボンで結んだ巻き物を持っている。「レディ・キャスリン。やっとお会いできてうれしい」キットが部屋に入ってくると、彼は言った。「確かに母上に生き写しですな」

キットは何とか内心の衝撃を見せずにすんだ。ブリジット以外の人間に母のことを言われたのははじめてだ。

「こんばんは、伯爵」彼女はお辞儀をしながら静かに言った。これから何を聞かされるのかと思うと、かすかに体が震えた。「母をご存じですか？」

「ご両親とも存じています」

両親とも？ キットはそのことばをかみしめた。母の最初の夫のことを知っている人物がここにいたのだ。「お話があるそうですね」期待に胸がふくらんだ。

「はい。いくらか込み入った話です」ラングストンはキットを椅子に導きながら言った。「おかけになってはいかがですか？」

キットは窓辺の座り心地のいい椅子に座った。窓のすぐ外に濃い紫色のアイリスが見事に咲きそろっているのにもほとんど気がつかなかった。ロンドンに呼ばれたわけがこれでわかると思うと、急に胃が苦しくなった。ラングストン卿の話とは両親のことだという予感がした。

「二十年ほど前、母上がここにいらしたときに存じあげるようになりました。快活なかたで、その父上はちょっと扱いに困っておられました」

「わがままだったということですか?」少し緊張がほぐれて、キットはきいた。伯爵の話しぶりは率直で親しみやすく、気が楽になった。

「控えめに言ってもかなりのものでした」伯爵はくすくす笑った。

「言うことを聞かないとか?」キットは好奇心をそそられた。ブリジットは母のメガンのことをけっして悪く言わなかった。乳母の目には完璧《かんぺき》だったらしい。それにしてもヘンリー五世がキットをロンドンに呼んだことと何の関係があるのだろう?

「母上は活発なかたで、宮廷では非常に歓迎されたとだけ言っておきましょう。ヘンリー・ヘレフォード王がリチャード王から王位を継いだのは難しい時期でした。誰もが協力的だったわけではなかったのです」

ずいぶん控えめな言い方だ。リチャードの支持者たちは、ヘンリーに忠誠を装いながら戴冠式《たいかんしき》のわずか数カ月後に新国王と息子たちの暗殺を企てたのだ。陰謀はほぼ一年後にくり返された。一触即発の危機をはらんだ時期だったに違いない。

伯爵は続けた。「もっとも、ヘンリー四世はリチャード王から国を奪えて非常にうれしく思っていました。戴冠式の直前にアイルランドから来られたレディ・メガン・ラッセルは、ヘンリー王を深く愛するようになったのです」

「母が?」キットは疑わしげに笑った。ばかげた話だ。「王様を?」

「彼女は、そう、王の目にも魅力的に映りました」

ラングストン卿は続けた。「たくさんのレディが王の関心を引こうと張り合った。だが、王が心を惹《ひ》かれたのはレディ・メガンだけでした。当時ヘンリー王の肩にはさまざまな重圧がかかっていたことはおわかりでしょう。王の役割は楽なものではなかったのです。王位を守り、悪政を正し、そして……。いや、話がそれた」

ラングストン卿は金色のリボンをほどいて、巻き物を広げた。

「簡単な話ではないのです、レディ・キャスリン」伯爵は言った。「しかし、わたしは当時その場にいて、母上と先代の王の両方を知っていた。それでわたしから話すようにと若いヘンリー王はお望みでした」

「母と……王様をご存じだった?」キットは前に置かれた文書を疑わしそうに見て、王家の紋章に気づいた。

「ヘンリー四世ヘンリー・ヘレフォードがあなたの父上です」ラングストン卿は言った。

キットは頭をはっきりさせようと、首を振った。

「ヘンリー・モンマス、ヘンリー五世は兄上です」

「ヘンリー・ヘレフォード王が……?」

彼は続けた。「腹違いですが」

キットは前の羊皮紙を見つめた。それから信じられないという顔で伯爵を見上げた。そんなことはありえない。耐えられない。口がからからに乾いていた。「誰も、何も言ってくれませんでした。どうして今になって? どうして王様はわたしをお呼びになったのです?」

「つい最近この文書が見つかるまで、父上のご意向は知られていなかったのです」ラングストン卿は言った。「王は母上とは結婚できませんでした。しかしどれほどそれを望んでいたかはわたしが知っています。王はあなたがた母子《おやこ》に安全な場所として、サマートンを選ばれた。あなたの安全を何よりも気にかけておられたのです。今にも内戦が始まりそうな気配でしたから。あなたの存在が知られたら、敵は容易に利用することができたでしょう。秘密にしたのはそのためでした」

「でも、今は……?」キットは頬を伝う涙をぬぐった。母の夫はどこかで名誉ある死を遂げた貴族の男性だとずっと信じてきたのに……。だがブリジットは知っていた。そして臨終のときに話そうとしたのだ。

「この文書は先代の王の書類の中にあって、最近発見されたのです。この中で王は何度もあなた、つまり娘のことに触れています」

「わたしが。王の娘」王の私生児なのだ。キットの心は苦痛に泣いていた。

「今は多くの人間があなたの存在を知っている。やがて出自も知られましょう。ランカスター家の多くの敵はそこにつけ込もうとするでしょう」

「どんなふうに?」

「最も怖いのは誘拐です」ラングストン卿は言った。

「わたしが誘拐されるというのですか?」キットは震える声で言った。

伯爵はうなずいた。「それでヘンリー王は父親の文書の信憑《しんぴょう》性を確認するとすぐ、あなたをロンドンに呼び寄せたのです。身の安全を確保するために」

「でも、どうして信じられますか、この……文書が?」キットは静かに言った。「どうして受け入れられますか……私生児だということを?」

ラングストン卿は文書を巻くと、金色のリボンで結んだ。レディ・キャスリンが明らかに苦悩している以上、この話の展開のしかたが満足のいくものだとはいえない。それでも彼女はくじけてもいなければ取り乱してもいなかった。

「わたしはその場にいたのです、レディ・キャスリン」伯爵はやさしく言った。「父上が打ち明けてくださいました。わたしにはあなたを怒らせたり、心を傷つけたりする理由がない。信じてください」

ラングストン卿の誠意はキットにも伝わったが、慰めにはならなかった。「それから?」

「王様、つまり兄上はあなたの結婚をお望みです」

「結婚ですって?」キットは声をあげた。

「王は有力な相手を選ばれました。カーライル公爵です。兄上として結婚相手に最適と信じておられます」

「その……公爵は、わたしが私生児だと知っているのですね?」キットは苦しげに叫んだ。

「王が話しました」

「同意したのですか?」彼女はまばたきして涙を押し戻しながら、鋭い声できいた。「私生児と結婚するというのですか?」

ラングストン卿はきっぱりとうなずいた。

「もし、わたしが拒否したら?」

「王の取り決めは拒否できません、レディ・キャスリン」彼は言った。「あなたは王の妹君です。王は父王のご希望にそって最良のことをしようとしておられるだけです」

「最良のこととは……?」

「立場にふさわしい結婚をさせることです。保護してくれる相手と」

ラングストン卿は考える時間をキットに与えた。彼女が落ちつきを取り戻すと、ラングストン卿は王の指示に従って選ぶ権利はないとキットは悟った。彼女が落ちつきを取り戻すと、ラングストン卿は王の指示に従ってことを進めた。

「陛下とあなたの関係を疑っている者は多いのですが、公にすることはできません。あなたにも、認めることも否定することもしないでほしいとのお達しです」

「キャスリン・サマズのままでいろということです か?」

「というよりは、カーライル公爵夫人です」

キットはためらいがちにうなずいた。

ラングストン卿は微笑した。「明日、晩餐会《ばんさんかい》の前にあなたはヘンリー王に会うことになっています。王は、自分の左側という名誉ある席に座ってほしいとお望みです」

キットはもう一度うなずいた。ほかにどうすることができるだろう? 逃げ場はないのだ。

ウルフは、宮殿の外を歩きながらニコラスと話し込んでいた。その日の夜の晩餐会で、彼が公爵になったことととともに、王の妹との婚約が発表される。もちろん、王と彼女の関係が公にされることはないはずだ。彼女の存在を知っているのは、王の兄弟たちと選ばれた少数の相談役だけだ。


ウィンダミアの奪還はあまり簡単にいきすぎた。王の妹との結婚はその代償だ。彼はそれを払うつもりだった。

「でも、ウルフ――」

「それは問題ではない、ニック」ウルフは言った。「どんな女性でも同じだ。王と密接な関係を結んだからといって、まずいことになりはしない」

「だが、きみは彼女を見たこともないんだぞ、ウルフ」ニコラスは反対した。「あのひどいキャサリンたちのひとりを妻にするなんて、どうして了承できる?」

「公爵になったのがきみでないことを単純に喜んだらどうだ」ウルフは皮肉に言った。「そうしたら幸せな花婿になるのはきみだった」

「幸いわたしはソーントン子爵になれただけだ。妻は自分で選べる。その女性はもう知っているのか?」

「ああ。昨夜知らされたと思う」

遠くで声がした。「おや」ニコラスは足を止めた。「あれは？　キット・サマズじゃないのか？」彼は少し離れた庭園の小道に男性と一緒に座っている女性をさした。

女性は木のベンチに男性と並んで座っていた。その足もとには可憐《かれん》な忘れな草と白いアイリスが一面に咲いている。彼女は青みがかった明るい緑色のドレスを着ている。そのドレスは、体にぴったりして襟は大きく開いた流行の形で、細いウエストや真っ白な胸を際立たせている。頭には何もかぶっていないので、豊かな髪が波打ちながら金色の滝のように背に落ちている。彼女は泣いていた。ウルフとニコラスは彼女の震える肩を見つめた。

確かにキットだ。ウルフは雷に打たれたような気がした。彼女こそあの美しく魅惑的なサマートン湖の女性だ。キットは彼が誰だかずっと前からわかっていたのだ。それでいて自分があの女性だということを隠していた。ウルフは苦々しい思いをかみしめた。

だが、なぜなのか？　あれほど情熱的に彼のキスに応《こた》えたことを思い出すと、ウルフの胸は高鳴った。キスをするといつもそうだった。キットは取り乱したように連れの男性にもたれかかっている。ウルフはいらだたしい思いで見守った。そばに行き、ウィンダミアを得たことを告げて安心させたい。だがそんな権利はなかった。わたしはもう婚約しているし、たぶん彼女も婚約しただろう。そして、なんということだ！　キットが肩を涙で濡《ぬ》らしている相手は、ルパート・アイリースだ。だから彼女は自分が何者かを秘密にしていたのだ。

ウルフは彼女をルパートから引き離して説明を求めたい衝動に駆られたが、必死で抑えた。彼には王の妹と結婚する義務がある。キット・サマズの存在は、義務を果たすのを困難にするだけだ。ウィンダミアを得た代償は払わなくてはならない。たとえ思いのほか高くても。

キットを心から追い出さなくてはならない、そうしなければ結婚の約束を守ることができなくなると彼は思った。

ルパートのシャツは、キットの涙で濡れていた。このごろよく泣く。もうやめようと彼女は思った。たとえ何とかいう公爵と結婚するときでも、涙はけっして見せないようにしよう。

「すべてうまくいくよ、キット」ルパートは言った。

「大丈夫だ」

「でも、わたしはあなたと結婚するのだといつも思っていたのよ」彼女は泣いた。涙の本当のわけを話すのは耐えられない。自分が私生児だということを。屈辱的な生まれのために、認知されずに追いやられたのだということを。

「わたしと結婚するって？」ルパートはびっくりした。キットは妹のようなものだった。確かに子供のころには互いに結婚するのだと言ってはいた。しかしそれは子供の遊びにすぎず、真剣なものではない。少なくとも彼はそう思っていた。

キットはうなずいた。「ここに来て、あなたが思っていたような人ではなかったとわかるまではね」

「へえ、どういう意味だい？」彼は怒ったふりをしてキットから体を引いた。彼女は美しくなった。結婚したいとは思わなかったが、彼女のほうで考えが違うというのなら……。

「あなたは夫に選ぶのにふさわしい相手ではないというだけよ」

「それを聞いてほっとしたよ」ルパートはにやりとした。「夫に選ばれるなんてとんでもないことだ」

「ええ」キットは鼻を詰まらせた。「でも……」

「でも、何だい?」

「何でもないの」キットは座りなおして目をぬぐった。「泣いてはいけなかったわ」彼女は涙をルパートの胴衣で拭《ふ》いた。「もし誰かに見られたら……」

「心配しなくていいよ、キット。こんなに早い時間には誰もこっちのほうまで来ない」

キットはゆっくり湯浴《あ》みして気持ちを落ちつけた。ジェーンは、赤く腫《は》れたキットの目に湿布をした。ジェーンは今夜のための衣装を並べ、キットは暖炉のそばの敷物に横たわってメグに髪を乾かしてもらいながら居眠りをしていた。

レディ・キャスリンが前の晩よく眠れず、今日は一日いつものような元気がないと小間使いたちも知っていた。王に決められた結婚のことで悩んでいるのだという噂《うわさ》が流れている。だが、キットが王の妹——私生児の妹だという事実はほとんど知られていなかった。

キットはやっと目を覚ました。小間使いたちはキットにドレスを着せかけた。そのドレスは母のメガンの形見で、王の前に出るときに着るとブリジットに約束したものだ。縁に金糸の縫い取りを施した光沢のある白いドレス。体にぴったり合い、袖《そで》の長い流行の形に仕立てなおされている。

ジェーンはキットの髪をとかし、白いベルベットの細いリボンを絡ませた。キットは宝石を持っていなかった。王の前に出た彼女の姿は全体として質素で、天使のように優美だった。

キャサリン王妃の挨拶《あいさつ》は儀礼的ではあったが、温かみが感じられた。ヘンリー王に心からの愛情を抱いているらしい。宝石のきらめく手をたびたび夫の腕にかけるなど、親しみのこもったしぐさをする。顔は面長で、やせてはいたが、感じはよかった。着ている真紅のドレスは、宮廷のレディたちのものと同じ形だ。レディたちは王妃のまねをしているのだとキットは思った。

キットは、兄の顔形が自分とは違うのに衝撃を受けた。同じなのはくぼみのあるあごだけだ。それから、色は違うが目の形はどこか似ているような気がした。

「やっと会えたな」キットがお辞儀をすると、ヘンリー王は温かい口調で言った。「キットと呼ばれているのは知っている」彼はキットの手を取って、椅子に座らせた。

「どうして……」

「ケンドル侯爵が知っていることを全部話してくれた」ヘンリー王は言った。「それから、もちろんサー・ゲアハートからも非常に詳しい報告を受けた」

キットは頬を染めた。ケンドル城の階段でのできごとが思い出された。ウルフはあのことも報告したのだろうか？

「ウィンダミアの郊外で襲撃されたときのことは、詳細に聞いた」ゲアハートの名前が出たときのキットの反応を面白く思いながら、王は続けた。ゴブレットにワインをついで、妹に勧める。「きみが皮ひものぱちんこで敵に石を命中させなかったら、あんなにうまくいかなかったそうだな」

「サー・ゲアハートがそう言ったのですか？」キットは息が弾むのを抑えようとした。

「もちろんだ」ヘンリー王は、キットの隣に腰を下ろした。「そのとおりではないのか？」

「それなら、なぜ彼はわたしをばかにして……？」

今はゲアハートの話をしないほうがいい。彼女はことばを切った。王の私生児の妹で、どこかの年とった公爵と結婚させられそうだというだけでもじゅうぶん動揺しているのだ。ゲアハートの話などすると、ますます混乱してしまう。「失礼ですが、陛下」この話題を終わらせたいと思いながら、キットは言った。「サー・ゲアハートは、わたしの加勢などたいしたことではないと思っているようでした」

「いや、きみこそ最大の殊勲者だという口ぶりだったぞ。配下の者のうちで最も鍛え上げられた兵《つわもの》にも引けを取らないと考えているらしかった」

「でも……」

「実際、それもきみをあの公爵と縁組させようと考えた理由のひとつなのだ。カーライルには表面的な欠点を受け流すしっかりした女性が必要だ。愛想笑いばかりしている、弱虫の小娘ではなく」

「でも陛下、もしかしたらわたしはまだ……結婚には早いのでは?」言ってみるだけの価値はある。

「ばかな」ヘンリーは笑った。「父上はきみを、できれば十七歳になる前に有力な貴族と結婚させるようにとはっきり書き残している。あいにく父上は、妹がいることをわたしに知らせるのは適当ではないと考えていた。わたしがきみのことを知ったのはつい最近、まったくの偶然からだった」

キットはワインをごくりと飲んだ。「兄妹《きょうだい》であるのをこれからも忘れて、以前のままでいることはできませんか、陛下? 誰も知らないのですから、わたしも忘れることにしたいと思います。もし……」

「それどころか、妹よ」ヘンリー王は微笑した。「知っている者はたくさんいる。そしてすぐに、もっと多くの者に知られることになるだろう」

「でも」ほとんどささやくような声だ。

「王として、そして兄として、わたしにはきみに責任がある。我々ランカスター家の者には非常に多くの敵がいる。自分の領土の拡張を図ろうとしている者たちもいれば、ロラード派のように何をしでかすかわからない危険な連中もいる」ヘンリー王は言った。「ラングストンがわかりやすく説明したことを願う。この種の話はどんなに穏やかに言おうとも、聞く身にとって動揺せずにはいられないものだ」

「動揺……ええ……」まぶたの奥にまた涙が込み上げてくる。自分の身を守ろうとしている王に向かって、あなたの妹になりたくないとどうして言えるだろう？

「我が一族にはたくさんの……非嫡出子がいる。我我の祖父、ゴーント家のジョンは愛人とのあいだに息子たちをもうけ、あとになって彼女と結婚した」

「ボーフォート家のかたがたですね、あなたの叔父様の」

「我々の叔父たちだ」

「でも、わたしたちの父上はわたしの母とは結婚しませんでした」

「できなかったのだ、キット」ヘンリーは言った。「複雑な事情があった。ウェールズのグレンダウアーの反乱、フランスでの立場、政略結婚の必要性……」王は円を描くように手を振った。「王に選択の自由はない」

キットは、無理やりワインを飲み干した。

キャサリン王妃がキットの肩にさわった。「先代ヘンリー王はあなたのお母様を愛していらしたとラングストン卿が言っていました」彼女はやさしく言った。フランス訛《なまり》のせいか、その声はひそやかで優美だ。「先代の王は亡くなられるまで、彼女の死を悲しんでおられたとのことです」

「ささやかな慰めです」

「でも、真実ですよ」王妃は言った。「ご両親が何年も前に分かち合ったささやかな幸せをつまらないものと思わないようになさい」

「はい」キットは真剣に言った。だが内心では、生みの親たちを理解できる日が来るとは思えなかった。彼らは愛し合ってキットを生み出し、同時に彼女の人生を台無しにしたのだ。

「さあ」ヘンリーは立ち上がり、妻とキットの手を取った。「気持ちを落ちつけて晩餐会に行こう。美しいレディを両手にはべらせるとはうれしいことだ」

「まあ、どうしましょう」キットはささやくように言った。

兄はほほえんだ。

「公爵」男の声に、ウルフは王のエールを楽しんでいるニコラスから目をそらし、そちらを見た。ラングストン伯爵が立っていた。「誰より先にお祝いを申し上げます。ご婚約者は心身ともに立派で、しかも美しいかただ」

「わたしにも祝辞を言わせてほしい」ケンドル卿が言った。彼の息子とその嫁も晩餐会に出席している。

「いつ結婚するのだね?」

「陛下の取り決めで、三日後に式を挙げます」ウルフは気のない調子で答え、ニコラスのほうに向きなおった。だがいとこは客人のあいだをぶらぶらと歩いていってしまった。

ウルフは王が入ってきたのを物音で知った。遠くて夫妻の姿は見えなかった。彼の席はキャサリン王妃の隣と決められている。ウルフはケンドル卿とラングストン卿に断って上座に向かった。王夫妻の姿がやっと見えるようになったものの、彼の目をとらえたのはふたりではなかった。ヘンリー王のかたわらに立っているキットの姿だった。

白と金色のドレスに包まれて夢のように美しく輝いている。淡い金髪は波打ちながら背中に流れ、顔をやさしく囲んでいた。だが彼女はルパート・アイリースのものなのだ。ウルフは身を寄せ合ってひとつの鞍《くら》に乗った長い時間を思い出した。両手には肌の柔らかさが、唇にはケンドル城でキスをしたときのことがよみがえり、彼の胸は激しく高鳴った。

ウルフは突然すべてがのみ込めた。キットは王の左手という名誉ある位置に立っている。何ということだ！　キットこそ、彼が結婚する相手、王の妹の〝キャサリン〟なのだ。

だが、彼女は今朝泣いていた。愛するルパートとではなくウルフと結婚せよという王の命令を受けたあとで。

ヘンリー王がウルフの視線に気づき、前に出るように言った。ウルフが近づいてくる。キットは心臓が飛び跳ねたような気がした。最近わかってきた本当のルパートとは何と違うのだろう。きびきびした足取りで人込みの中をこちらにやってくるウルフの姿にキットは見とれた。チュニックの深い青が、黒髪と銀色の目を引き立てている。もし彼が……だがありえない。彼女が年とった公爵と婚約していなくても、先代の王の私生児の娘を望むことがあるだろうか？

ウルフが近くに来ると、キットは頬がいっそう熱くなった。王の妹で私生児だともうすぐウルフに知られてしまう。この部屋から逃げ出して、どこかに閉じこもりたい。

自分の苦しい立場を考えながらも、キットは王の側近の騎士たちがウルフに猊下《げいか》と呼びかけ、丁重にお辞儀をしているのに気がついた。伯爵がどうして猊下と呼ばれるのか。そう呼ばれるのは公爵だけなのに。

ウルフは公爵になったのかしら！　ウィンダミアは伯爵領だと、ずっと思っていた。

わけのわからないことだらけだ。キットは物問いたげな目で王を見た。王はお辞儀しているウルフにひとこと答えた。

「カーライル」

12

少したって我に返ったキットは、大広間の外の回廊でウルフとふたりきりなのに気づいた。彼の腕に腕を投げかけたい。だが彼の表情はそれを拒んでいた。両親のことを知っているのだ。私生児の妻を持つはめになったのを不快に思っているに違いない。

「本当に失神したとは思えない、キャスリン」ウルフはきつい口調で言った。目は明らかに怒っている。「これよりひどい状況にあるきみを、わたしは何度も見た」

本気で言っているのだろうか？ 衝撃を受けたふりをしたと考えているのか？ とんでもないことだ。そんなひどい女だと思われてはたまらない。「ふん！」同じように腹を立ててキットは言った。「これよりひどい状況なんてないわ！」

「まったくだ」ウルフは言った。「だが、わたしたちはふたりとも王の命令に縛られている。わたしは王の命令は守るつもりだ」

「何てこと！」キットは今や怒り狂っていた。この結婚を〝縛られている〟とは！ 立ち上がろうとしたが脚に力が入らない。しかたなくもう一度腰を下ろしたが、扉に目を向けたのをウルフは見逃さなかった。

「逃げようと思うな」ウルフは冷たく言った。ルパート・アイリースが助けに来ることを期待しているのだろうか？ 「歩けるようになり次第、晩餐会《ばんさんかい》に戻らなくてはならないんだ。一緒に」

「いつ戻るかは自分で決めるわ」彼女は言い返した。「あなたなんかと一緒には行かない」

「きみがどんなにいやでもわたしは婚約者だ」彼は

ていないことはわかっている。だがウルフは晩餐会以来ふさぎ込んでいて、しかも理由を言おうとしないのだ。キャスリン・サマズが王の妹だったことにほっとしてもいいはずなのにとニコラスは思った。公爵となり、ウィンダミアを取り戻したうえキットを妻にするのだから、もっと満足してもよさそうだ。

「アンネグレット……」ウルフはつぶやいた。

「彼女ならもっと従順な妻になるはずだ」

「いいか、ニコラス！　キャスリンは別の男を思っているんだ」

「ばかな」

「彼女がわたしと婚約させられたあとで、ルパート・アイリースと一緒にいるのを見ただろう」

「きみよりルパートを思っているというのか？」

「ルパートを愛しているのは確かだ」

「公爵であるきみよりヘンリー王の騎士のひとりを選ぶと？」ニコラスはあざけった。いとこがふさいでいるのだ？」結婚式の前夜、ニコラスはいとこに言った。「それほどアンネグレットのほうがいいのか？」彼はウルフに口を開かせようとした。ウルフがアンネグレットを少しも愛し

苦々しく言った。

キットの失神に気づいたのは、ヘンリー王つきの衛兵たちだけだった。キットの顔から血の気が引くのを見ると、ウルフはすばやく彼女を抱きとめ、ほかの客人たちが気づく前に晩餐会場から運び出した。

彼は最初、自分を見たときのキットの反応にうろたえ、次にはあからさまに拒絶されて腹を立てた。公爵を夫にするのは悪くないはずなのに、ルパートだけを思っているに違いない。

キャスリン・サマズはカーライル公爵夫人になるだろう。それもすぐに。結婚式は三日後とヘンリー王が取り決めていた。

「何をそんなにふさいでいるのだ？」

でいるのは誇りを傷つけられたためだとやっとわかった。「彼女はばかではない、ウルフ」

「そのとおりだ」

「それなら彼女を信じてやれ」

ウルフは眉を上げた。「信じろと?」

ニコラスはうなずいた。「そうだ。きみこそ王が妹のために選んだ最良の相手だと彼女に納得させるんだ」彼は言った。「きみのほうがすばらしいとわからせてやれ」

キットの心をかちとることができるとは思えない。彼女の心は永遠にルパートのものだ。どうして変えられる? それは問題ではないと彼はふと気がついた。感情からではなく便宜上結婚しようといつも思っていた。もしキットがよそよそしいままなら、こちらも同じにするまでだ。実際、できる限り離れていればいい。

一緒にいたら負けるに決まっている。


キットは、もう泣くまいと心に誓っていた。だが、湯浴《あ》みのあとジェーンに髪を乾かして結婚衣装を着せかけてもらいながら、また涙が出そうになった。よく晴れて緑が生き生きともえ、何もかもが新鮮でみずみずしい日だ。キットの結婚式にはこのうえない日和なのに、状況は思わしくない。花婿のウルフは結婚をいやがっているのだ。

メグがドレスの背中に並んだ小さなボタンをはめた。それは光を受けると輝く緑色がかった青のドレスで、新しく作ったもののひとつだ。キットはいまだにその贅沢《ぜいたく》さと形に驚いていた。袖《そで》は長く下がり、胴着はぴたりと体に合い、肩はむき出しで胸も背中も大きく開いている。細い金の帯が腰にかかり、たっぷりしたスカートが歩くたびに脚にまつわりつく。今までこんなに美しいドレスは着たことがない。

ジェーンに髪をとかしてもらいながら、キットは鏡を見つめてブリジットのことを思い出した。乳母が結婚式の支度を手伝ってくれたらよかったのに。自分を求めていない男性と結婚式を挙げることになるとは想像もしていなかった。

丁重に扉をたたく音に応《こた》えて、メグが金色の小箱を持った下僕を招き入れた。「陛下からのお祝いの贈り物です」彼は箱をキットに差し出した。「婚礼のときおつけになってほしいとのことでした」

「陛下は列席してくださるの?」

「はい、レディ・キャスリン」下僕はうなずいた。「国王ご夫妻はおそろいで修道院に行かれるでしょう。そのあとの披露宴にも出席なさいます」

「ありがとう」キットは箱を受け取った。「たいへんうれしく、ありがたく思っていると陛下に伝えてください」

下僕がお辞儀をして出ていくと、キットは箱を開けた。美しい金の首飾りが入っている。メグがキットの首につけると、小間使いたちは口々にほめそやした。兄よりも結婚相手から、ささやかでももっと気持ちのこもったものを贈られたかったと思うと、キットの心は沈んだ。

ウルフは、キットが一本の淡いピンク色の薔薇《ばら》を手にして修道院の壮麗な通路を歩いてくるのを見守った。自分がどんなに彼女に惹《ひ》かれているか、改めて思い知らされていた。天使のようでしかも人間的だ。美しいが整いすぎてもいない。官能的で同時に純情だ。王の衛兵たちが数人、彼女の両脇《りようわき》を固めている。その中にルパート・アイリースがいた。ウルフは腹立たしい思いに駆られた。

誓いのことばのあと、婚礼のミサが執り行われた。式のあいだ、キットはウルフをたった二度しか見なかったが、二度ともおずおずとした警戒するようなまなざしを向けた。

ウルフから指輪を受けながら、キットははじめて彼の目をまともに見た。四角い四つのエメラルドがはめ込まれた細い金の指輪に彼女は驚いていた。義務もないのにこれほど豪華な指輪をくれるとは思ってもいなかった。キットは思いを込めて彼に美しい一輪の薔薇を渡した。貴重な宝石ではない。互いに理解し合えるようにという気持ちの表れだった。

次にキットが夫を見たのはキスのときだ。軽いあっさりしたキスだったが、ウルフの胸は騒いだ。彼女はかぐわしい春の花を浮かべた湯につかったのだろうか？　もっと唇を求めたい気にさせるような甘い美酒を飲んだのか？　彼女の唇をむさぼることのないように、ウルフは身を引いた。

彼はキットの胸の思いを知らなかった。キットは、王の命により彼の意思に反して自分と結婚することになってすまないと、すがりついて彼に謝りたかったのだ。彼女はケンドルで、あるいは自分を何者か知らずにサマートンでしたようなキスをしてほしいと思っていた。今となっては彼はわたしに何の欲望も感じないのだ。キットはそう思うとのどが詰まり、ずっとこらえていた涙があふれそうになった。

披露宴は盛大だった。馬で来られる領域に住む貴族や領主は皆、来ていた。結婚式に乗じて王がフランスに帰る前にもう一度拝謁するつもりなのだ。キットもウルフも、数百人にも及ぶ出席者のほとんどを知らなかった。ふたりは皆と一緒に食事をし、自分たちのための乾杯に何度も応じた。

とうとうヘンリー王が退席する時間となった。王は公爵と花嫁のために杯を掲げ、キスで応えるようにと求めた。言われるままにウルフはキットの唇に軽く唇を触れた。

「公爵」ヘンリー王は、いたずらっぽい笑みを浮かべた。「そのように軽いキスではだめだ。男が女にするようなキスを新妻に与えるがいい」

キットはよけい赤くなった。だが、ふたりのあいだの溝を埋めるために夫にキスをしてほしいという気持ちもあった。今だけは彼に拒絶してほしくない。

ウルフはキットのあごに手をかけて、顔を上向かせた。彼女の目には、燃えるような思いがあふれている。ウルフも同じような熱望にとらわれているのではないかとキットはふと思った。唇がそっとやさしく重ねられる。だがキットのかすかなうめき声が耳に入ると、ウルフのキスは激しく変わった。

彼はキットの唇をむさぼり、腰を強く抱き寄せた。客人たちの卑猥《ひわい》な叫び声にふたりとも気がつかなかった。キットは両手を彼の首に巻きつけ、進んで口を開いた。舌が絡み合うと全身が熱くなり、夫の腕の中で溶けてしまいそうな気がした。

これが本物だったら！　キットが心の中で祈ったとき、ウルフが身を引いた。キットの心臓は激しく打ち、ほとんど息もできない。キスの余韻にまだ燃えているウルフの目から目をそらせなかった。人々の喝采《かっさい》が次第に意識に入ってくる。みんなの前で何をしたのかに気づいて、腕をウルフの首から離した。

しかし、ウルフは離さなかった。彼女のまなざしとふくらんだ唇に魅せられていた。

「それでよい！」王が叫んだ。「そのように続けるならば、すぐにもすばらしい世継ぎに恵まれるだろう！」客人たちが笑って再び喝采した。

ヘンリー王の従者が人々を押し分けて進み出て、王にひそひそと何ごとか言った。王は眉をひそめ、うなずいて立ち上がった。

「行かなくてはならない」彼は言った。ふたりの従者と三人の衛兵が王に従った。ウルフも立ち上がって、王のそばに行った。

「厄介なことが起きたらしい」ヘンリー王はキットが夫のかたわらに立ったのに気づいて満足そうな表

情を浮かべた。

「どんなことです、陛下？」

「ロラードの衛兵たちが潜入したとオーウェン・チューダーが知らせてきた」ヘンリー王は回廊に出ながら言った。「教会を擁護するのを快く思わない一部の狂信者たちのしわざだ。わたしを排斥しようとするあの連中の裏をかいてやろう。とにかく、もう出発するつもりではいた」

「お待ちください、陛下。兵士を先に行かせるのです」ウルフは警戒して言った。王は日ごろの慎重さを欠いている。回廊は相変わらず暗い。「明かりはどこだ？　いつも蝋燭《ろうそく》を置いておかなくては――」

大広間の扉が背後でばたんと閉まった。振りかざされた剣がきらめき、キットは悲鳴をあげた。従者のオーウェン・チューダーがたった一本の蝋燭を落としてしまい、あたりはほとんど真っ暗だ。剣が空気を切り裂き、互いに打ち合い、ときには肉にぶつかる音が響く。キットは夢中で落ちていた蝋燭を取り上げ、燭台《しょくだい》に灯をともしてウルフを捜した。

夫の姿は見えない。大広間に通じる扉を開けようとしたが開かなかった。回廊の出入り口はほかにもある。誰かが異変に気づくのを待つよりそちらに回ったほうが早そうだ。にぎやかな披露宴会場の客人たちが助けに来るとは思えない。キットは振り向いて、薄暗い回廊に目を凝らした。

ウルフと衛兵がひとり、武器を持っていないヘンリー王を守っている。黒い服に身を固めた敵は十一人ほどいるようだ。味方のほうが少ない。彼女は加勢したかったが、弓もぱちんこも手もとになかった。

キットの近くで、衛兵が襲撃者に剣を突き刺し、すぐに次の相手に立ち向かった。刺された男の剣が音をたてて床に落ちる。キットは剣を使おうと心を決めた。重くて兵士のようには扱えそうにないが、別の使い方ができるだろう。

キットは死体を押しのけ、剣を取って両手で持った。誰かが後ろからつかみかかってきた。彼女は振り向き、叫びながら巨大な剣を振りまわして、敵の側頭部を思いきり打った。男は一瞬棒立ちになり、それから倒れた。キットが王のほうを見た瞬間、ウルフが剣の一撃を胸に受けた。傷口から血が噴き出す。キットは恐怖に駆られた。彼はやっと剣をくり出して敵を倒した。だがすぐ別の敵が現れた。ヘンリー王は倒れた敵の剣を奪って死に物狂いで戦っていて、ウルフの状態に気づいていない。

キットは戦いの場を回ってウルフの新しい敵に背後から近づいた。今度は脚に切りつけられ、ウルフは膝をついた。キットは悲鳴をあげ、ありったけの力で敵を剣で打って倒した。そして剣を放《ほう》り出して、床にうずくまったウルフのそばに駆け寄った。まわりに四人の黒い服の男が横たわって死んでいた。

キットはウルフを寝かせ、ペチコートを引き裂き、その布で傷口をきつく巻いて止血した。

「キット」ウルフはしわがれた声で言った。「逃げろ。ここにいては……」

「黙って、あなた」キットは涙ながらに答えた。「手当てをするから」

「いや……」

キットは軽くキスをして黙らせ、脚の傷のためにまたペチコートを引き裂いた。披露宴のときのキスの意味もわからないまま死なれてはたまらない。

激しい戦いは続いていた。キットの目の前で倒れる男たちもいたが、王と少なくともふたりの衛兵はまだ戦っている。黒ずくめの男がふたり、ついで王の衛兵のひとりも倒れた。キットは恐怖と絶望に泣いていた。まだ四人もの敵が王と従者のチューダーに切りかかっている。どうすることもできない。

そのとき、人の声とともに明かりに取り囲まれた。味方が二十人ほど駆けつけたのだ。ケンドル卿《きょう》とその息子、ルパート・アイリース、ニコラス・ベッカー、そしてウルフの配下の者たちだ。彼らの前には、黒ずくめの男たちの生き残りはものの数ではなかった。

戦いの決着がつくと、王はキットがウルフの頭を膝にのせているところに来た。ウルフの顔は青ざめていたが呼吸は安定している。しかし意識は薄れていて、妻の涙にも気づかない。

ヘンリー王は後ろにいる家臣たちに手を貸すようにと合図し、負傷者のために担架を持ってくるよう言いつけた。

「さあ、キット」王は言った。「彼を運ぼう」

「三人死にました、陛下」後ろから来た家臣が言った。

「襲撃者たちは？」

「全員死んでいます」

「この襲撃については、口外してはならない」ヘンリー王は厳しく言った。「ロラード派の者たちに、少しでも成功したと思わせてはならない。逆賊たちの死体を始末せよ。誰にも知られないように」

「はい、陛下」

「キャスリン、ウルフをケンドルの館《やかた》に連れていこう」ヘンリー王は言った。「どうだ、ケンドル？」

侯爵はうなずいた。「もちろんよろしいですとも、陛下」

「わたしの侍医が直接診るだろう」王は続けた。「必ずよくなる」

「陛下」キットは静かに言った。「それほど遠くまでは運べません」

「わたしもそう思います」ニコラスが賛成した。彼はウルフの胸の包帯をずらし、傷口を見せた。「揺らすのは危険です。この傷を縫わないうちは。そして脚の傷も……」

ヘンリー王はちょっと考え、それからうなずいた。

「王宮に適当な部屋があると思う……。結婚したばかりの人間が何日も部屋から出てこなくても変に思う者はない」彼は考えた。「うまくいきそうだ。きみの用事をさせるために、二、三人の衛兵をつきそわせてもさしつかえないだろうな?」

「はい、陛下」ほっとして答えながらも、キットはまだ心配でならなかった。ウルフの顔色はひどく悪く、体は冷えきっている。「でも、わたしは夫の配下の者たちに近くにいてほしいのです」

それきり公爵と花嫁は姿を見せなかったが、誰も驚かない。先ほどのキスを見た大勢の客人たちは、新婚の夫婦がどこかに引きこもっているのだろうと噂《うわさ》し合った。

ウルフは広々とした居心地のいい部屋のベッドに静かに寝かされ、キットが看護した。医師の診察にケンドル卿が立ち会い、息子のロバートは憶測が飛ぶのを抑えるために披露宴の場に戻った。

ルパートとニコラスはキットのもとに残って、ウルフの服を脱がせるのを手伝った。チェスターが水を入れた洗面器と布を持ってくると、ふたりはキットがウルフの傷口を洗うのに手を貸した。ウルフは相変わらず意識がなくなったり戻ったりしていた。彼は重傷ではあったが危篤ではない。必ずよくなるとニコラスはキットに請け合った。

キットの涙はやっとおさまった。これを乗りきるためには気を強く持たなくてはならない。大きくて強い夫が、命さえ危ぶまれながら横たわっているのを見るのはたまらなく恐ろしかった。愛していることを知った今、彼を失うのは耐えられない。

「戦場で何度もこんな傷を見た」ニコラスが言った。「ほら、呼吸に乱れはないだろう?」ニコラスの言うとおり、ウルフの呼吸は安定していて雑音もない。だが、いつもは陽気なニコラスの顔も不安そうだ。

「それから脚のほうだが……切れているのは筋肉の上のところだけだ。これなら治る」

医師のブラックモア卿が来てニコラスの見立てに同意すると、キットはいくらか安心した。出血は止まっている。医師はいやなにおいのする薬をしみ込ませた布を傷口に当ててから包帯をし、夜のうちに湿布が取れたときに備えてキットにやり方を教えた。

「縫わないほうがいいです。膿《う》みませんから」医師は言った。「傷そのもののためではなく、化膿《かのう》したために死んでしまうことがあるのです」

ケンドル卿はウルフの容態が落ちついたのを見て安心し、引き上げることにした。「手伝いが必要なときは呼んでほしい、レディ・キャスリン」ケンドル卿は部屋を出る前に言った。「きみの夫とわたしは、家族のような強い絆《きずな》で結ばれている」

キットは弱々しくほほえんだ。

「わたしはきみの父上も存じ上げている。父上についてもいずれ話してあげよう」

うわのそらだったキットの耳に、最後に言われたことだけがはっきりと聞こえた。彼は両親のことを知っていたのだ。彼女は青ざめた顔を上げた。

「心配しなくていい、キット」ケンドル卿は言った。「わたしは誰にも言わない。とりわけ妻には」彼はキットにほほえみかけ、わざと軽い調子で言った。

ニコラスが最初のつきそいに来たが、キットの衣類が部屋から届けられると、すぐに出ていった。キットは血のついた結婚衣装を脱ぎ、もっと楽な服に着替えた。

彼女は何時間もウルフを見守り続け、苦しそうな様子は少しも見逃さなかった。ベッドのかたわらに座って、額や首筋を何度も濡《ぬ》れた布でぬぐった。肌は冷えていて、熱が出ている心配はない。青ざめた顔を見ると、キットは泣かずにいられなかった。

「ウルフ・コールストン、今、わたしを置いていかないで」キットは頬を彼の頬に押し当てて泣いた。

「置いていったりしない、キット」彼はしわがれた声でささやいた。彼女の頭をなでようとして上げた手は力なく落ちた。

ニコラスが戻ってきて、やすむようにキットを説得した。明日は長い一日になり体力が必要になるからと言い張り、キットをとうとう説き伏せた。キットは目を開けていられないほど疲れていた。ウルフの隣のベッドに横になり、ルパートがつきそいのために早朝に来るまで眠った。それから起きて窓辺に座り、東のほうを眺めながらブリジットが死んだ朝のことを思い出した。あのときは横にウルフがいた。昇る朝日を見ながら、ルパートと一緒にいたいと思っていたのだ。

もしウルフが回復したら、自分はルパートのことを何とも思っていないと言おう。ウルフ・コールストンこそキットが求めるただひとりの男性なのだ。

13

ウルフは意識がとぎれとぎれだった。ときどき焼けた串《くし》で胸を突き刺されるような気がするし、腿が疼《うず》く。それでも気にかかるのはそばにいるキットのことだけだ。一度は顔に彼女の冷たい涙を感じた。わたしはよくなるからと彼女に自信を持って言いたいと思っても、ものを言う気力がなかった。

ほのかな夜明けの光の中では、部屋に誰がいるのかよくわからない。だが一度、キットと話している声で、ルパート・アイリースがいるのがわかった。

「今こんなに悲しんでいるのも、わたしと結婚しなかったからだ」ルパートは声をひそめて言った。

「あなたと、ルパート?」彼女は苦笑した。「だいぶ前からあなたはひどい夫になると、気づいていたわ」声に疲労がにじんでいる。「ええ、前は自分の選んだ道にそれほど満足していなかったわ。ただ彼の命が救われさえしたら……」

ウルフは熱と苦痛と闘い、意識がはっきりすることはほとんどなかった。結局負けてしまうのではないかとキットは不安だった。医師が見通しは明るいと告げたが、傷は重く、キットは夫を見舞う人々が心配そうな顔を見交わすのを気にせずにはいられなかった。

四日目の午後、ベッドのかたわらにひざまずきながら、キットはほとんど希望を失いそうになった。彼女は目を閉じて、ウルフの回復を神に祈った。祈りに没頭していると、遠くから不思議な声が聞こえるのに気づいた。

「神罰を受ける人のようだ」その声は言った。

キットは顔を上げて、誰が言ったのか突き止めようとした。だが、部屋には彼女とウルフしかいない。誰かが知らないうちに入ってきたのだろうか。

「まったく神罰だわ」誰もいないのを確かめると、キットはつぶやいた。きっと幻聴だったのだ。疲れと不安のための……。

「キット、何を苦しんでいる?」

キットはさっと顔を上げ、声のしたほうを見た。ウルフだ。目をしっかりと開けてキットを見つめ、眉をひそめている。こんなに意識がはっきりしたのは三日ぶりだ。

「何を苦しんでいるかですって?」キットはあえいだ。

「泣いていただろう」ウルフの声は弱々しく、まなざしはやさしかった。

キットはあふれてきた涙を手の甲でぬぐった。

「泣いていたって? 怖かったのよ。あなたが生きられるかどうかわからない……」

ニコラスとエドワードが声を聞きつけて部屋に飛び込んできたが、ウルフがぼんやりとそちらを見ると足を止めた。ウルフはキットの言ったことを考えていた。何があった？　どうして自分が生きられるかどうか恐れる？

「ニコラス！」キットはニコラスとエドワードが心配そうに近づいてくるのを見た。アルフレッドとレイナルフもすぐ後ろにいた。

「どうしたんだ、キット。これは……」

「気がついたのよ！」キットはウルフのそばにひざまずいて彼の手を両手で包んだ。

「妻はどうかしたのか？」ウルフは男たちにきいた。

「それに、どうして胸がこんなに痛む？」

「覚えていないのですか、公爵？」エドワードがきいた。また何人か、ウルフの配下の者が入ってきた。

「きみは三日前の夜に負傷した」ニコラスが言った。

「きみたちの披露宴から退出しようとした王が襲われた。きみも一緒に大広間の外で囲まれて……」

ウルフは思い出そうとしたが頭が働かない。披露宴のことは覚えている……。キットは美しかった。そして王が襲われて……キットは泣いている……そばに寝て、抱きしめていた？

彼は起き上がろうとしたが、キットが肩を押さえて止めた。その朝、医師が包帯を取り替えるときに傷を見て、治るまでにはまだまだ時間がかかるだろうと思ったのだ。「手をどけてくれ、キット」妻の力は意外に強く、傷が痛んだ。「これ以上寝てはいられない」

「体力が戻るまで寝ていてもらうわ」

ウルフは、妻の断固とした表情に苦笑いした。花のような香り、透き通るような肌の下に、こんなにも強い力を秘めているのか。「きみは公爵に命令する気か？」

「妻として権利と義務があるでしょう」アルフレッ

ドが冗談めかして言った。

「わかった」ウルフは疑わしげに配下の者たちを見回した。みんな明らかにキットの味方だ。どうやってみんなを味方につけたのだろう？　彼はアルフレッドのほうを向いた。「きみはひとり者なのに……妻たちのことがよくわかるな？」

「妻たちではありません、公爵」アルフレッドは笑った。

「きみの妻のことだ、ウルフ」ニコラスが言った。

「彼女はここを離れなか――」

「ニコラス！」キットがさえぎった。「よくなったと王様に知らせる使者を送ってくれない？」自分がつきっきりだったと知ったら彼はどう思うだろう？　それがわかるまでは知らせないほうがいい。彼をどんなに思っているか今知られたら耐えられない。

「妻が動いていいと思うまではベッドに縛りつけられていなくてはならないのか？」ウルフは疑わしそうに言った。

「決めるのは王様の医師よ」キットはやさしく訂正した。「ブラックモア卿《きょう》は最初からあなたを診てくださっているのよ」

「ブラックモア？」

「王様の侍医よ」

「きみではないのか、キット？」ウルフは静かにきいた。からかっているような、願っているような口調だ。キットは心臓が飛び跳ねたような気がした。

「きみは看護をしてくれなかったのか？」

彼の熱いまなざしにキットは動揺し、返事をするのをためらった。

「きみが生き延びたのは、奥方のおかげだ、ウルフ」ニコラスが言った。

ウルフとキットはじっと見つめ合った。キットの全身を熱い血が駆けめぐる。ウルフが沈黙を破った。

「飢えさせようというのもきみの意思か？」

「飢えさせる？」キットは真に受けた。「もちろんそんなことはないわ。空腹なの？」

「熊《くま》のようにね」

「ニコラス」キットは言った。「お願いしていいかしら？　ウェストミンスターには病人にいい食べ物もあるでしょう」

「いや」ウルフは弱々しい声で抗議した。「ちゃんとした食べ物を持ってきてほしい。病人食でなく……」だが、すでにニコラスは満面に笑みを浮かべて部屋を出ていた。

二日が過ぎ、ウルフはだんだん体力を回復してきた。動けないでいることにいらだちはじめ、キットやつきそっている配下の者にがみがみ言うようになった。キットは気にかけまいとした。峠を越したときの彼のやさしいことばだけを覚えていればいい。

ウルフがよくなれば互いにわかり合えるものとキットは思っていた。彼女の気持ちを理解し、出生を問題にしないで妻と認めてくれるだろう。

ところが、ウルフはまだ疑っていた。熱に浮かされていたあいだに聞いたことは確かだろうか？　ウルフとの結婚は自分で選んだことだと、キットは本当にルパート・アイリースに言ったのか？　あのことばが夢でなく、涙ややさしい看護が熱のための幻覚でないとどうしていえる？　幾晩かはキットが身をすり寄せていたような気さえする。だが今は、夜になると次の間に消えてしまうのだ。彼女の手が体に軽く触れ、まさぐり、癒《いや》してくれたおぼろげな記憶がよみがえる。現実のものだったのか、それとも願望でしかなかったのかよくわからなかった。

父や兄がブレーメンへの道で殺される幻影も見た。回復してきてからは母の姿も現れた。彼はうつろな目をした母の膝に取りすがって泣いている。すべてがかなり生々しかった。

ヘンリー王はフランスに向けて発《た》つ日の前日、ウルフの部屋を訪れた。日ごとに回復してきているとブラックモア卿が保証したので、襲撃以後の重大な話をすることに決めたのだ。ウルフのそばにはキットしかいない。王は従者や供の者を部屋から退出させて、三人だけで話ができるようにした。

「あの襲撃は、やはりロラード派の者たちのしわざだった」王は言った。「わたしを殺すつもりだったかどうかまではわからない。我々の反撃がすさまじかったからあれほど激しい戦いになっただけかもしれない」

「でも……」キットが言いかけたが、兄は待つようにというしぐさで黙らせた。

「とにかく、賊は全員殺され死体も始末された。身もとは突き止められなかった。ロラード派の者たちが要求を通すためにしたことだと皆に知られてはならない。再びああいうことがないように対策を講じる必要がある」

「どうやっておそばに入り込んだのでしょう?」ウルフはたずねた。

「衛兵が買収された」ヘンリー王は答えた。「誰だかはわかっているが、襲撃のときに死んだ。残っている者もひとりふたりいる」王は微笑した。「ただちにその者たちを処罰しよう」

「キャサリン王妃がご一緒でなくてよかったです」キットが言った。「もしおけがでもされたら……」

「まったくだ」王は重々しく言った。「武器を手にできるまで、わたしにはなすすべがなかった。奥方に感謝すべきだぞ、ウルフ。おかげで命拾いしたのだからな」王はにやりとした。「あの夜のレディ・キャスリンのような勢いで剣を振るった女性は見たことがない。まったく見事だった」

ウルフは当惑したように眉を上げ、キットは顔を赤らめた。

「きみが革ひものぱちんこの使い手だとは知ってい

たし弓の腕前も耳にしている。今度は自分の体の半分ほどの重みのある剣を使いこなした」

「陛下、そうしなくてはならないと思っただけです」キットはばつが悪そうに言った。「わたし……剣術を教わったことはないのです」

「そうだとしても、我々はふたりともきみのすばやい行動のおかげで救われたのだ。感謝している」

キットはうなずいた。だが王を守ったことになるとははじめて気づいた。あのときはウルフのことしか頭になかったのだ。

「今度はよくない知らせだ」王はウルフに言った。「回復するまで、きみの配下の者たちには口止めしておいた」

「陛下?」

「フィリップ・コールストンがいなくなった」

「ウィンダミア伯爵が?」キットがきいた。

「ウィンダミアの領主はきみの夫だ」ヘンリーは言った。「フィリップを捕らえてロンドンに送還させるために、小人数の兵士を送った。その者たちが三日前、フィリップもアガサも連れずに戻ってきた」

「アガサですって?」キットが小声で言った。

「とにかくフィリップを捜し出さなくてはなりません」ウルフが言った。

「そのとおりだ。兵士が召使いを問いつめたところ、城の中にいるとみんな思っていたとのことだった。出ていったのを誰も見ていない。それなのに確かに姿をくらましたのだ」

「わたしが捜し出します」

「きみならできると思う、ウルフ」ヘンリー王は答えた。「きみに任せる。だが、見つかるまでは用心してくれ。ロンドンに連行したらきみとケンドルが提出した証拠品にもとづいて裁く。もちろんフィリップ・コールストンの爵位を剥奪《はくだつ》する」

「ありがとうございます、陛下……」

「それから、ロンドンにいてきみとキットの結婚を知っているサマズ男爵の配下の者たちにも警戒しなくてはならない」王は言った。「その者たちは七日前にサマートンに帰った。サマズも厄介なことを引き起こしそうだ。キットを義理の父親から守らなくてはならない。サマートンではわたしがキットを大切にしていることを知っている。父がキットの暮らしぶりを知るために、年に一、二回使者を送っていたように」

ウルフはうなずいた。ときおり騎士が訪れてきて幸せに暮らしているかどうかたずねたとキットが言っていたが、その正体がこれでわかった。どうやらその間抜けは、子供だったキットが痣《あざ》だらけになっているのをいつも見逃していたらしい。

「おかげで最後の件の結論が出た」王は言った。「きみの要求に対するわたしの答えは……ノーだ」

キットは視線を夫から兄に向けた。よくわからない。要求とは何だろう。

「きみはイギリスにとどまるのだ。フィリップ・コールストンの件に対処し、ウィンダミアを立てなおし、公爵としての責任を果たすがよかろう」ヘンリー王は立ち上がった。「いや、立たなくていい。傷を癒すのだ。北部では力が必要だ、ウルフ。きみが大きな力となってくれることを期待している」

ウルフは王がキットとともに戸口に向かうのを見送った。

「それに、きみは新妻とともにいなくてはなるまい」王はキットを軽く抱いた。「さようなら。パリから便りを送ろう。そして、フィリップ・コールストンがどうなったか知らせてほしい」

ヘンリー王が出ていくと、ニコラスとチェスターが部屋に戻ってきた。ふたりはウィンダミアのことや、フィリップの行方をウルフと話し合った。結婚式の前にウィンダミアに送ったヒュー・ドライデンはフィリップの居所を知っているのだろうか。

キットは考えていた。ウルフが王に出した要求とは何だったのだろう？　王はウルフに、北を強化しウィンダミアを立てなおすようにと言った。ということは、ウルフはウィンダミアの問題に対処する気はなかったのだろうか？　彼女から離れ、領地以外のところに行こうと考えていたのか？　新妻とともにいなくてはならないと王ははっきり言った。

ふと思い当たって、キットは心臓が飛び跳ねたような気がした。ウルフはフランスまで供をさせてくれと王に頼んだのだ。彼女を置いて。

「フィリップには友だちがいるに違いない……」

「隠れている場所はいくらでもあるから……」

「少数の者を気づかれないように送って……」

「ヒューを捜さなくては……」

話し合いは続いている。だが、キットの耳には入らなかった。エメラルドの指輪をひねりながら涙が出てきた。仲なおりできる望みはなくなった。彼はわたしから離れて遠いところに行きたいと思っている。王の命令のためにそばにいるだけで、本当は耐えられないのだ。わたしが何をしたの。もしかしたら、ルパートと結婚したほうがよかったかも……。少なくともルパートは、わたしと一緒にいるのをいやがりはしない。

「五日のうちにウィンダミアに向けて出発する」ウルフが結論を出した。「そのころには、わたしも馬に乗れるようになっているだろう。それまでに四、五人先に行ってくれ。部屋の用意をしておいてほしい。ヒューと会ってあの近辺を捜索し、町民たちから噂《うわさ》をきき出して……」

14

一四二一年六月下旬

ウルフの腿の傷は赤くふくれた跡だけになった。だが胸のほうはまだ包帯が必要だった。まして馬で旅をするのだ。何年も行動をともにしてきた配下の者のほか、王の家臣の一団が同行することになった。王の家臣のほとんどはフランスでの働きの報酬として土地や財産をたっぷり分け与えられた騎士たちだった。彼らはそれぞれの領地におもむく前にウルフに忠誠を誓い、ウィンダミアが安定するのを見届けたいと願っていた。

キットは、自分を連れていくのを夫がいやがるだろうと思っていた。あれほどはっきりと離れたがっていたのだから。出発の前日、荷造りはすんだかとウルフにきかれてキットはびっくりした。カンブリアにはロンドンのように贅沢《ぜいたく》なものはないから、必要と思われるものは何でもロンドンの店で買っておくようにと彼は言った。

キットは複雑な気持ちでウェストミンスターを離れる準備をした。これ以上ロンドンで欲しいものはない。手に入れたいただひとつのものはもうルパートの協力で作ってもらう職人を見つけ出していた。それはウルフへの結婚の贈り物だった。ウルフが死線をさまよっていたときには、その貴重な贈り物をする機会はないものとあきらめていた。

出発の日までに、ウルフはそれほど足を引きずらずに歩けるようになった。だが上半身を動かすと必ず顔をしかめる。一日中馬に乗るのはむちゃではないかとキットは心配した。彼女はウィンダミアから乗ってきた自分の雌馬に鞍《くら》を置かせ、乗ろうとするとウルフが呼んだ。

「ニコラスがきみを持ち上げてくれるだろう、キット」馬を寄せながら、ウルフは言った。「わたしと一緒に乗ろう」

「でも、傷が……」

「きみのかわいい馬のせいで遅くなるのは迷惑だ」彼はぶっきらぼうに言った。「ウィンダミアまでは六日で行けるはずだ。それ以上遅れたくない」

キットは夫の前に乗り、一行は出発した。

ウルフはほとんどしゃべらなかったが、キットは身を寄せ合って馬に揺られていくのを楽しんでいた。言いたいことはたくさんあるのに、どうすればふたりのあいだの溝を埋められるのかわからない。ふたりは何キロも無言だった。ウルフの腕がしっかりと体に回されていると安心できて居心地がいい。ウルフが見かけほど自分に不満を持っているわけではないと信じたい。もしかしたらいつかは自分を受け入れてくれるかもしれない。

ウルフはキットと一緒にいることを楽しんでいた。彼女の香りはいつものようにみずみずしい花を思わせる。ヘンリー王が要求を聞き届けてくれなかったことに感謝したかった。結婚式の前に、随行者のひとりに加えてほしいと願い出たのだ。あれほど自分との結婚をいやがっている妻とともにいるのは耐えられない。だが今は、離れていられないことがわかった。ウィンダミアに着き次第キャスリン・サマズは彼の妻となる。彼女もそれを受け入れるだろう。

天気のいい夜が続き、小さな天幕や防水布を張らずに野営できた。キットはいつも、暗い空を見上げて星を眺めながら夫に自分のほうを向かせる方法を思案し、そのうち眠りに落ちていた。ウルフは隣に毛布を敷いて彼女が寝込むまで横になろうとしなかった。そして朝はキットが目を覚ますともういなかった。

った。わざとそうしているに違いない。

四日目の夜には、キットはいらいらしてきた。ウィンダミアからケンドルまで行ったときと同じように、相乗りしていても彼とはほとんどことばを交わさない。どうしてもウルフの機嫌を直すことはできそうになかった。なぜ彼は自分と結婚しろというヘンリー王の要求をのんだのかわからない。たとえ王の命令であっても彼が従うとは思えなかった。

ついに一行は小さな峡谷の尾根で止まった。野営にいい場所だ。ウルフはキットをジェーナスの背中から降ろして、待ち受けているニコラスの手にあずけた。キットはちらりとウルフを見上げた。苦痛に顔をゆがめている。傷が痛むのに違いない。ウルフはそのままほかの馬がつながれている場所まで行って馬から降りた。

キットはすぐ後ろから、水入れ袋やブラックモア卿《きょう》から譲られた薬と包帯の入った手提げ袋を持ってついていった。

「日があるうちに包帯を換えさせて、ウルフ」

「このままで大丈夫だ」ウルフは言った。服を脱がされ、やさしい手で触れられたくない。王宮でも道中でも、彼女は毎日やさしく看護し、世話をしている。触れられれば触れられるほど彼女が欲しくなった。だが、今こんな場所で彼女を自分のものにすることはできない。

「そのままではだめよ」キットはきっぱりと言った。「痛むのでしょう。見ればわかるわ」

男たちが木の茂った場所で野営の準備をしている。キットは少し離れた開けたところにウルフを引っ張っていって倒れた古木の幹に座らせた。ウルフはチュニックを脱いだ。キットは膏薬《こうやく》と清潔な包帯を取り出した。彼が素直に言うことを聞いたのに驚いていた。一日中鞍の上で過ごしたので、こんなことでも少しは気晴らしになると思ったからだろう。

キットは彼の太腿のあいだに入って胸の長い包帯を解いた。彼が半裸なのを無視しようとした。包帯をほどく彼女の手が、ウルフの胸の上を滑っていく。

その感触にもう耐えられないとウルフが思ったとき、キットはあえいだ。

「出血しているわ！」ウルフは出血よりもキットの狼狽《ろうばい》ぶりに驚いた。さっきから生暖かい血がにじみ出しているのを感じてはいたが、キットがこんなにうろたえるとは思っていなかった。キットは血のしみた当て布を取って傷を見つめた。「こんなに早くウェストミンスターから出すんじゃなかった！」

「きみが？ 出すんじゃなかったって……？」彼の目が陽気にきらめいたが、キットは気づかない。

「そうよ、公爵」キットは傷口を消毒した。傷のはじがちょっと口を開けているだけなのがわかってほっとした。膏薬を多めに使って動かさないように気をつければ、血は止まるだろう。「でもこんなに遠くまで来てしまったのでは戻るわけにも行かないし、それに……」

ウルフは笑った。久々に聞くその笑い声は耳に心地よかったが、からかわれたくはない。

「いつも思っていた。きみは公爵夫人みたいに命令を下す才能があると」ウルフはくすくす笑った。だがキットが、痛む患部に膏薬をたたきつけたのでひるんだ。

「わたしを笑うことはないわ」

「きみを笑ったのではない」

「わたしは公爵夫人なのよ。お忘れなく」静かにキットは言った。

まつげに光るものがあり、唇は固く結ばれている。ウルフの顔から笑みが消えた。彼女が泣くのを見るのは何とつらいことか。彼女を責める気はまったくなかった。彼女は意にそまない結婚を命じられたばかりか、いやな夫とともに不気味な言い伝えのあるじめじめした陰鬱《いんうつ》な城に再び行かなくてはならないのだ。

ヘンリー王め！　取り返しのつかない決断を下す前に、せめて妹の意思を確かめればよかったのに。どうすれば彼女の気持ちを楽にしてやれるだろう？

「そう、きみは公爵夫人だ。それよりまず王女だ」不意にキットは包帯を巻く手を止めた。包帯はだらりと落ちた。

「私生児の王女だと言いたいのね」キットはくるりと背を向けてさっさと離れていった。

私生児の王女だって？　私生児？　両親のことなど何で気になる？　だが、彼女は確かにひどく動揺した。憤然として去る前にあごが震えていた。父親が母親と結婚しなかったことを恥じているのか？

そんなことはありえない。ウルフはすぐさま否定した。ばかげている。

ウルフはすぐに彼女のあとを追って、茂みに入る前に追いついた。

「キット」

彼女は腕にかけられた手を振りほどいて歩き続けた。

「待つんだ、キット」ウルフはまた彼女の腕をとらえてこちらを向かせた。エメラルドのような瞳に涙があふれそうになっている。ウルフは片手をその頬に当て、もう一方の手で顔にかかった髪をやさしく払いのけた。

彼はためらうことなく軽く唇を合わせた。やさしい感触にキットは身を震わせた。彼は耳たぶの下に唇を移し、それから額に軽く当てた。キットの顔に涙が流れるのがわかる。彼はそれを親指でそっとぬぐった。

「わたしのせいか、キット？」

ウルフは途方に暮れたような目をしている。なぜなのかキットにはわからなかった。あざけられるか黙殺されるかのどちらかだろうと思っていたのに、やさしい愛撫《あいぶ》やキスが返ってくるとは。

「いいえ」キットは叫んだ。「あなたではない。絶対あなたのせいではないのよ」

ウルフは両腕をキットのウエストに回して抱き寄せ、飢えたように唇を求めた。今度のキスは激しかった。熱く、強く、官能的なキスだ。キットが唇を開くと、舌が触れた。彼の情熱、欲望の炎を感じ、その炎に焼きつくされることを願った。だが、彼は途中でやめるだろう。いつもそうなのだ。

それでもキットは手を彼の裸の胸にはわせ、うなじの髪に指を絡ませた。ウルフはいっそう強く彼女を抱き寄せ、ぴったりと体を合わせた。

体を合わせたとき、ウルフの欲望の高まりが感じ取れた。彼のうめき声に、いっそう体中の炎が燃え広がる。喜びが体を貫く。彼に全身を愛撫してほしい。サマートン湖やケンドル城のときのように、彼に触れてほしかった。

ウルフはキットの胸の先端が固くなっているのを感じた。彼女も自分と同じように興奮をかき立てられているのだ。唇をのどにはわせ、両手で胸のふくらみを包み、その先を親指で愛撫する。

ああ、彼女がどんなに欲しいことか。だが配下の者がそばにいる粗末な野営地の中ではだめだ。公爵のベッドで彼女を妻としたい。

ウルフは耳にキスをした。温かい息を感じて彼女は身を震わせた。「自分がどんなに魅力的か知っているか?」彼の声は低く、しわがれていた。キットはやっとかすかな声をもらした。ふくらんだ唇はもう一度キスしてほしいと言っているようだ。だが、ウルフは自分を抑えた。「最初のときは特別だから」

ウルフは首に回された彼女の手を取り、自分の胸に当ててキットを見つめた。彼女の目には生々しい欲望が表れている。ウルフの心は躍り上がった。ああ、彼女はわたしを求めている！　だがあまりに純情で、彼がなぜためらうのか理解できないのだ。

「キャスリン、わたしはきちんとしたベッドにきみを迎えたい」ウルフはやさしく言った。「ここではだめだ。みんなが近くにいる」

キットは自分の奔放な態度に当惑してうなだれた。彼にどう思われただろう？

ウルフにあごを上げられたキットは、彼の目をのぞき込んだ。その目には欲望だけでなくやさしさがある。わたしのためを思ってああ言ったのだ。「ウインダミアに着くまで待たなくてはならない。それからわたしはきみを妻にする」

キットはもたれかかってウルフののどもとにキスをした。「今までずっとあなたを待っていたのよ。あと二日くらい何ともないわ」

その夜、ウルフはついにキットのかたわらで寝た。長い二日間になりそうだった。


キットは妻になるために行動を起こそうと心を決めた。大きな前進はあったものの本当の夫婦になるまでにはまだ遠い。ウルフがすぐにも自分を恋するようになるとは思えない。だがアンネグリットやほかの女性たちを彼の心から追い出すつもりだ。ウルフはサマートン湖で出会った女性に恋していた。それを思うと勇気がわき、夫を誘惑してみようという気になった。

涼しくて気持ちのいい晴れた夜だ。キットは毛布に横になり、満天の星空を見上げた。煮炊き用の小さな焚《た》き火《び》の煙が宙に漂っている。早くウルフが来て隣に寝てくれればいい。彼が来るまで眠るつもりはない。ウルフはやっと見張りたちとの会話をやめてキットのそばに来た。そして無言のまま背中を向けて毛布に横になった。

ウルフはいつものようにキットを起こしたくなか

った。しかし、さっきキスをしたときの情熱的な反応が思い出された。チェスターとアルフレッドは二メートルと離れていないところにいる。アレックス、クロード、そしてニコラスも遠くない。耐えられなくなるほど妻に心をそそられてはならない。

キットは夫の察しの悪さにもひるまず、彼のほうを向いた。腕を彼の腰に回し、柔らかな胸を硬い背中に合わせた。

ウルフには、彼女の体の微妙な線がすべて感じ取れた。

「おやすみなさい、旦那様《だんなさま》」キットは彼の耳に息を吹きかけた。

最後の日、一行が野営するために止まるころになっても地面にはまだ太陽熱が残っていた。蒸し暑くて嵐《あらし》が来そうだ。途中の森の中に湖があった。キットは汗でべとつく服を脱いで水浴びしたくてたまらなかった。男たちは野営の準備をしている。キットは着替えを持って斜面を下り、湖を目指した。

小さな湖は、柳と楡《にれ》の古木に囲まれている。岸辺には葦《あし》が生い茂り、小さな緑色の蛙《かえる》があちこちから丸い目をのぞかせている。はじめて来たこの湖でひとりで泳ぐのは賢いことでないのはわかっていた。彼女はあたりを見回して誰もいないのを確かめると、靴を脱いだ。スカートをたくし上げて腰で結び合わせ、上半身はウエストまで服を下ろした。それから体を洗おうと、水の中に入っていった。泥が足の指のあいだに入り込んでくるのも気にならず、水は冷たくてとても気持ちがいい。

キットが抜け出して行くのをウルフが見ていた。何をしようとしているのだろう？　途中で湖を見たことと、斜面を下りていったとき着替えを持っていたことを思い出した。水辺の好きなキットははじめて来た湖で泳ぐつもりではないだろうか。ウルフは不安になった。キットの跡を追って、丈の高い草の茂った斜面を下り、寂しい小さな森に入っていった。

湖畔に着いてキットの姿を見ると、ウルフは棒立ちになった。サマートン湖で見た金色のレディだ。あのときと違って全裸ではない。すばらしい薔薇《ばら》色の夕日を受けて顔ははっきり見えている。

彼女は髪を上げて、襟足に濡《ぬ》れた布を当てた。冷たさに胸の先端がとがり、身震いしているのを見ると、ウルフ自身も固くなった。ウィンダミアには明日着く。それまで待とうと彼は決心していた。だが……。

心の中でふたつの声が闘う。それでも、耐えなくてはならない。でないと明日彼女の敏感なところが疼《うず》いて馬に乗るどころではなくなるだろう。

「いらっしゃい、背中を流してあげるわよ」キットが呼びかけた。気がついていたのかとウルフは驚いた。彼女の声はかすれ、魅惑的だ。

ウルフはゆっくりと彼女に近づいていった。腕や胸を濡れた布でこすっている。こんなになまめかしく振る舞う女性を見たことがない。しかもその女性はわたしのものだ。美しく、魅力的だ。腕に抱いて官能的な魅力を確かめてみたくてたまらない。ああ、どれほど彼女が欲しいことか。

キットはウルフと触れ合いたかった。熱っぽい目が、彼もそれを熱望していることを物語っている。ウルフが近づいてくると、キットは期待に打ち震えた。彼は歩きながら上着《ダブリット》とチュニックを脱ぎ、傷を守っている布や包帯を取り去った。

半裸になった男性的なウルフの体はすばらしい。強そうな広い肩と胸が引きしまった腰に続いている。黒い胸毛の下で筋肉が動くのにキットは見とれた。ウルフはゆっくりとそばまで来ると、くるりと向きを変えて広い背中を彼女に向けた。

濡れた冷たい布が背中をぬぐう。キットの冷えた手の感触にウルフは身震いした。キットが背伸びして肩をぬぐうと胸が背中に触れる。ウルフは我慢できなくなってさっと向きなおり、彼女を腕に抱いた。

「何て魅惑的に苦しめるんだ？」彼は熱い唇をキットののどにはわせた。

「苦しみではないわ」彼の唇を片方の胸の先端に感じてキットは息をのんだ。「ただ、ああ……」

唇を重ね、舌が触れ合ったとき、キットの全身に震えが走った。彼は傷の痛みを無視して彼女を抱き上げ、楡の木立のそばの柔らかい苔《こけ》むした地面に運んだ。背中に地面が冷たく感じられ、肌をはうウルフの唇は熱い。

すばらしい薔薇色に染まった細い雲が空を走っていき、嵐の予感をはらんでいる。ふたりは外気の変化にも気がつかなかった。ウルフはキットの上に重なった。顔は紅潮し、銀色の目が黒ずんでいる。キットは乱れた彼の長髪を引っ張って顔を下げた。彼の妻になりたかった。

「こんなつもりではなかった」

「公爵のベッドはもっと立派でなくてはいけないの？」キットは彼の髪にささやいた。

初体験のキットは、本能のままに動いた。手でゆっくりとウルフの背中から腰、さらに胸をなで下ろす。そして腰のひもをほどいて、彼を愛撫した。

「きみを大切にしたいと……」ウルフの手がキットの胸を包み、その先端をもてあそぶ。そして唇はのどもとをはう。

「欲しいのはあなただけ……」彼女のことばはいっそう興奮をかき立てる。ウルフはキットの湿ったドレスを腰からはぎ取って太腿をなでた。

まわりで風が渦を巻いていた。木の葉は吹き散らされ、ほこりが舞い上がる。飛んできた小枝の鋭い先が、ウルフの肌をつついた。黒雲が空を低く覆いはじめた。両手、唇、舌が互いの体を求め合う。

「さわってくれ……」

「やめないで……」

「こんなに熱い。信じられないほどに……」

「お願い、ウルフ」

キットの懇願は、遠い雷鳴にかき消された。官能の波にのみ込まれたふたりには、雷鳴も聞こえなかった。キットの全身はウルフの愛撫に燃え立った。理性は消し飛び、欲望と喜びだけがふくれ上がる。

「いとしいキット」ウルフはしわがれた声で言った。「痛い思いをさせるかもしれない」

「つらいのは、何もしてくれないことだけだわ」彼女は、唇と舌でウルフの耳を激しく愛撫した。「教えて。どうすれば喜びになるの……?」ウルフは彼女の手を自分に導きながら、唇と舌で彼女をとろけさせ、喜びのきわみに導いた。

ウルフが重なると、彼女は欲望にうめいた。そして彼の首に回した両手を組んで、情熱的な動きを受け入れた。結び合った体を稲妻のようなものが包み、電流が貫き、震わせた。

「そんなには疼かないか?」しばらくして、ウルフはキットの耳もとの髪を愛撫しながらきいた。彼女はウルフの腕に頭をあずけ、もつれ合って深い緑色の苔の上に横たわっていた。遠くで稲光がひらめき、雷鳴が聞こえる。キットは体を起こして片肘で支え、夫を見つめた。

「ええ。あなたは? わたしが傷をつけたんじゃない?」彼女はいたずらっぽくほほえんだ。

「ああ」ウルフは貪欲《どんよく》そうに笑った。

キットがウルフの乳首を口に含んだ。彼は身を震わせた。「ねえ、どうすれば治せるか教えて?」彼女は、彼の敏感な肌に唇と歯を当てた。

「任せるよ」頭を動かす彼女にうめき声をもらしながら、ウルフは言った。「好きにしてくれ」

15

嵐《あらし》が来るのは確実だった。男たちは野営地を山上から森の中に移した。湖に近いところにウルフと花嫁のための天幕が張られ、土砂降りの雨に備えて防水布が何枚か木々に張りわたされた。ウルフは馬や食料を安全な場所に移すのを監督した。仕事がすべて終わると、天幕の中にいるキットのところに来た。

妻は小さな避難所の真ん中で、毛皮にくるまってうとうとしていた。素焼きの鉢に入れた蝋燭《ろうそく》の火が躍って、彼女の顔に揺れ動く影を投げかける。ウルフは服を脱いで、素肌をさらして寝ている彼女の横にもぐり込んで抱き寄せた。

キットはちょっと体を動かしてぼんやりと目を覚ました。

「雨が降りだしたよ」ウルフは言った。天幕にたたきつける激しい雨音と対照的に、その声はやさしい。温かな息がキットの髪をなでた。

「聞こえるわ」キットは答えて、天幕の中を見回した。この世にふたりきりで暖かな繭の中にいるような気がした。毛皮にくるまって雨音を聞くのは気持ちがいい。獣脂の蝋燭のにおいと揺れ動く光も快かった。ウルフと一緒なら何日でもこうしていたい。

ウルフは彼女のあごから首筋、鎖骨を指でなぞった。「寒くないか？」

「うーん」彼女は手足を伸ばした。温かくて満ち足りていた。

キットが体をすり寄せると、ウルフの脚は震えた。たった一時間前に愛し合ったばかりなのに、また欲しくなった。だがあまり性急すぎては彼女のためによくない。

　ウルフは肘を曲げ、両手で頭を支えた。気持ちをそらすために、ロンドンを発《た》つ前にヘンリー王が言ったことについてたずねた。

「襲撃された夜、きみはどんなふうにわたしを救ってくれたんだ?」

「王様は大げさなのよ」

「そうは思わない」ウルフはかぶりを振った。「ヘンリー王はお世辞など言うかたではない」

「ええ。そうは思うけど……」

「あのとき、何が起きた?」ウルフはきいた。「回廊に出たら暗くて、取り囲まれたのは覚えている」

彼の指がまたキットの鎖骨をなぞり、耳もとの波打つ髪をもてあそぶ。濃いまつげに縁取られた目はほとんど黒く見えた。

「ヘンリー王は武器を持っていなかったの」キットは答えた。「あなたに守られて、やっと倒れた人の武器を手にしたのよ。ロラードの者の武器を」

「それからわたしは刺された」

「そうよ。胸を」キットは言った。「敵のほうが人数が多くて、そのうちのふたりがあなたに向かっていたわ。どうやって身を守れるのかと……」胸の傷から血が噴き出したときのことを思い出して、彼女は身震いした。「殺されてしまったかと思ったわ」

「それで……?」

　キットは、倒れた黒ずくめの男の体の下から剣を抜き取って、防御しながら彼のもとに駆けつけたことを語った。

「それから、わたしはあの男を殴って……」

「殴った?」

「ええ。あなたの脚に切りつけた男を殴ったのよ」

キットは、そのことばを強調した。「剣を振り上げて、肋骨《ろっこつ》の下を思いきり打ったの」

「殴ったのか」ウルフは面白がった。同時に彼女の機転と勇気に感銘を受けていた。持ち上げるのがやっというほど重い剣で自分を助けてくれる女性がほかにいるだろうか？

「わたしは剣の使い方はうまくないわよ。でも結果には満足しているわ」

ウルフはにやりとした。「わたしもそう思う」

「わたしのきれいなドレスは台無しだわ」キットは穏やかに言った。「あなたの血で汚れて」

「誰かが泣いていたような気がする」

「聞こえたはずはないわ」

「どうして？」ウルフの手が、キットの下唇からあごのくぼみを軽くなぞる。

「死ぬかもしれない人の前で泣いてはいけないといつも思っているの」キットはほほえんで言った。「望みを失わせないように」

キットが目覚めると、ウルフはいなかった。天幕のすき間から差し込む朝日の中で、彼女はドレスを着た。それから天幕を出て伸びをし、木々のあいだを眺めまわした。誰の姿もない。どういうわけか、八十人もの男が音もなく消えうせてしまったのだ。

二本の太い木のあいだに、風雨にさらされた防水布が一枚張りわたされたままになっていて、その下で小さな焚《た》き火《び》が燃えている。物音のしたほうを見ると、ジェーナスが木につながれていた。雄馬は鼻を鳴らしたり、跳ねたりして落ちつかない。

キットは水際に下りていって手早く顔を洗った。夫がどこにいるのか気になってならなかった。置き去りにされたのではと一瞬考えたが、すぐに打ち消した。あれほど情熱的なすばらしい夜を過ごしたあとで、自分を残して行けるはずがない。彼にはするべき仕事があるのだ。

キットは火のそばに戻った。柔らかな乾いた草の上に座って髪をとかし、編むことにした。そして、カーライル公爵が、結婚前に想像したような年寄りではなかったことを神に感謝した。あんなに情熱的に身を投げ出したことを恥じるべきだと思ったが、夫は気にしないだろうという思いがした。

ウルフはほとんどの配下の者を先に出発させた。妻を早くから起こして馬に乗せるのは気が進まなかった。ウィンダミアに着けば新たな責任が肩にかかってくる。ウィンダミアまでの道のりを妻とふたりでゆっくり行きたかった。

キットが眠っているうちに、ウルフは十二人の男を南東の尾根に行かせた。そして自分たちが湖のそばから出発したら、目立たないようについてきて護衛をするよう指示した。

湖畔に戻ると、キットは焚き火のそばの草の上に座って波打つ長い髪をとかしていた。面白がっているような顔をしている。ウルフはジェーナスの首をなでながら横を通った。キットは顔を上げ、心温まる笑みを見せた。

「空腹だろう?」そばに行くと、ウルフはきいた。食べ物の入った鉢に覆いをして、冷めないように火のそばに置いておいたのだ。

キットは顔を赤らめてうつむいた。ウルフは横に腰を下ろしてブラシを取り上げ、彼女の頰に手を当てて額にキスをした。

「昨夜の肉を少し残しておいた。料理人のダービー爺《じい》さんがきみにと言っている」

キットが朝食をとっているあいだ、ウルフが髪をとかした。快感が頭から首筋に伝わる。

「今日は結わないでほしい、キット」彼は言った。「きみの髪が好きだ。ほどいたままのほうがいい」

キットはまだ居心地が悪そうにしている。ウルフはどうしていいのかわからなかった。彼女をくつろがせるにはどうすればいいのだろう? もっと愛撫《あいぶ》するのか？　それとも会話か？

「今、何を考えている？」

「考えて？」

「そうだ。さっききみは髪をとかしながらほほえんでいた。何か面白がっていたんだろう？」

キットはまた顔を赤らめた。「何でもないわ」

「言ってごらん。何でもないことないだろう？」ウルフは彼女の横に座ってブラシを置き、耳もとの巻き毛をなでつけた。「キット、昨夜は――」

「いいえ、いいえ」キットはさえぎった。不満があったと思われてはたまらない。「そのことではないのよ」彼女の眉が下がり、深い緑色の目に面白そうな表情が戻ってきた。「あることを思い出して……」

「言ってくれ」

「わたしはカーライル公爵と結婚するのだとラングストン伯爵に言われたとき、カーライル卿《きょう》とはしわの寄ったぱっとしない年寄りだと思ったの」

「カーライルとはわたしのことだと聞いていなかったのか？」金色のおくれ毛をもてあそんでいたウルフの手が止まった。

「ええ」キットは言った。「誰も教えてくれなかったわ。晩餐会《ばんさんかい》であなたを見たとき、なぜ気絶したと思う？」

「なぜだ？　どうして気絶した？」

「わたし……。よくわからない」急に語気を強めたウルフに、キットはひるんだ。「ヘンリー王のことを知ってから、わたしはずっと動揺していたの。先代のヘンリー王が父親だったと知って。父は立派な人だったといつも聞かされていたわ。母と結婚して……わたしが生まれる前にヨーロッパで亡くなったと」自分の出生にまつわる隠された真実を知って、彼女は身を震わせた。

ウルフは彼女の肩に腕を回した。彼女は本当に自分の婚約者が誰だか知らなかったのだろうか？　ルパートの肩にもたれて泣いていたのは、自分との結婚に動揺したためではなかったのか？

「あの日わかったの、自分が私生児だと……。そして年寄りの公爵と結婚するのだと……」

ウルフはさえぎり、キットの顔を自分のほうに向けてやさしくキスをした。

「だからさっき笑っていたのよ。本当にうれしくて。夫になったのがよぼよぼの暴君でなく……」

ウルフはさらに熱のこもったキスをした。

「何とサー・ゲアハート。誰よりも美しい騎士」

ウルフの唇がキットののどをはって下り、手は胴着のひもをほどいて肩からウエストまでをあらわにする。

「過ちには情け深く……」

胸の先端をなでるウルフの指先に、キットはたちまち反応した。

「そしてとても有能で……」


彼女はその先を続けられなかった。

ウルフはジェーナスにまたがり、キットを前に横向きに座らせた。ウィンダミアに帰るのだ。気恥ずかしさはなくなり、ふたりは気分よく相乗りした。

「ウィンダミアの話をして、ウルフ」朝霧の中で、キットは彼の胸に頭をあずけて言った。地面には青青と草が茂り、木の幹はいっそう黒々として見える。彼女は夫の強い腕の中で安心し、満足していた。

「わたしはウィンダミアで生まれた」

ウルフがものを言うと、息がキットの頭頂部の髪をやさしくなでる。ウルフは過去や家族の話をするのが好きではない。だが今は話したい気分になっていた。彼の過去はキットのものでもある。話すことによって、過去の扉に一緒に近づいていきたかった。

「バーソロミューとマルグレーテの末の息子として。長男のジョンはわたしより六歳年上。次男のマーチンは十二歳ばかりで肺炎で死んだが、そのときわたしは七歳か八歳だったはずだ。マーチンが死んだあと、母は実家の両親のもとでしばらく暮らすためにイギリスを離れた。ジョンとわたしがいても母の慰めにはならなかった。父の存在も慰めにはなっていなかったのだと思う。わたしはとても幼くて、何が起きたのかよくわかってはいなかったが……。マーチンの死後母が何カ月もふさぎ込み、だんだんひどくなったので父は心配した。環境を変えるといいかもしれないと、父は母をブレーメンに送って両親と過ごさせることにした。息子の死から立ちなおることを願っていた。その計画はうまくいったかに見えた。だが数カ月後、父とジョンがブレーメンにおびき出され途中で殺されると、母の運命は決まった。彼女は悲しみから立ちなおれず、少しずつ悪化するままにその後二十年間何もすることなく過ごした」

「でも、お母様にはあなたがいたのではないの?」

キットがたずねた。「あなたが生き残ったことがお母様に生きる理由を……」

「いや、キット」ウルフは静かに言った。「そうはならなかった」

しばらくふたりは黙って馬に揺られていた。キットは少年の日の夫が、父や兄弟たちを失った悲しみを母親と分かち合おうとしたことを想像した。だが、母は自分の中に引きこもり、息子を受け入れなかった。自分はいつも彼とともにいようとキットは心に誓った。そしてふたりのあいだに生まれた子供たちとともに。

「お父様やジョンを待ち伏せした犯人は誰なの?わかっているの?」

「父の親友で味方だったケンドル侯爵が調査しようとした」ウルフは説明した。「だが、王はいつも彼を避けた。きみの父上のヘンリー王は、そのころつねに不安定な立場に置かれていた。陰謀や脅し、そして小規模の反乱が絶えなかった。ヘンリー王には、信じるに足る人間が誰なのかわかっていなかった。わかるようになったときでさえ、確信はできなかった。ケンドル卿は襲撃の裏にクラレンスとフィリップがいることを確信していたが、証明はできなかった。わたしがウィンダミアで見つけた羊皮紙を提出するまでは……。バート・コールストンとその息子たちがドイツに向けて発ったころ、ヘンリー王暗殺の計画があった。雇われた刺客はしくじり、捕らえられたのだが、何とか逃げ延びた。そのときうっかり財布を落とした。その財布には何枚かの金貨と、以前のコールストンの押印のある暗殺の指令書が入っていた。ヘンリー王はそれを、自分の命を狙《ねら》ったのはウィンダミア伯爵だという決定的な証拠とみなした。そのうえ罪深いコールストン親子は、暗殺計画が失敗したときのことを考えてイギリスを逃げ出していたのだと。ウェストミンスターのヘンリー王の筆記者のひとりが、わたしたちの提出した手紙を解読した。ケンドル卿には押印がウェールズ人のオーウェン・グレンダウアーのものだとわかっていたが、文面は薄くなり、ぼやけていて、わたしたちには読み取れなかった」

「何と書いてあったの?」

ウルフの声は冷ややかだ。「グレンダウアーは叔父のクラレンスと息子のフィリップに満足の意を表する——ヘンリー王を亡き者にし、伯爵領を手に入れる叔父たちの計略に関し、と。運命のいたずらで結果的にウィンダミアはクラレンスのものとなり、トミー・タトルの小細工によって父に罪を着せることができた。グレンダウアーは大いに感謝しただろう」

「トミー・タトル!」

「ヘンリー王暗殺のために雇われた刺客だ。わたしはタトル本人に会ったことはないが」ウルフは言った。「仲間はまだロンドンに残っている。彼もウェールズ人と黒いつながりがあるうちのひとりらしい。だが二十年前、グレンダウアーと一緒に悪事を働いたことを話そうという人物はまだ見つかっていない」

「でも、あなたの件で彼に証明させる必要はなかったんでしょう？」

「ああ。ただ、わたしとしてはどんな小さな証拠もできる限り提出したいだけだ。もっともタトルが文盲だったことはわかっている」

「驚くことではないわ。字の読めない人間は多いから」

「そう、驚くことではない。だが、字の読めない悪党がなぜ、王を殺害せよと明記した手紙を持っていた？　そしてうまうまと逃れ、さらにその手紙と報酬を入れた財布を都合よく落とした？」

「あなたのお父様がかかわっていたという間違った判断を王様が下すように？」

「そうだ。王はそう思い込んだ」

「フィリップは今どうしているの？　それからアガサは？」ふたりは鞍《くら》の上で左に身を寄せて、低く張り出した枝を避けた。

「そう……アガサは」ウルフは言った。「わたしたちは、彼女も仲間だとずっと思っていた」

「わたしたち？」

「祖父とわたしだ」彼は答えた。「祖父はルドルフ・ゲアハート。ブレーメンの辺境伯だ」

ブリジットの言ったとおりだとキットは思った。ウルフは辺境伯の孫だったのだ。

「襲撃されたあと、ヒューがわたしを修道院に連れていくと……」

「ヒュー？」

「ヒュー・ドライデンだ。彼を知っているね、キット。サマートンから供をしていた」

キットはもちろん覚えていた。ウルフより二、三歳年上らしい、力のあるがっしりした男性だ。どちらかというと平凡な顔立ちにさえない褐色の髪をしているが目は鋭い。いつもウルフのそばを離れなかったのに、このところ姿を見かけなかった。

「わたしの命を救い、襲撃のあとでセント・ルシエン修道院に連れていってくれたのはヒューだ。彼は子供のころわたしの一族の養子になった。それであのときも一緒にいて、以来わたしのそばを離れない。話がそれた。父と兄の死に責任があるのはクラレンスだと思ったのはわたしの祖父だ」暗い声で、ウルフは続けた。「そのときわたしは子供で、すべては理解できなかった。成長してウィンダミアに帰る話が出るようになると、祖父はその疑いをわたしに話した」

「それで、イギリスに帰ったときにお祖父《じい》様の名前を名乗ったの？」

ウルフはうなずいた。「ウィンダミアの継承者のウルフ・コールストンと名乗るのはまずいだろう？」

キットは同意した。

「わたしがフィリップの罪を立証できるとは祖父は思っていなかった。だがわたしがブレーメンを出ると、それは彼にはどうでもよくなった。自分の跡取りでなければ用はない。ニコラスはどうかといえば……」ウルフは口の端を上げた。「彼もかわいがられなかった。ニックが子爵になったという知らせがブレーメンに届いたら、祖父のルディはひっくり返るだろう」

どうしてウルフの祖父は孫の出世を聞いたらくやしがるのだろう？　わからなかったが、キットは微笑した。

「わたしの計画はヘンリー王に仕え、信頼を得ることだった。それからウィンダミアに行って、フィリップの正体を暴く。まさかアガサが証拠を差し出してくれようとは思わなかった。何年か前に死んだという噂《うわさ》があったが、きみは彼女に会っている。幽霊ではなかっただろう?」

「ええ。生身の人間だったわ」

「彼女がクラレンスとフィリップの陰謀に加担していようといまいと、彼女にはわたしがわかったんだ。ウィンダミアに行ったとき……」

「彼女はあなたを〝あの狼《おおかみ》〟と呼んだのよ」

「えっ?」

「あなたが正統な伯爵だと言いたかったのでしょう。でも、彼女の言うことはわけがわからなくて。頭がおかしいんだと思ったのよ」

「何かの理由で、彼女はフィリップが権力を失うのを見たかったんだろう」ウルフは言った。「そうでなければ、きみに父の印章を渡したことの説明がつかない」


キットは肩をすくめた。

「クラレンスの死後、彼女とフィリップが不仲になったことは間違いない。アガサは何年も前から塔に幽閉されていたとケンドル卿は考えている」

「秘密の入り口を知っている人はほかにいないのかしら」

「いるとは思えない」ウルフは言った。「わたしは九歳になるまであの城で過ごし、隅々まで探検した。だが、そのわたしですらきみに聞いて驚いた」

「アガサはどうなったかしら」

「それよりフィリップがどうなったかと思う」

「それから、ヒューも」キットはきいた。「この十日ばかり、どこにいるの?」

「ウィンダミアだ」ウルフは答えた。「フィリップを追いかけている」

16

しばらく行くと、住む人のない壊れた石造りの小屋があった。その近くに踏み分けられた道があり、ウルフはその道にジェーナスを乗り入れた。そして先にひらりと降りてキットに手を貸した。

ふたりは西に向かって歩いていった。それは木々に覆われたごつごつした山道で、巨大な岩があちこちに露出している。ウルフはキットの手を取って下生えの中を進んだ。妖精《ようせい》がいそうなところだ。木々のあいだから差す日光に、重なり合った羊歯《しだ》の葉の露がきらめく。地上から少し離れて霧がかかり、その上に突き出した山並みが巨人の節くれだった手のようだ。

ウルフは岩だらけのぬかるんだ山道を上っていく。上るにつれてせせらぎの音が聞こえてきた。

「ここはどこ？」山腹の開けた広い道を進みながらキットはきいた。山頂まで上るつもりだろうか？

「ウィンダミアの領地内だ」ウルフは答えた。「きみに見せたい場所がある」

ウルフが特別の場所に連れていこうとしていると思うと、キットは元気を取り戻した。何も言わなくてもウルフが自分を受け入れたのは感じ取れる。やさしい気持ちがあるのだと思わずにはいられなかった。この結婚はうまくいくかもしれないと、キットは希望を持った。

やがて広々とした平坦《へいたん》な場所に出た。左側は険しい崖《がけ》が切り立ち、岩肌を水が細く流れ落ちて穏やかな小川に注いでいる。

「どこへ流れていくのかしら？」キットはうっとりとして言った。ここは美しい別天地だ。

「来てごらん」

少し先まで行くと川筋がよく見え、先が滝になっているのがわかった。「美しいわ」キットはため息をついた。あたりには太陽が降りそそぎ、地面には緑の苔《こけ》が生えている。ところどころの岩のあいだからピンク色のもうせん苔が顔をのぞかせていた。

ここから森の向こうまで見晴らせる。ウルフはキットの後ろに立ち、両肩に手を置いて北のほうを向かせた。

「ウィンダミア城だ」彼は言った。

たどってきた細い道が遠くに見える。その道はだんだん広くなり、谷間を抜けて町と城に通じている。よく耕された肥沃《ひよく》な土地に囲まれた美しい町は城壁の下に広がっていた。町を見下ろして厚い石壁をめぐらした黒ずんだ灰色の砦《とりで》がそびえている。三つあるうちでいちばん高い塔の旗竿《ざお》に旗が翻っていた。

ウィンダミアの眺めは息をのむほどすばらしかった。

「母はここを〝伯爵の隠れ家〟と呼んでいた」ウルフは言った。

キットがもたれかかるとウルフは体に腕を回した。彼の声は悲しみをおびている。家族と一緒に暮らした日々を思い出しているのだろう。

「兄たちとわたしは……ときどき父に連れられてここに来た」ウルフは静かに言った。足もとを曲がりくねって流れ落ちる水の音がする。「最後に来たのは……ブレーメンに向かう途中だった。父とジョンとわたしは、旅立つ前にもう一度ウィンダミアを見ようとここまで上ってきた。大人になってからは今日がはじめてだ」

キットはウルフの規則正しい鼓動を背中に感じた。「キャスリン」彼の息が頭のてっぺんに温かく感じられる。「フィリップが捕まらない限り不安は消えない。用心してくれ。つねに護衛をつけるべきだ」

「彼がわたしに危害を加えると本当に思っているの？」

「間違いない」ウルフは答え、彼女を自分のほうに向かせた。彼の目に固い決意の色がある。「フィリップは信用できない。きみを危険にさらしたくない」

「でも、ウルフ、わたしはこれまで自分で自分の身を守れて……」

「きみにはわかっていないんだ、キット。わたしほど彼を知らないから」

キットは、彼が譲らないつもりなのを知った。

「わかったわ」キットは言った。「どうすればいいのか教えて」

ウルフはほっとした。ケンドル卿《きょう》の言ったとおり、フィリップはゆがんでいる。子供のころからその性格はよくわかっていた。

ウルフはキットを日陰の涼しい岩棚に連れていって一緒に腰を下ろした。そして彼女の手の甲にキスをした。「フィリップを甘く見てはいけない。前に会ったときどう思ったか知らないが、彼は邪悪で危険だ」

「冷酷で無情に見えたわ」キットは言った。

「それよりはるかに悪い」ウルフは膝に肘をついて身を乗り出し、キットのほうを向いた。「彼がどこに隠れているかわからない。もっとも今ごろヒューが発見しているだろうとは思うが。もし見つかっていなければ用心してほしい。城を出るときはいつもわたしの配下の者を同行させる。ひとりで馬で出かけたり、町に行ったりしないでほしい。城の中でも必ず誰かに行き先を知らせてくれ」

「でも、ウルフ」キットはちょっと口ごもった。彼は自分をウィンダミア城に残してどこかへ行くつもりなのだろうか？「あなたはどこへ行くの？」

「わたしか？」彼のほほえみにキットはとろけそう

になった。

「そうよ」キットは息を切らして言った。「あなたがいないのなら、ウィンダミアに残っていたくない。あなたがもし……」

「キャスリン」ウルフは彼女の手を取って、その不安そうな目をのぞき込んだ。「またきみを置いていくと思うか？」

「また？」

「ロンドンで一度置いていったことが……」

「そう、あったわね」キットは小声で言った。ウェストミンスターでの孤独な日々がよみがえった。

ウルフはキットの髪を人さし指に絡ませてそっと引いた。腰に腕を回して引き寄せ、額にキスをして花の香りのする髪に向かって言った。

「きみの髪……。ロンドンに着くまできみはけっしてかぶり物を取らなかった」

「怖かったの」キットは言った。「あの夜、サマートン湖で会った女だとわかってしまうのが。そしてケンドルで……。本当のわたしのことは何とも思っていないとはっきりして……」

「キット、あれはただ、きみはわたしのものだと言えなかったからだ。つまり、ロンドンできみをルパート・アイリースに渡すのがつらかった。だからきみを怒らせるのがいちばんだと考えた。きみから離れて遠くにいるのがいちばんだと」

キットは不意に立ち上がって、両腕で胸を抱いた。頭の中で用心しろという声がする。だが彼の言うことが真実だと思いたい。自分をルパートに渡すのがつらかったから距離を置こうとしたのだと信じたかった。

でも、それならアンネグレットはどうなるの？あれは以前の婚約者への愛情からではなかったの？

キットは崖の縁を流れ落ちて輝く小川に注いでいる水を見つめて、ウェストミンスターで絶望的な思いに駆られたことを言おうかと迷った。彼を失ったら自分の人生は永遠にむなしいものになるのだと悟ったときのことを。

「わたしはあなたを求め続けていたわ」とうとう、キットは小声で言った。彼はすぐ後ろに立っている。彼のぬくもりと耳にかかる息が感じられた。

「知らなかった……」キットと別れなくてはならなかったとき、どんなにつらかったことか。「きみはルパートと……」

「ルパートのことは思い違いだったのよ」キットは向きなおった。「すぐにわかったわ、彼は……離れていたとき想像していたような人ではないと」

「何だって？　ルパートをあきらめたことを後悔していないというのか？」

キットはうなずいた。「彼にもそう言ったわ」いたずらっぽい笑みを浮かべて、彼女は言った。「侮辱してしまったと思うけど」

キットは小川に近寄り、手に水をすくってこぼした。

「あの朝、わたしは取り乱していたの。前の晩にラングストン伯爵と会って、母親のことや出生のことがわかって……。そして、庭でばったりルパートと会ったの。私の母のメガンとヘンリー王のことは話せなくて……それであなたとの婚約の話をしたの。というより、カーライル公爵との婚約ね」

太陽は傾きかけ、ウィンダミアを見やるキットの長い影が地面に落ちた。ウルフは今の告白をどう思っただろう？　あの朝泣いたのは、彼との結婚がいやだったからではないとわかっただろうか？

「わたしはルパートと結婚するのだといつも思っていたとルパートに告白したの」キットは言った。「彼、驚いていたわ。わたしにあなたは夫にはふさわしくないと言われるまではね」

「それはもっともだ」ウルフはキットをまっすぐ立

たせ、流れから引き離した。「しかし、わたしはどうだ?」彼の声はやさしく、魅惑的だ。「どんな夫になると思ってる?」

キットは彼の目を見つめ、うまい答えを探した。好きで結婚したのではない妻にも温かくてやさしく、思いやりがあるのがわかったと言ったら彼はどう思うだろう?

キットは、ずっとベルトにつけてきた革の小袋に手をやった。いちばんいい機会に渡そうと、いつも持ち歩いていたのだ。

「ロンドンであなたのために作らせたのよ」袋を差し出しながら彼女は言った。それが答えだとわかるだろうか?

ウルフは茶色の小袋を受け取ってひもをゆるめ、小さな木箱を取り出した。キットがカーライル公爵の印章としてあつらえた金の指輪が入っていた。円形の台座に狼《おおかみ》の頭部と薔薇《ばら》が彫られ、両脇《りょうわき》には小さなルビーがはまっている。やっと顔を上げてキットを見たウルフの目は、すべてを理解していた。

「キット……」

彼女はウルフに寄りそって唇で彼の口を封じ、息もできないほど激しいキスをした。ウルフの胸には欲望が燃えていた。


伯爵の隠れ家から下りはじめたとき、ウィンダミアの南のほうから六人ばかりの男たちが馬を飛ばしてくるのが遠くに見えた。

「誰だと思う?」ウルフの視線をたどって、キットがきいた。

ウルフは目を細めてかぶりを振った。「こんなに遠くてはわからない。だが、先頭にいるのはニコラスのようだ」

キットもそう思った。明るい金髪の頭と白い馬で彼だとわかる。

「何があったのかしら?」彼女は心配そうに言った。

「あんなにあわてて」

「フィリップを発見して、急いでわたしに知らせようとしているだけかもしれない」ウルフは答えた。

「そうだとしたら、不安はすべてなくなる」

そうだろうか? だが安心させようというウルフの気持ちはうれしかった。ふたりは山道を下り生い茂った木々のあいだを抜けて、ジェーナスをつないでいた場所に戻った。

「さあ。もっとよく見えるところに行こう」ウルフは大きな馬を隠しておいた茂みから引き出した。ふたりは並んで歩いていくと、やがて木々に囲まれた見晴らしのいい高みに出た。

「あれが誰であろうと、わたしたちには護衛がついている」

「護衛ですって?」

ウルフはほほえんでうなずいた。「十二人の有能な配下の者に後方を守らせている。あの連中を引き受けるはずだ」

キットは伯爵の隠れ家でのやさしい愛撫《あいぶ》を思い出して顔を赤らめた。十二人の護衛がそばにいた。もしかしたら見られたかもしれないと思うと恥ずかしかった。

「心配しなくていい、キット」彼女の心を読んだように、ウルフが言った。「秘密ということばの意味を知る少数の者だけを選んである」

「心配してないわ。でも、そばにみんながいると言ってくれてもよかったのに」

「みんなではない」ウルフはくすくす笑った。「七十三人は三つに分けて先に行かせた。そして十二人を適当な距離を開けて後方の守りに回した」

「ふうん」

「ほら、ニコラスだ」ウルフは彼女に軽くキスをすると、手を取って道のほうに向かった。「ダグラス、アルフレッド、クロードも一緒だ。何日か前に先発したうちの三人だ。何をそんなにあわてているのかきいてみよう」

ふたりはゆっくりと、男たちが馬を走らせてくる道のほうに戻っていった。夕暮れが迫り、森の中は暗くなってきたが、ウルフは確かな足取りで湿っぽい下生えや低木の茂みの中を進んだ。

ジェーナスを引いたウルフとキットの姿を見ると、ニコラスたちは馬の歩をゆるめた。道が荒れた踏み分け道に変わる森のはずれで両方が出会った。東側には高い崖が切り立ち、西側は太陽が木々の上に傾いている。あたりは影になって暗かった。

男たちは馬から降りた。

「ああ……ええ、公爵？」サー・エドワードはニコラスをちらりと横目で見ながら言った。わたしとウルフがどこで何をしていたか気がついているのだ。

キットは顔を赤らめた。

ウルフは皆を見回した。誰もがもじもじしている。

「何もかもうまくいっている」やっとウルフが笑顔で言った。「どんな緊急の用事だ？　今朝別れたばかりではないか、ニック？　ウィンダミアからどんな知らせを持ってきた？」

「話さなくてはならないことがたくさんあるんだ、ウルフ」ニコラスは真剣な顔で言った。「まず、この三日間、誰もヒュー・ドライデンを見ていない」

皆、難しい顔をしている。ウルフの顔からも笑みが消えた。

「次に、フィリップの家臣を二、三人、町で見かけたが、いつも捕まる前に姿をくらましてしまう」ニコラスは言った。「きみと奥方が安全に城壁の中に入るまで落ちつけない」

「あとは馬上で聞こう」ウルフはキットをジェーナスに乗せた。

ニコラスは馬に乗る前に言った。「ロバート・ウエルズリー男爵と令嬢がウィンダミアできみを待っている。サマズ男爵と三人の家臣も」

「サマズ！」ウルフは叫んだ。「考えるべきだった」

「ウルフ！」キットが甲高い声をあげた。後ろから一本の矢が飛んできて、鞍《くら》の前につけた革の手提げ袋に突き刺さった。ジェーナスが後ろ脚を跳ね上げた。キットはたてがみをつかむことができず、前にのめった。ウルフが大きな馬を制御する寸前にまた矢が飛んできて、キットは地面に投げ出され、意識を失った。

キットが踏みつけられる！　ウルフはジェーナスの手綱をニコラスに放《ほう》って駆けつけた。キットを抱き上げ、次々に飛んでくる矢を体で守って森の中に運んだ。ほかの男たちも矢をよけながら馬をすばやく森の中に引き入れた。崖の上の木々に隠れて矢を射ている敵を捕らえに三人が走った。何人かはすでに東側の崖をめがけて矢を射返していた。だが木々と長い影に隠れて、敵の姿は見えない。

ウルフはキットを抱えたまま地面にしゃがんだ。キットはすぐに気がついた。「大丈夫か？」彼は大きな手でキットの額の髪をなでつけた。

「ええ」体を動かして、キットは顔をしかめた。「ちょっと打っただけ」頭にこぶができて、そこが痛んだ。左の足首と腰、それに肩も痛かったが、これよりひどい痛みも経験している。今度も切り抜けられるだろう。

ウルフは冷静ではいられなかった。家族を殺された二十年前の襲撃の光景がよみがえった。鍛え上げられた戦士たちがキットを守れなかったことで怒鳴りつけたい思いだった。

「どこが痛む、キット？」彼女の後頭部を探りながら、ウルフはやさしくきいた。

「頭が少し。でもほかは何ともないわ。大丈夫よ」

「見せてごらん」

「いいえ、ウルフ。みんながいるところでは見せられないわ」

「近くには誰もいない」ウルフは言い張った。「打ったところを見せるんだ」

キットは胴着をゆるめ、肩を肩甲骨まであらわにした。それからスカートをたくし上げて、腰と足首の痛むところを見せた。

「わかる？　そんなにひどくないわ」彼女は明るく言った。「すぐ治るわよ」

ウルフは歯ぎしりした。キットが狙《ねら》われたことに激怒していた。

「よくなるわよ」キットは言った。「サマズ卿が折ったときだって。わたしの……」

ウルフの顔が険悪になった。義理の父親のことを口にすべきではなかったとキットは思った。

「きみの何を折った？」

「いいえ、ただ大丈夫だと言いたかっただけなのよ。すぐによくなると……」

「サマズはきみの何を折ったんだ？」

キットはためらった。「指を二本よ」やっと小声で言うと、左手の二本の指を上げて見せた。「何年も前のことよ、ウルフ」

ウルフは口を固く閉じた。言わなければよかったとキットは再び思った。トーマス・サマズはウィンダミアで待っているのだ。これ以上ウルフの憎しみをかき立てるのではなかった。しかし当面の敵はサマズ男爵ではなく、フィリップ・コールストンだ。それを忘れてはならないとキットは思った。

「彼女はどうだ？」ウルフのかたわらに膝をついて、ニコラスがきいた。「ちょっと顔色が悪いが……。馬には乗れそうか？」

ウルフはいきりたっている。代わりにキットがうなずいた。

「それなら、花嫁を城に連れていく時間だ」

17

一四二一年七月一日

ウィンダミア城

後方を守っていた十二人の配下の者が崖《がけ》の上の襲撃者を追った。ウィンダミアから来た配下の者たちは公爵と花嫁を城まで護衛した。ウルフはキットを膝に乗せて、打撲傷に響かない程度の速さで馬を進めた。

ウルフはキットが目の前で傷つけられそうになったのが腹立たしかった。家族が殺された思い出は今も生々しい。戦いなら大小を問わず何度も経験している。それなのにキットがジェーナスの蹄《ひづめ》の前に倒れ、意識を失ったときには気が動転しそうになった。

ウィンダミアに着くとニコラスが先頭に立ち、ほかの男たちは馬の世話をしに行った。ウルフはキットを抱いてニコラスについていった。大きな石の階段を上り、広間を通り抜け、また別の階段を上ると領主の部屋だ。好奇心を見せて集まっている召使いたちにウルフはいろいろと指図した。

巨大なベッドを美しいブルーのブロケードのカーテンが囲んでいる。ニコラスはカーテンを引いて留め、部屋中の燭《しょく》台《だい》に灯をともした。掃除のあと公爵の趣味に合わせて家具調度を整えたのだ。前にキットがブリジットと一緒に滞在したような暗くて不気味な部屋ではなく、明るく清潔で豪華だった。

前に見たウィンダミアのほかの場所とまったく違うとキットは思った。秘密の扉や通路を隠した湿っぽいタペストリーはかかっていない。床には藺《い》草《ぐさ》ではなく、ウェストミンスターの王の居室でしか見たことのない厚い織り物が敷かれている。窓辺の台の上には、みずみずしい赤い薔薇《ばら》を挿した大きな花瓶が置かれ、炉棚の上にも薔薇が飾ってあった。

「状況は思わしくない、ウルフ。城では誰もヒュー・ドライデンを見た記憶がないという」三人だけになるとニコラスが言った。「だが、ヒューによく似た人物を一週間ばかり前に町で見かけたという者がひとりだけいた。〈プリュドーム〉という居酒屋に現れたそうだ。そこはちょっとした宿屋もやっているので、何日か泊まったらしい。それから消えうせた」

「消えうせた?」ウルフは棒立ちになった。「大の男がどうして消える?」

「わかるものか」ニコラスは答えた。「荷物と馬はいまだに〈プリュドーム〉に残っている。それなのにヒューはいなくなった。三日前からだ」

「それでフィリップは?」ウルフはキットをやさしくベッドに横たえながらきいた。そしてベッドのかたわらに腰かけて彼女の手を取り、無意識にてのひらを親指でなでた。キットは喜びに痛みや苦しみを忘れた。フィリップもヒューもウィンダミアも、どうでもいいような気がした。

ニコラスはかぶりを振った。「ジョン・デューボイスが二週間前に着いたとき、確かに彼はここにいた。少なくとも召使いたちは皆、そう思っている」

サー・ジョン・デューボイスが指揮する王の家臣たちはある日の夕方に着いて、女中頭のブランチ・ハンチョーに出迎えられた。彼女は大広間で待つようにとサー・ジョンに言って、主人を捜しに行った。十五分ほどたっても、伯爵は見つからなかった。女中頭は謝り、伯爵は不在だが翌朝ロンドンに戻るまでくつろいでほしい、伯爵は朝までには戻るだろうと告げた。その言い方からウィンダミア伯爵が誰にも知らせず城を離れるのはよくあることなのだとサー・ジョンは思った。

サー・ジョンはフィリップ・コールストンを連行せずに王のもとには帰れない。女中頭の言うことも全面的には信じられなかった。彼は家臣たちに命じて城の敷地内をすべて捜させた。だが、捜索は失敗に終わった。フィリップは町でも見つからなかった。サー・ジョンは街道や町、そして城の周辺に家臣を配置した。何日か見張ったがフィリップは現れなかった。彼は落胆して、フィリップ・コールストンは逃亡中という知らせを持ってロンドンに戻った。

「フィリップの持ち物はまだここにある」ニコラスが言った。「先に来た配下の者が掃除をするために全部箱に詰めてこの部屋から運び出した。クロード・モントローズは、サー・ジョンが来たときフィリップはあわてて逃げ出したに違いないと言っていた」

ウルフははじめて部屋を見回した。すべてが彼の好みだ。フィリップの色はまったく残っていない。部屋は清潔に磨かれ、敷物が敷かれ、薔薇を挿した花瓶が置かれている。キットは薔薇が大好きなのだ。

「城と町のあらゆるところに人を配置しろ」ウルフは言った。「このあたりを徹底的に調べたい。フィリップは人前に出てくるほどばかではない。だが、家臣のひとりぐらいは見つけられそうだ。もし見つかったら跡をつける。捕らえてはいけない。慎重にしてほしい」

「そうしよう」ニコラスが言った。「サマズはどうする？　きみが着き次第会いたいと言っているが」

「待たせておこう。何日かしてからでないと会えない」ウルフはそっけなく言った。

「でも、ウルフ」キットが言いかけた。

「きみには近寄らせないよ、キット」ウルフがさえぎった。「あいつは信用できない」

ニコラスは満足げにうなずいた。キットを虐待した義父を憎んでいるのはウルフだけではなかった。

「スティーヴン・プレストの居場所はわかったか？」ウルフはきいた。長年バーソロミュー・コールストンの忠実な執事だったプレストを捜せと、ウルフは指示していたのだ。カーライル公爵の執事候補として彼以上の人物はいない。

「まだだ」ニコラスはそう言うと、扉をたたく音に応《こた》えてウルフとキットの荷物を運んできたふたりの召使いを部屋に入れた。「だがウィンダミアから馬で二日ほどのエルトン荘園《しょうえん》にいると聞いた。チェスターとウィリアムがエルトンに行っている」

「よし。彼が復帰すれば家政を任せられる」ウルフは言った。「必要とあれば別の執事を雇おう。できるだけ早くフィリップが損傷を与えたところを修復しなくてはならない」

「わかった」ニコラスは言った。

「それから治療できる者を捜してくれ、ニック。そしてここに連れてきてほしい」ウルフが言った。

「庭師ならきっと……」彼は答えた。

「ウィル・ローズは必要ないわ」キットが言った。「こんな打ち身は何でもないのよ。ただ……」

「ウィルを捜してくれ」

「そうするよ」ニコラスは笑顔で戸口に歩いていった。「よく帰ってきたな、ウルフ」

「ニコラス」キットが呼びかけた。

「何でしょう、公爵夫人？」ニコラスはにやりとして答えた。

キットは頬を赤らめた。「いろいろありがとう」

ニコラスは金髪の頭をちょっと傾けて応え、出ていった。

「気分はどうだい？」やっとふたりきりになるとウルフはきいた。キットの額に落ちている巻き毛をやさしくなでつける。

「桃みたい。山から転がり落ちて、傷だらけの」キットは顔をしかめた。だが、ウルフの心配そうな顔を見て言いなおした。「ああ、それほど悪くないのよ、ウルフ。本当よ」

キットはまたスカートをたくし上げて、腿をひねり、腰の打撲傷を見た。前に見たときより痣《あざ》が大きくなっている。肩も同じだろうか?

「手伝ってくれる?」ドレスをゆるめながらキットは言った。

「じっと寝ていなさい、キット。あとは治療師が来てからだ」

「ウィルにやってもらうことなどないわ」キットは言った。「どれぐらいひどいか見たいだけよ」

ウィル・ローズは、打撲傷を蛭《ひる》に吸わせなくてはいけないと主張した。サマートンのシオドア修道士が蛭を使うのは見たことがない。だが、気味の悪い小さな生き物は血を吸って痣を小さくするばかりか痛みも取るとウィルは言い張った。もっと前から知っていればよかったとキットは思った。蛭を使う機会が何度もあったはずだ。

蛭はじゅうぶんに血を吸うと離れて落ちた。ウィルはそれを小さな陶器の壺《つぼ》に集めた。「二、三日でよくなりますよ、奥方様」彼は言った。「足首の腫《は》れがもう少し引くまで歩かないほうがいいです」

「そうするわ」ウィルが背を向けるとキットはあくびをした。ひどく疲れていて目を開けていられないほどだ。「ありがとう、ウィル」キットがベッドの柔らかな敷き布団に沈み込むと、ウルフは上掛けをかけた。

「おやすみ」彼はそう言うと蝋燭《ろうそく》を消した。

小さく扉をたたく音がして、ウルフは戸口に行った。ニコラスだった。崖から矢を射た犯人を捜しに行ったサー・エドワードも一緒だ。ウルフがちらりとキットのほうを見ると、彼女は眠っていた。

「公爵」ウルフが静かにと合図すると、サー・エドワードはひそひそ声で言った。「矢を射た者を山で捕まえそこねました。ひとりだけでした」

「何だって!」

「実際は殺したのです」エドワードは言いなおした。「我々が三方から取り囲み、背後は崖でした。逃げようがありません」

「それから?」ウルフは後ろで両手を組んで、窓とのあいだを行ったり来たりした。

「崖の反対側に逃げようとしたとき、わたしたちが近づいて追いつめました。そいつはあとずさりながら大声をあげ、よろめいて崖から落ち……」

「そいつは誰だ?」やっと、ウルフがきいた。「知っている人間か?」

「フィリップの農地管理人だった」ニコラスが言った。「ブロデリック・ラムジーと呼ばれていた」

「フィリップの居所がわかるようなものは見つからなかったか?」

ニコラスはかぶりを振った。

「フィリップの家臣がどれだけいるかまだわからないのか?」ウルフはきいた。「そのうち何人ぐらいが城と町の近くにいるかも?」

「まだわからない。だが、我々の配下の者たちがあらゆるところで聞き込んでいる。だからわかるはず……」

ノックの音に、ニコラスはことばを切って扉を開けた。大きな花輪を持った下僕が入ってきた。軽い樺《かば》の枝の輪にみずみずしい花と葉が編み込まれている。

「これは何だ?」ウルフがきいた。

下僕は答えた。「町の者です」

「少年とその両親が持ってきたんです、ご主人様」

「誰だ? 名は何という?」

「ジュヴェットと女房と息子のアルフィーです」

「帰らないようにと言え」ウルフは命じた。「大広間で待つようにと」

「はい、公爵」下僕は答えた。「それと、サマズ男爵が……あなたに会わせろと言っています」

「帰れと言ってやれ」ウルフは怒って言った。「今夜は会えない」

「はい、わかりました」

「さあ」ウルフは言った。「ジュヴェットに会いに行こう」ウルフは戸口にキットのための護衛を残した。

「サマズともう話したのか?」ウルフはニコラスにきいた。

「ほんの少しだけだ」

「あいつは何が望みだ?」

「言わないんだ」ニコラスは答えた。「もっとも、きみが帰るまではしらふだった。そしてかなり礼儀正しかった」

キットの義理の父親に会うには心の準備が必要だ。たたきのめさないようによほど自分を抑えなくてはならない。あの男がキットにしたことは思い出したくもない。

「それからウェルズリー男爵はどうする?」ニコラスはきいた。

ウルフは階段の途中で立ち止まった。忘れていたのだ。「彼も目的は言わなかっただろう?」

ニコラスはうなずいた。「ああ。だがきみの帰りを心待ちにしているようだった」

「信用できる人間か?」

「わからない。きみに気に入られたいだけかもしれない」

「この城の誰もまだ信用するつもりはない。誰が誰に忠誠心を持っているか見極めるまでは。とりわけトーマス・サマズは信用できない」階段を下り、大広間に向かって歩きながら、ウルフは言った。「だが、キットの世話をする人間は必要だ」

「女中頭ではだめか?」

「ハンチョーはもってのほかだ」ウルフは答えた。

「それならウェルズリー男爵と……」

「フィリップの味方かもしれない」

「彼の娘は?」

「レディ……?」ウルフは名前が出てこなかった。

「クリスティーンだ。ウィンダミアの市で会った」

ニコラスはにやりとしてつけ加えた。「彼女はきみに好意を持っていた。それもかなりね」

「これ以上妻はいらないさ、ニック」ウルフは答えた。

「ああ。だがレディ・クリスティーンも来ている。たぶんウェルズリー男爵は、きみがロンドンで結婚したことを知らないんだ」

「明日にはわかる。代わりにきみを好きになるように仕向けたらどうだ」ウルフは顔をしかめて言った。

「おやすみ、ニック」

ウルフはひとりでアルフィーの一家に会いに行った。ジュヴェット夫妻はまだ若く、清潔できちんとしている。農民の着るような質素で粗末なチュニックは着ていない。自由民だとウルフは思った。ある考えが浮かんだが、金に困っていないジュヴェットは、妻が城の中の仕事に就くのを断るのではないだろうか?

うれしさと緊張が入りまじった顔をしてアルフィーが進み出た。「奥方様に会いたいんです」彼は言った。「うちで作った花輪を差し上げて……お礼を言いたいと……あのときの」アルフィーは両手で帽子をねじった。

「妻は気分がよくない」ウルフは言った。「来る途中で馬から落ちた。すぐによくなると思うが」

「よかったですね」アルフィーの母親が静かに言っ

て十字を切った。

「お悪いんですか?」唾《つば》をのみ込んで、アルフィーがきいた。「奥方様……けがはひどいんですか?」

「ああ」ウルフは答えた。「かなり痛そうだ。しかし、明日には起きられるだろう」

「公爵」ジュヴェットが言った。「あなたがたが襲撃され、奥方様が落馬されたと聞いて町では大騒ぎです。お手伝いをしたいと願う者はたくさんおります。悪いことをする者たちをあなたが裁かれるのを……」

「気持ちはうれしい、ジュヴェット」ウルフは答えた。「今頼みたいのは、フィリップ・コールストンの家臣を見かけたら知らせてほしいということだけだ。彼らの跡を追えばフィリップの行方がわかるだろう」

「はい、公爵」ジュヴェットは言った。「わたしたちは……町の者たちは皆、あなた、つまりウルフ・コールストン様がカーライル公爵でよかったと喜んでいます。そして今日、あなたがレディ・キャスリンと結婚されたと聞かされて……ええ、ここにいる息子のアルフィーが聞いてきたので。奥方様はたいそうやさしくて、寛大で……」

「わたしどもはいつも変わらぬ感謝と忠義をレディ・キャスリンに持ち続けます」アルフィーの母親が勇気を出して言った。「市の日に息子にしてくださったことのために……」

「町の者は、サー・ゲアハートをよく覚えております」夫がさえぎった。「よそのかたであんなに町の者の仕事や、畑や、農作物に関心を持ってくださったかたはいません。伯爵ご自身でさえ、週の労働時間を守らせること以外はいっさい気にかけてはいらっしゃいませんでした」ジュヴェットは慎重にことばを選んで言った。平民に公爵と話をする機会はめったにない。彼は新しい領主の意向を探るため、町の代表として選ばれてきたのだ。「年寄りたちはあなたのお父上のバーソロミュー卿《きょう》のことや、あのかたが伯爵だったころのことを話し合っています。あなたがウィンダミア卿として戻ってこられると聞いてから、町の雰囲気はたいそう変わりました」

「ありがとう、ジュヴェット」ウルフは言った。

「帰ってこられてうれしい」

「レディ・キットですけど」アルフィーが言った。

「いつ会わせてもらえますか?」

「だめよ、アルフィー!」母は叱《しか》って、息子を自分の後ろに引き戻した。

「明日には会えるよ、アルフィー」ウルフは言った。

「そんなに朝早くなければ。少なくとも午前中はだめだ」

アルフィーはにっこりしてうなずいた。「ぼく、ここへ来ます!」

「ただ、問題がある」ウルフはミセス・ジュヴェットに目を向けながら言った。「レディ・キャスリンにはつきそいが……何日か城にいてくれる信頼できる女性が必要で……」

「まあ、公爵」ミセス・ジュヴェットはすぐに言った。「わたしがつきそわせていただきます!」

「きみが? ミセス・ジュヴェット?」

「ええ、そうです」彼女は答えた。「奥方様にはご恩があります。あんな慈悲深い勇敢なレディのつきそいになれるなんてうれしいです。あのかたがとりなしてくださらなかったらうちのアルフィーがどんなことになっていたか考えたくもありません」ミセス・ジュヴェットはウルフにほほえみかけた。

エマ・ジュヴェットは次の朝から仕事に就くことを承知した。短い時間ならアルフィーも一緒に来てもいいことになった。彼を見たらキットはどんなに喜ぶだろう。

ウルフは早く部屋へ戻って、キットの様子を見たかった。湯を部屋まで運ぶように言いつけてから階段を上ろうとしたとき、突然、階段の下の暗がりからトーマス・サマズが現れた。目や口のまわりに自堕落な生活のためのしわが刻まれている。その顔を見ると、ウルフはキットを虐待した男に言いようのない嫌悪感を覚えた。

「会ってくれない気か、ええ?」サマズは酔っているらしい。間延びした口調で言ってウルフの胸を指でつついた。「大事な奥方の父親のためにほんのちょっとも時間をとれないと?」

「おまえに妻の父親と名乗る資格はない!」ウルフは荒々しく答えた。「すぐウィンダミアを出ろ、サマズ。ここはおまえのいるところではない」

「キットに会わないうちは出ていく気はない」男爵は鼻で笑った。「何で王がロンドンに呼んだか知らんが、あんたはわたしに借りがあるはずだ。ロンドンであの娘をものにした。無垢《むく》な娘を食いものにしたんだ。違うとは言わせんぞ。あの嘘《うそ》つき女が何を言っているか知らんとでも……」

ウルフはサマズの顔を殴った。サマズは石の床に吹き飛んだ。

サマズは肘をついて体を起こし、慎重に片手を顔に当てた。目は潤み、片方の鼻孔から血が流れている。彼はそっと顔をなでまわして、造作がなくなっていないことを確かめた。そして憎しみのこもった恐ろしい目でウルフをにらんだが、ウルフは彼をそのままにして背を向け、立ち去った。

ウルフは階段を上っていった。すぐそばの奥まったところに、自分を見つめる目があることには気づかなかった。

ウルフはベッドのそばに座った。キットは濃いまつげを閉じ、ウルフが顔に触れてもわずかに身動きするだけだ。青白い顔をしてはかなげに寝ている彼女を見ると胸が締めつけられる。少なくともあの卑劣な義理の父親から守ってやらなくてはならない。

召使いが入ってきて火格子に小さな火をおこし、ウルフのための浴槽を炉辺に据えた。ウルフは、湯の入った桶《おけ》を火のそばに置き、ニコラスのほかは誰も部屋に通さないようにと言いつけた。それから立ち上がると伸びをして、妻のほうを肩越しにちらりと見た。

彼女は疲れているのだ。前の晩はほとんど寝かせず、今日は一日鞍《くら》の上で過ごさせたからだとウルフは思った。彼の顔にやさしい微笑が浮かぶ。落馬しなくても眠り込んだに違いない。

ウルフは服を脱ぎ、湯につかって長々と息を吐き出した。キットがそばにいるだけで我が家に帰った気がする。彼女がいなくなったら自分の人生はどうなるだろう。ウルフは身震いした。ウィンダミアとカーライル、そのほかの領地を得たが、たとえイギリス全土を得たとしても彼女がいなかったら？

ウルフはゆっくりと湯につかり、体を洗って浴槽を出た。体を拭《ふ》き、火格子の火をかき立てる。そして湯の入った桶と布を持ってベッドに近づいた。

キットはぐっすり眠っていた。服を脱がせ、あちこちの打撲傷をいたわりながらそっと体を洗ってやっても目を覚まさない。ときおりため息やうめき声をもらすだけだ。

ウルフは湯と布を捨て、部屋中の蝋燭を消してキットの横に滑り込んだ。抱き寄せると、彼女は無意識のうちにぴったりと体を合わせた。

「きみの世話はわたしがする、愛する人」ウルフはそうささやいた。そして指にはめた、印章つきの新しい指輪を回した。「わたしたちは城に帰った……狼《おおかみ》と薔薇は」

18

　キットはひと晩中よく眠り、次の日の午前中いっぱい目を覚まさなかった。ウルフは彼女を置いて出かけるのがいやだった。だが、クロード・モントローズと一緒に山を捜索に行った配下の者がふたり、城の南側にちょっとした野宿の跡があるという知らせを持って戻ってきた。フィリップにつながるはじめての手がかりだ。跡を追わなくてはならない。

　深夜のうちにウィンダミアから出ていったはずのサマズ男爵のことは頭になかった。

「けっして妻をひとりにしないでくれ、ミセス・ジュヴェット。サー・レイナルフがついているときは別だが」外の廊下で、ウルフは声をひそめてエマに言った。

　レイナルフは、キットに用事があるときのため、今日は一日城にいる役目だ。長身の騎士はエマにうなずきかけた。

「危険がありそうですか、公爵？」エマは眉をひそめてたずねた。

「いや」ウルフは答えた。「用心のためだ。フィリップの身に起きたことを憤慨している召使いもいるに違いないから」

「わかりました」エマはうなずいた。

「妻を少しでも危険にさらしたくない」エマたちと一緒にそっと寝室に入りながら、ウルフは言った。眠っているキットの上にかがみ込んで額にキスをし、頬にかかる巻き毛を払いのける。彼女は寝返りを打ち、ため息をもらしたが、目を覚まさなかった。

　エマ・ジュヴェットは窓辺に座り、午後の日差しの中で息子の長靴下を繕っていた。レディ・キャスリンのベッドをまたちらりと見る。

今度はレディの美しい緑色の目が開いていた。

「こんにちは、奥方様」目の焦点が合うのを確認して、エマは言った。

キットはさっと起き上がり、部屋を見回した。

「ご主人様でしたら、ご家臣と一緒にお出かけになりました」エマは言った。「奥方様を起こしてはいけないとおっしゃっていました。わたしはエマ・ジュヴェット、町からまいりました」彼女は言った。

「アルフィーはわたしの息子です」

「ああ……アルフィー」キットは気がついた。何と体が痛いのだろう。だが心はもっと痛んだ。どうしてわたしを置いていってしまったのかしら？　目覚めたときにウルフの顔を見たかった。

「昨夜、夫と息子と一緒にお礼にまいりました」エマは繕い物を置いた。陶器の水差しを取って洗面器に水を入れ、運んできた。「公爵様は、今日はあなたと一緒にいてほしいとおっしゃいました。あなたをひとりになさりたくないようです」

「わかったわ」キットは答えた。アルフィーの母親がつきそっているわけがわかった。フィリップはいまだ危険な存在なのだ。

「いつ戻ると言っていた、ミセス・ジュヴェット？」

「エマと呼んでください。いつ戻るとはおっしゃいませんでした」エマは答えた。

「フィリップのことは何かわかった？」キットはきいた。「手がかりは見つかったのかしら？」

「町の南のほうの森の中に誰かが隠れているらしいということだけです。公爵様はご家臣を連れて見に行かれました」

「ああ」キットはがっかりした。どんなに彼と一緒に目覚めたかっただろう。同じベッドで寝た記憶さえない。だが、夢の中で彼に抱き寄せられ、耳もとに温かい息を感じた。

「あなたの鞍《くら》に矢を射た男は死にました」

「みんなが殺したの？」

「そうではないようです」エマは水を捨ててキットの着替えを手伝った。「崖《がけ》から落ちて首を折ったそうです」

キットは身震いした。

「フィリップ卿《きょう》の土地管理人のブロデリック・ラムジーでした」エマは言った。「弓はそんなに得意ではなかったので、矢がご主人様の首に当たらなかったんです」

大広間に連れていってほしいと言ってもエマは反対しなかった。キットはエマにつかまり、ときにはレイナルフにも助けられて足を引きずりながら慎重に石の階段を下りた。大広間にいたアルフィーは、帰ってきた〝レディ・キット〟に大喜びした。

キットが大きな座り心地のいい椅子におさまると、召使いたちが入ってきて具合をきき、自己紹介した。

「やっと女主人をお迎えして、ほとんどの召使いが喜んでいると思います」皆が出ていくと、エマが言った。「フィリップ・コールストンの最後を見て悲しむ者はそういないでしょう」

「しなくてはならない仕事がたくさんあるわね」大広間を見回しながらキットは言った。大広間は相変わらずひどく荒れていて陰鬱《いんうつ》だ。

「ええ、そうなんです」

「町に織り手はいる、エマ？」思いついたことがあって、キットはきいた。

「おりますよ、奥方様」エマは答えた。

「それから、大工と石工は？」

「ええ、たくさんおります」

ウルフはフィリップの行方を追うのに忙しく、それがいつまで続くかわからない。城には仕事がたくくさんある。キットは、自分で取りかかることに決めた。これくらいの規模の城の仕事ならできる自信があった。呼ばれたギルバート・ジュヴェットは一時間もしないうちに大広間に来て、手はじめとして仕事に必要な品や職人を調達する相談にのった。

フィリップは何年も執事を置かなかった。キットは自分で台帳を調べてみた。支出と領地からの収入、そして町の人々から取り立てたさまざまな手数料と地代が記録されている。夕食に来た人々で大広間がいっぱいになるころには、キットはウィンダミアの経済状態をすっかり把握し、修復するにはまず何をしなくてはならないかわかっていた。夕食のあとで町から職人たちが何人か来て、こまごましたことを打ち合わせる手はずになった。

キットが楽なように暖炉のそばに小さなテーブルを置いた。ジュヴェット一家はキットと一緒に気楽に夕食をとった。給仕をしていた年寄りの兵士のダービーも、キットに言われて城の改修の相談に加わった。

話に夢中で、ロバート・ウェルズリー男爵とその娘が大広間に入ってきたのに誰も気がつかなかった。

女中頭のハンチョーが気づき、ふたりを上座のテーブルに案内した。そこには公爵も夫人もいない。

「どうした？　公爵はまだ帰ってないのか？」ウェルズリー男爵はきいた。

「まだ帰っていらっしゃらないなんてがっかりだわ」レディ・クリスティーンはすねたように言った。

「昼まではいらしたのですよ」女中頭は言った。

「でもわたしたち、ブリントンのエドワード男爵をお訪ねするのに、とても早く出なくてはならなかったのよ」クリスティーンは不機嫌そうな目で父親をちらりと見た。「公爵が夕食をご一緒してくださると思っていたのに」

これを聞いたキットは身がすくんだ。失礼なことをしてしまった。ウェルズリー父娘《おやこ》が来ているとニコラスが言っていたのに、すっかり忘れていたのだ。しかも今まで気がつかなかったとは。

「ハンチョー」キットは呼びかけた。「わたしのそばにウェルズリー男爵と令嬢の席を作って差し上げて」彼女はきっぱりと言った。「わたしがご一緒できないのに、上座に座っていただくわけにはいかないわ」

ブランチ・ハンチョーは、目につかないほどかすかに口もとを引きしめ、手近にいた召使いたちに指示した。それからウェルズリー父娘をキットのテーブルに案内した。召使いや町民と一緒に席につかせるのかと、クリスティーンは不平を言った。

「お許しください。ちょっと事情があって……」キットは温かな口調で言って、客人を着席させた。

「キャスリン・コールストンです。春にお目にかかりましたね？」

「えへん、ああ……そうですね、奥方」ウェルズリー男爵は驚きから立ちなおった。わずかに耳にした噂《うわさ》が事実かどうか信じかねていたのだ。

「本当だったのね？」クリスティーンは言った。

「これ、クリスティーン」父親に叱《しか》られてクリスティーンはあごをつんと上げた。

「ええ、本当よ」キットは美しい赤毛のクリスティーンに言った。「昨日襲撃されて、わたしは馬から落ちて……」

クリスティーンは笑いだした。父親はその無作法に耳まで真っ赤になった。キットは父娘をかわるがわる見て、勘違いに気づいた。

「お許しください、公爵夫人。娘は……」

「ええ……わかります」キットは小声で言った。

「公爵とわたしは先月ロンドンで結婚しました」

しばらく沈黙が続いた。やっと落ちつきを取り戻したクリスティーン・ウェルズリーが口を切った。

「ねえ、戦いでけがをするのはどんな気持ちがするものなの、奥方様?」キットを見つめて、彼女は言った。「戦いのできる男性たちがいつもうらやましくてならないのよ」

「そんなにいいものではないわ」キットはいたずらっぽくほほえみながら言った。レディ・クリスティーンとはとても友だちになれそうにない。だが今だけは愛想よくしよう。

ニコラスがキットの横に椅子を引っ張ってきて食事に加わった。キットは皆に彼を紹介した。「ニコラス、ウェルズリー男爵と令嬢のクリスティーンを覚えているわね」

ニコラスは父娘に挨拶《あいさつ》してからキットのほうに向きなおった。「ウルフはまだ帰ってないのかい?」

「ええ」落ちつかない思いでキットは答えた。「あなたと一緒だと思っていたのだけど」

「いや、ウルフは東に行った。わたしは南に」

「どこにいるのかしら?」キットは心配そうな顔をして、膝の上で両手を握りしめた。一日中彼のことばかり考え、帰りを待ちわびていたのだ。

「心配しなくていい、キット」ニコラスは安心させようとした。「大丈夫、ウルフはあの悪いとこを追いつめられる。しかし、まだ出会えてはいないのだろう。フィリップがそんなに簡単に見つかるとは思えない」

「そう思っていたほうがいい」ウェルズリーが言った。「あの伯爵をうさんくさいといつも思っていた。妙な人物だと」

「確かに妙だ」ニコラスが言った。「男爵、あなたは隣人をわたしたちよりよく知っている。もしあなたがフィリップ・コールストンだったらどこに隠れる?」

ウェルズリーは座りなおしてしばらく考えた。

「そうだな」やっと彼は言った。「フィリップはいつも、ウィンダミアの西の海岸沿いの洞穴の近くで狩りをしていた。あそこの森は獲物が多い。洞穴のひとつに食料を蓄えたばかりか、ランプや家具を入れて居心地がいいようにしたという噂さえある」

「では、その洞穴に隠れていると?」

「断言はできないが可能性はある」ウェルズリーは眉をひそめた。「フィリップには謎《なぞ》が多かった。ウィンダミアに来るたびに何かあると思っていた。不在と聞いたのにどういうわけかうろつきまわっていたことがあって。よく知らないが……」

確かに森で暮らしている人間がいた。ウルフはその証拠をたくさん発見したが、その姿はなかった。

ウルフがウィンダミア城に戻ったのは、夕食の時間をとっくに過ぎてからだった。出かけてからずっとキットのことが気がかりだった。傷は痛まなかったただろうか。足首の腫《は》れが引いたら、ベッドにいるのがさぞつらいだろう……。

ウルフはまっすぐ自分たちの部屋に行くつもりだった。食事やウィンダミアのいろいろな問題は、キットが無事できちんと世話されているかどうか確かめてからだ。彼女が完全によくなるまでは二度とそばを離れない。大広間に入りながら彼は心に誓った。

信じられないことに、暖炉のそばにキットがいる。彼女を囲んで座っている人々のほとんどが知らない顔だ。彼女はギルバート・ジュヴェットと相談しながら膝に置いた長い羊皮紙に忙しく何か書いている。ほかのふたりがうなずき、別のひとりは大広間の向こうのステンドグラスを指さしている。エマ・ジュヴェットはキットの横に座り、アルフィーは母親の隣で深く頭を下げてぐっすり眠っている。

ウルフは目を疑いながら近寄っていった。キットは元気そうだ。頬はいつものようにほのかな薔薇《ばら》色で、集中しているために眉を寄せている。忙しく羽根ペンを羊皮紙に走らせ、手を止めるのは質問するか、判断を下すときだけだ。やっと顔を上げて夫を見ると、キットはほほえんだ。ウルフの全身を燃えるように熱い血が駆けめぐった。

ウルフは彼女の椅子の後ろに立ち、頭にキスをしてから隣に回った。男たちはみんな立ち上がって公爵に挨拶した。ウルフはエマに息子を起こさないように座ったままでいいと合図した。

キットはウルフにギルバートが町から呼び集めた職人たちを紹介した。大広間と厨房《ちゆうぼう》、そして階段を洗ったり修復したりするのにかかる時間と費用を見積もるためだ。

キットはウィンダミアを修復して以前の輝きを取り戻そうという自分の計画を改めて考えてみた。彼が反対だったらどうしよう？　さしでがましいと思われたら？　入ってきたとき、彼は眉をひそめていた。それを思って、キットはためらった。

「町の女性にあなたの新しい旗を作ってもらうの。仕事部屋にできそうな部屋が北の塔にあることがわかったのよ」キットはウルフに言った。

「わたしの新しい旗？」

「え、ええ」彼女は言った。「それから大工のエドワードはこの大広間で明後日から仕事を始められそうなの」

「大広間で仕事……」ウルフははじめて見るかのようにあたりを見回した。

「見積もりを見てくださる、ウルフ？」キットは羊皮紙を差し出した。だが、彼は一瞥《いちべつ》しただけだった。

「見る必要はない。きみが決めたことなら何でも賛成するよ、キャスリン」ウルフは言って、彼女の肩に片手を置いた。「ウィンダミアは有能なきみに任せた」

キットはほっとして大きく息を吐いた。ウルフが無事に帰ってきた。そればかりか、ウィンダミアを昔のように壮麗な城に生まれ変わらせる仕事を、信頼して任せてくれたのだ。まだ愛してはいなくても、少なくとも有能だと認めてくれた。

「きみもつきに恵まれなかったらしいな」ニコラスが言った。

ウルフはうなずいた。

「奥方は今夜、ウェルズリー卿と一緒に食事をした。彼が助けてくれそうだぞ、ウルフ」ニコラスは言った。「彼はこの地域をよく知っている。しかもきみのいとこが好きではないらしい」

「どこを捜せばいいか明日相談しよう」ウルフは答え、キットのほうを向いた。「忙しい一日だったな」彼はキットの体調がいいのを喜んだ。「この人たちには帰ってもらって、部屋に行かないか?」

「あなたは疲れているはずよ」キットは羽根ペンと羊皮紙を押しやって、立ち上がろうとした。「失礼するわ、皆さん。夫の夕食の世話をしないと」

ウルフは彼女を立たせまいと、両腕で抱き上げた。キットは赤くなったが、彼の腕の感触が快かった。一日中恋しかったのだ。

「明日会えるわね、エマ?」キットは言った。

「ええ、奥方様」ミセス・ジュヴェットは答えてほほえんだ。「明日、早朝に!」

ウルフはキットを抱いて大広間を横切った。

「山狩りで何か見つけた?」階段を上るウルフに、キットはたずねた。

「痕跡《こんせき》を……それだけだ」

「町の人たちはあなたがフィリップを発見してくれることを何よりも望んでいるわ」彼女は言った。

「発見できそうだ。みんなの助けで」

部屋に入ると、ウルフはベッドに座ってキットを膝にのせた。すぐには離したくない気持ちだった。

部屋はすでに整えられていた。ベッドの上掛けは折り返され、蝋燭《ろうそく》には灯がともり、暖炉には赤々と火が燃えている。ウルフはキットの口もとから目が離せなかった。キスをしたくてたまらない。だが一度キスをしたらそれ以上のことをしてしまいそうだ。妻は打撲傷を負っていて、愛し合う行為に耐えられそうにない……。

「わたし、歩けたのに」キットはウルフの唇を指でなぞりながら静かに言った。

「もう歩けるのか?」キットの指の動きに、ウルフの脈は速くなった。自分が何をしているのか、彼女は知っているのだろうか?

キットは手の甲を彼のあごに滑らせた。ひげがざらざらしている。「でもウィンダミアに来たらみんなが仕えてくれるので、怠け者になったのよ」キットはウルフの顔を下げさせて唇を合わせた。こんな軽いキスでは物足りない。彼はわたしをガラス細工のように扱う。壊してしまわないかと心配しているようだ。しかし今すぐ愛されなかったら、心のほうが砕けてしまいそうだ。

「キット、わたしは……」

「キスして、ウルフ」彼女は言った。「わたしに触れて……」

「触れたらもう止まらなくなる」彼女の首筋に顔を埋《うず》めながらウルフは言った。何と美しい目だろう。官能をそそる光がエメラルド色の深みをおびて燃えている。

キットはウルフの胸に手を滑らせた。「あなたの服を脱がさせて」くぐもった声だ。彼女はウルフのチュニックのひもをほどくと、肩と腕をシャツから出させた。傷はすっかりふさがって、胸の上のほうに赤い跡が残るだけになっている。キットはそこにキスをすると彼をベッドに寝かせた。そして膝をついてブーツを脱がせた。

ベルトがはずされると、ウルフはキットの両手を押さえた。彼女の熱い体に自分を埋めたい。腕に抱いてひと晩中、ていねいにやさしく愛撫《あいぶ》したい。欲望は抑えがたいほど高まっていた。

キットは座りなおして胴着のひもをほどき、ドレスを肩から滑り落とした。薄い、白いシュミーズを通して体の線がおぼろに浮かび、輝く巻き毛が顔を包んでいる。彼女はかがんでウルフの唇にキスをした。

「ダービーに夕食を運ばせる?」ウルフの額から目の下にかけて走る傷跡をなぞりながら、キットは息を切らして言った。

「キャスリン」ウルフはしわがれた声を出した。だが問いかけには答えられない。キットは彼の頭の両脇《りょうわき》に手をついて体を支えた。胸のふくらみがやさしく彼の胸をかすめる。

「キット……」彼女の唇、やさしい感触が頭を混乱させる。今、愛することはできない。打撲傷を負い、体の痛む彼女を。自分をこんなにも狂おしくさせているのを、純情なキットは知らないのだ。ウルフは必死でキットから手を離した。

「きっと眠りたいのね」キットは息をついて彼の首にキスをした。どうしても彼を眠けから誘い出したい。彼女はためらいながら頭を下に動かしていった。夫は何度もうめき、ため息をついた。

「恋しかったわ……」彼の胸が激しく打っている。キットはいっそう駆り立てられた。彼がすぐに反応することを祈った。

「キット」

「ずっと待っていたのよ」キットはささやいた。

彼の額に汗が光っている。キットはもっと下に頭を動かし、唇と舌、そして歯を使って彼を愛撫した。

「あなたを求めていたの」官能の波が押し寄せる。

「わたし……あなたが欲しくてたまらない」

ウルフの自制心がついに砕け散った。

19

フィリップがいた形跡があるという知らせはどこからも来なかった。ヒューの消息もつかめない。サマズ男爵とふたりの家臣たちがまだ町の〈プリュドーム〉に泊まっているという情報が入った。だが騒ぎは起きなかった。ウルフはキットの義理の父親にはもう注意を払わず、殴りつけてやっただけでじゅうぶんと思っていた。

キットとウルフはそれぞれの仕事に取り組んでいた。ウルフは城の中と胸壁を点検して、強化しなくてはならない場所を決めた。それから町の主立った者たちと会って、代官と農地管理人の候補を絞った。荘園《しょうえん》を調査してフィリップの勘定書を見なおした。仕事が山積みで、暗くなるまでキットとは会えなかった。大広間のあたりにいるキットを遠くからちょっと見るだけだ。彼女は着古した灰色のドレスの上に汚れたエプロンをつけ、髪を布で覆っていた。

大広間には足場が組まれている。柱や梁《はり》の修復と、長年の煤《すす》や脂で汚れたステンドグラスの洗浄のためだ。高い足場の上で仕事をしているのは町から呼んだ職人たちだけだが、城中の召使いたちにも仕事が割り当てられていた。

キットはこんなに能力を発揮でき、必要とされる存在になったのははじめてという気がしていた。城中の召使いたちが指示を待っている。ブランチ・ハンチョーは、あいまいなばかげた指示を横柄に下す。それに引き換えキットの指示は明快だった。ウィンダミアは十年も手入れをしなかったらしい。フィリップは女中頭にどんな用事をさせていたのだろうとキットは不思議に思った。

フィリップの捜索は続いていた。だが四日たっても前伯爵の形跡はどこにも見当たらなかった。スコットランドのハイランド地方かアイルランドに逃げたのではないかという声が高くなってきたが、誰も確信は持てなかった。偵察隊は今も毎日町に行って、フィリップや家臣たちの手がかりを捜していた。

忙しく仕事をこなすうち、日は過ぎていった。ウルフが出かけていると、キットは寂しかった。しかし毎晩部屋に引き取ってから彼はその穴埋めをしてくれた。おかげでクリスティーン・ウェルズリーに対するキットの嫉妬心《しっと》は消えたが、それも次にウルフが彼女と一緒にいるのを見るまでだった。

キットとエマは、高い小塔でひと休みしながら軽い昼食をとった。ふたりは壁にもたれ、中庭を見下ろしていた。召使いや職人のほとんどが、気持ちのいい晴れた午後を楽しみながら昼食をとっている。

「あら、ご主人様です」エマが指さしながら言った。

ウルフがウェルズリー男爵を右に、クリスティーンを左にして中庭に馬を乗り入れてきたところだった。クリスティーンは濃くて長いまつげをぱちぱちさせて憎らしいほどほほえんでいる。ウルフはクリスティーンのほうに身を乗り出して、言うことを熱心に聞いている。キットは面白くなかった。

「あれは何です、奥方様?」

「何でもないのよ、エマ」キットは答えた。ウルフはクリスティーンが馬から降りるのに手を貸している。キットは中庭に背を向けた。

「ご主人様があの赤毛の女性と一緒にいるのを見るのはおいやでしょう?」エマはきいた。

キットは顔をしかめただけで答えない。

「とてもきれいなかたですね」エマは言った。「でもご主人様はあなたしか目に入らないですけれど」

「まあ、そんな……」キットはため息をついた。

「試してみませんか?」エマは自信たっぷりに言っ

た。何日かそばにいただけでも、公爵が妻にどんな思いを抱いているかはわかる。「ご主人様はあのかたのことなんか、何とも思っていないはずです」

「どういうこと?」

「ご主人様の注意を引いて、どうなるか見るんですよ」エマは言った。「権利を主張するんですよ。わたしならそうしますね」

キットはちょっと考えた。エマの言うとおりだ。夫をほかの女性と分け合う気はまったくない。愛しているのだ。

キットはほこりにまみれた布を頭から取ると地面に落とした。ウルフとレディ・クリスティーンは、それに気づいて目の前にそびえる小塔を見上げた。

ウルフはにやりとした。キットは彼にほほえみかけ、ほどけた髪をそよ風になびかせた。ウルフはめったに感じたことのない気持ちにとらわれた。我が城へ帰ってきたという温かな気持ちだ。


クリスティーン・ウェルズリーは憤然として背を向けた。カーライル公爵が妻の金髪を喜ぶ様子など見たくない。レディ・キャスリンなどにどうして我慢できるのだろう。さえない色の粗末な服を着て、召使いと同じに手を汚す人などに。運よく熱病か何かで死んでくれないだろうか。あんなにあくせく働く貴婦人は見たことがない。

ウルフは石段を一度に二段ずつ駆け上がって、小塔の回廊に来た。すぐにキットの居場所を見つけ、向こうに行くようひそかにエマに合図した。

「エマ、あなたの思うようには……」キットは肩を落として振り向いた。「ウルフ! 来たの!」

キットはサマートンで救い出したいたずらっ子そのままだ。ウルフはほほえんだ。愛らしい顔は煤で汚れ、まっすぐこちらを見る緑色の目が喜びに輝いている。ウルフは近寄って腕に抱いた。

「あんなことをするとは、何という妖婦《ようふ》だ?」熱いキスのあとで彼は言った。「妖婦ですって?」キットは笑い、身を引いて彼を見つめた。「わたしが? 見る目がないわね。わたしはすてきな赤毛ではないし、青空のような目でも……」

「わたしには金色の巻き毛とエメラルドのような目しか見えない」

キットは身震いするほどうれしかった。だがまだ信じきれない。レディ・クリスティーンにはわたしにないものがそろっている。

「でもあなたの妻は落馬してけがをするし、塔からぼろきれを落として気を引こうと……」

「関心があるのはきみひとりだ」キットの首筋に顔を埋《うず》めながら、ウルフは言った。

「愛しているわ、ウルフ」息を切らしてキットは言った。「どんなに愛しているかわからないでしょう」

彼女はウルフの深い灰色の目をのぞき込んだ。彼が黙っているのが悲しい。そのとき彼の両手が首筋から背中を伝って腰に下りてきた。

「そんなことを言うとは思わなかった」感じやすいのどに唇を触れながらウルフは言った。「こんなにうれしいことばはない」彼はいっそう強くキットを抱き寄せた。「わたしもきみを愛している、キット。こんなに人を愛せるとは思わなかった」

エマが小さな貯蔵室に蝋燭《ろうそく》を持ってきた。キットはかびの生えた古いタペストリーを巻いたものと格闘している。ふたりの仕事場は中心部の大広間からだんだん離れてきていた。キットは二百年前からの不用物を処理してすべてを一新するつもりだった。ウルフに過去の悲劇を思い出させる陰鬱《いんうつ》な装飾品は全部始末しなくてはならない。彼の城を幽霊の影のない、明るく清潔で、機能的な楽しい場所にしたい。

ウィンダミアと自分を彼の人生の現在と未来にし

いこう。そして、憧《あこが》れていながらふたりとも持っていなかった家族を持とう。

「ここはおかしな部屋ですね、奥方様？」蝋燭の光が揺らめいて壁に長い影を躍らせる。柱や梁は荒削りで、未完成のままのようだ。

キットは眉を寄せてあたりを見回した。「手伝ってくれない、エマ？」彼女は言った。エマは蝋燭を木の箱の上に置き、キットが大きな重いタペストリーを引き出すのに手を貸した。「確かにおかしなところね。どうしてこんな古い物を捨てなかったのかしら？　取っておいて何になると……これは何？」

「何ですか？」

「これを見て」キットは蝋燭を取って後ろの壁を照らした。「秘密の扉だわ。ブリジットと一緒に泊まった部屋にあったのと同じような」

「ああ、ご親戚《しんせき》のかたですね。亡くなられた」

「どこに通じているのかしら」

「男のかたに見に行ってもらうのがいちばんですよ、奥方様。どうしてわたしが……」

「ばかね。いらっしゃい」キットは言った。「入ってみましょう。この前は困ったことにはならなかったわ。先にあったのはただ……。さあ、力を貸して。この扉は重いわ」

重い木の扉を押すとほんの少し開いた。エマも興味をそそられた。ふたりは暗い通路に滑り出ると、前方の暗闇《くらやみ》を蝋燭で照らした。

「蝋燭を持っていて、エマ。わたしが今……痛いっ！」

「どうなさったんです！」

「いまいましい扉だわ！　足首にぶつかって閉まったのよ」

「まあ、大丈夫ですか？」エマはキットの足首を見下ろした。

「何ともないわ。扉を引き戻すのを手伝ってちょうだだい」彼女は鼻にしわを寄せた。「ここはくさいわ。冷え冷えとしていて、湿っぽいわね」

ふたりは扉を引っ張ったが、どうしても動かない。

「ほら、階段がありますよ、奥方様」エマは言った。

「今度は下りの階段ね。地下には何があるのかしら」

「わかりません。もう一度扉を何とかしたほうがよさそうですよ」

「そうね」キットは身を震わせた。「そうしましょう」

扉はやはり動かない。ふたりの前にある階段は、アガサの部屋に通じていた階段とどこか似ている。だがあの石の階段にはなかった腐ったようなにおいがした。それにこちらは城の地下に通じているのだ。キットは身震いした。

ふたりは扉をたたきはじめた。誰かが通りかかって聞きつけ、助けてくれるかもしれない。恐怖がつのる。落ちついて頭を働かせなくては。

ふたりはあきらめて扉をたたくのをやめた。キットは蝋燭を取って掲げた。「この階段を下りれば出られるかもしれないわ」声が震えないように努めた。

「いいえ、奥方様」エマは急いで反対した。「ここにいなくてはいけません。ご主人様がきっと見つけてくださって……」

「どうやって？　さっきから誰も開けに来てくれないのよ」キットは木造の狭い階段を見つめた。「自分で出口を探さなくてはいけないわ」

「もしかしたら……？」

「何なの、エマ？」

「もしかして、向こうに誰かいて……扉を閉めたのではと思ったんです」エマは言った。

「誰かがわたしたちを閉じ込めたというの？」

エマはうなずいた。

キットは唇をかんで考えた。確かにそんなことをしそうな召使いはいる。もしそうだとしたら、貯蔵室の扉も閉めるだろう。キットとエマが発見されるのを引き延ばそうとして。

体の重みに耐えられるかどうかと危ぶみながら、キットはこわごわ階段に足をかけた。だが、ほとんどきしまなかった。キットが先に、エマが続いて下りていった。ひと続きが終わるとまた次がある。とうとう床も壁も土の粗末な小部屋に出た。

片隅で何かが動き、ふたりはぎょっとして固く抱き合った。

「鼠《ねずみ》です!」

「ええ、ここには食べ物があるに違いないわ」

「奥方様、出口はなさそうですよ。ただの……」

「いいえ、ごらんなさい。また通路があるわ」

「心配していたとおりです」エマはつぶやいた。

「いらっしゃい」キットはやさしく促した。「そんなに怖がらなくても大丈夫よ。何年も誰も来たことがなさそうですもの」

ふたりはまた狭い通路を進んでいった。どこかに秘密の扉がないだろうか。キットは蝋燭を掲げて出口を探した。弱い風に蝋燭の火が消えそうになった。

「別の地下道があるのかしら」キットは言った。

「どこからか風が吹いてくる」ふたりは用心しながらさらに進んだ。

「うっ、においはますますひどくなりますね」エマは口と鼻を手で押さえた。

「まったくだわ」キットは顔をしかめて答えた。「何なのかしら。まあ、また部屋があるわ。ほら、エマ、壁に松明《たいまつ》がかかっている。ああ、よかった。あれで照らせる……」

エマの悲鳴が、地下の静けさをつんざいた。キットは振り向いた。松明のぎらぎらする光に照らし出されているのは、両手を枷《かせ》で壁につながれ、土の床に座り込んでいるレディ・アガサだった。

キットは口を覆って悲鳴をこらえた。悪臭のもとはここだったのだ。少なくとも死後数週間はたっているらしい。不格好な黒いドレスと灰色のもつれた髪がなかったら、アガサだとわからなかっただろう。

「ああ、何ということかしら。フィリップだわ」キットは低く言った。「フィリップのしわざよ」

「はい」エマは震える声で言うと、キットの腕にしがみついた。「すぐ出口を見つけなくてはなりません。すぐです！　お願いです、奥方様」

「そうね」目を明るさに慣らしながらキットはうわのそらで言った。口と鼻を覆って部屋を見回す。恐ろしい部屋にはアガサの遺体がつながれているだけではない。三体の骸骨《がいこつ》があり、一体はひどく小さかった。床のあちこちにぼろぼろの衣類が盛り上がり、その下に何が横たわっているのかを見るのが怖い。

低い木のテーブルには不気味な刃物が並んでいる。キットは詰めていた息をゆっくりと吐き出した。

「ここはまさしく……。あれは何？　音がしなかった？」

「戻りましょう、奥方様、お願いですから」

キットはテーブルの向こうに回った。突然、足を止めたのですぐ後ろにいたエマにぶつかった。

「まさか！」ぼろぼろになった衣類が足もとに盛り上がっている。キットはあえいだ。「男の人よ！　生きているわ！」

「神様、マリア様、ヨセフ様」横たわる人間のそばに膝をついたキットのかたわらでエマは唱え続けた。

「誰です？」

「ヒュー！　まあ、ヒューだわ！　ヒュー、聞こえる？」キットは吐きそうになるたびに唾《つば》をのんでこらえた。夫の友人の傷はひどすぎて見るのに勇気がいる。そらした目に涙が浮かんだ。

ヒューが弱々しくうめいた。

「気がついたとは思えないわ」

「それはありがたいです」エマはキットの袖《そで》をつか

んで、ヒューから引き離そうとしていた。

「どうすれば彼をここから出せるかしら?」

「わたしたちだってどうすれば出られるんです?」

エマが絶望したようにきいた。瀕死《ひんし》のヒューを引きずってあの階段を上ることなどできそうにない。

「ヒュー、聞こえる。わたしはキット、レディ・キャスリンよ」彼女はつかえるのどから声を押し出した。「助けを呼んでくるわ。あなたをここから助け出すわね」

「どうします、奥方様?」エマがきいた。「どこかに通じている道があると思いませんか?」

「ああ、大変だわ」

「何です?」

「何てばかなのかしら!」キットは唾をのみ込んだ。

「フィリップよ! フィリップが隠れているかもしれないわ!」

20

サー・アルフレッドはレディ・キャスリンが安全なように見張る役目だ。だがたいしてすることもない。レディは召使いたちの中にまじって床や壁をこすっている。彼は大広間の大テーブルに向かって武器の刃を研いだり磨いたりしていて、周囲にはほとんど注意を払わなかった。フィリップ・コールストンが攻撃してくるとしたら自分の前を通らなくてはならない。見逃すはずはないだろう。

夕食のため召使いたちが大広間にテーブルを並べはじめた。アルフレッドはレディ・キャスリンとつきそいの夫人をしばらく前から見ていないとふと思い、気になりだした。大広間と周辺の部屋をざっと調べたが、公爵夫人は見当たらない。

アルフレッドは不安になってきた。奥方様の身に何かあったら、公爵にどんなに叱《しか》られるだろう。レディの部屋を見に行った。そこにもいない。女たちが織りかけの旗を片づけている部屋にもいなかった。小塔にも、召使いたちの住まいにも人けはない。

しまいにアルフレッドは中庭や城の周囲を捜しまわった。レディ・キャスリンとエマ・ジュヴェットがほかの戸口から抜け出して、夕方の散歩でもしていてくれればいい。エマの夫が迎えに来るのを待っているという可能性もある。


ウルフは夕食の直前に帰ってきた。キットの姿が見えない。だが珍しいことではなかった。彼女は寸暇を惜しんで働いているのだ。手がすりむけるほど働くことが彼の妻であり王の妹である身分にふさわしいかどうかはわからない。だがそれもウルフのためだった。

キットはわたしを愛している。あのことばを思い出すと胸が締めつけられる。〝愛しているわ、ウルフ〟

「部屋に湯を持ってきてくれ」大広間を通り過ぎながら、ウルフは召使いに言いつけた。職人たちが足場から下りて道具を片づけ、帰る用意をしている。大広間は前よりはずっと人間が住むところらしくなっていた。煤《すす》の汚れは消え、窓からは雲さえ見える。

キットは部屋で待っているだろうか。一緒に湯浴《あ》みをしたくてたまらない。もっと熱い官能的なことをするならそれもいい。

今までこれほど激しい欲望を女性に抱いたことも、その欲望が完璧《かんぺき》に満たされたこともなかった。しかもその女性は魅惑的な妻なのだ。ウルフはもう前のように落ちつかない気分に陥ることはなかった。キットのいるところこそ彼の城だ。彼女は強さと忍耐力を備えている。何があろうと彼女の愛を信じていられる。

　彼の心にただひとつ影を落としているのは、フィリップがいまだに捕まっていないことだ。だが彼の存在が及ぼす脅威は日ごとに薄れてきている。アイルランドに渡ってもう戻ってこないと言いきれるほどになっている。しかし、この問題がそんなに簡単に解決するとも思えない。

　湯が運ばれてきてもキットは姿を見せなかった。ウルフはひとりで湯浴みした。服を着てブーツのひもを締めていると、扉をたたく音がした。

「こんばんは、公爵」チェスター・モーバーンが入ってきた。

「チェスター！　帰ったか！」

「はい」チェスターは微笑して答えた。「うれしい客人をお連れしました」

「どこだ？」ウルフはにっこりした。

「サー・スティーヴンが大広間でお待ちです」

　スティーヴン・プレストはウルフの記憶にあるとおりだった。赤毛は色あせて鉄錆《さび》色になり、白いものもまじっている。それ以外はほとんど変わっていない。いかにも目はしのききそうな聡明《そうめい》な顔立ちに鋭い青い目、長い貴族的な鼻をしていて口もとは今にも笑いだしそうだ。ウルフと同じくらい背が高いが、ウルフのように筋骨たくましくはない。動作は自信に満ちていて無駄がない。プレストはウルフにウィンダミアの幸福な時代を思い出させた。

「よく戻られた、公爵」プレストはウルフの肩に手を置いた。声に深い感情がこもっている。「こんな日が来ようとは思いませんでした」

「きみが帰ってきてくれてとてもうれしい」

「わたしはその倍もうれしいのです。しかもあなたは今や公爵で……」彼は笑いながら言った。「お父上がさぞ誇りに思っておられましょう」

「ありがとう、サー・スティーヴン」

チェスターは早い夕食を用意させるために出ていった。「道中、問題はなかったか、ウィリアム？」

ウルフはウィリアム・ギーズにきいた。この前のような待ち伏せはなかっただろうか？

「はい、公爵」

「いや、わたしがもはや若くないということ以外何も問題はありません」プレストはため息をついた。

「昔は盛んに旅をしたものです。お父上が亡くなられてからというもの……」彼は悲しげにウルフを見た。「あなたがウィンダミアに戻られてよかった」

プレストのために小さなテーブルが用意された。ウルフも座ってエールを飲みながら食事につき合った。そしてこの春ウィンダミアでフィリップに会ってからのできごとをプレストに話した。

プレストは、悲しげに首を振った。「フィリップの悪行については、エルトンでも聞いていました。クラレンスとフィリップは似た者同士です。野心家で貪欲《どんよく》で残忍で。わたしは何度となくお父上に、弟さん一家をウィンダミアから追放すべきだと進言しましたが、耳を貸してくださいませんでした」

「父は人を信用しすぎたのだ」

「お父上は心正しく公平なかたでした」プレストは言った。「程度の差はあっても、道義心は誰にもあるとお考えだった」

ウルフは黙って考えた。父のバーソロミューは信頼すべきでない相手を信頼したためにウィンダミアを失い、ジョンとともに殺されてしまったのだ。

「わたしは父の意見に賛成できない」

プレストは新しい領主をつくづくと見てから口を開いた。「わたしもそうです」彼は静かに言った。

ウルフの銀灰色の目は希望に輝いている。だが心の傷は顔の傷以上に深いのだとプレストは思った。

「妻がこの春レディ・アガサに会った」

「ほう？　何年か前に亡くなったと聞いていましたが。クラレンスの死後間もなく」

「生身の人間だったとキャスリンは言っていた。頭は少しおかしいらしいが、とにかく生きていたと」

「それで、レディ・アガサは今どこに？」

ウルフは肩をすくめた。「フィリップ同様、行方がわからない。消えてしまったのだ」

「フィリップは義理の母親と不仲だったのです」プレストは言った。「レディ・アガサがフィリップと一緒にここにいたとは驚きました」

「確かに仲が悪かった」ウルフは言った。「フィリップはアガサを西のはずれの塔の部屋に幽閉していた。だが、どうやら彼女は秘密の階段を使って抜け出したようだ。それで妻の前に現れたのだ」

プレストはうなずいた。「あなたがたが秘密の通路で迷子になるのをご両親は心配しておられた。それで入り口のいくつかを永遠に封じられたのです。そお母上はことに恐れて……」

「わたしは秘密の通路などひとつも知らない」

「わざと気づかないようにしてあったのです」

「ほかにも隠れた通路があると？」

「そうです」執事は答えた。「明日にでもお教えしましょう。明るいときに」

「秘密の階段もあるのか？」

プレストはうなずいた。

「隠し部屋も？」

「好奇心をそそられるでしょう？　あなたの曽祖父《そうそふ》の初代ウィンダミア伯爵は風変わりなかたでした。どこからでも逃げ出せるようにしたかったのです」

「逃げ出すのに有利なようにでしょう」

「そのとおりです、公爵」プレストは笑った。「計画を聞かせてください。もうどなたかが城の改修に手を染めたように見えますが」

「妻だ」

「これだけの人を集めて?」プレストは、足場やもう作業のすんだところを見回しながらきいた。

ウルフはうなずいた。

「奥方は有能なかただ」プレストは言った。「こんな大仕事を指揮するにはかなりの経験と技量が必要です」

「レディ・キャスリンには経験がある」ウルフは言った。「結婚する前に父親の領地を切り盛りしていた」

プレストの濃い片方の眉がわずかに上がった。

「珍しいことだ。女性が……領地を切り盛りしていたと?」

「妻にすぐ会わせよう」ウルフは言った。そしてキットを呼んでくるよう召使いに命じた。

「それからフィリップの勘定書は?」プレストはたずねた。

「妻と台帳を調べたらすべてきちんとしていた」ウルフは答えた。「だが、明らかに過剰に搾取している」

ニコラスが入ってきて、大広間の暖炉のそばに昔の執事と一緒にいるウルフを見つけた。ニコラスがテーブルにつくとウルフは紹介した。

「キットはどこにいる?」やがてニコラスはきいた。

「今、呼びにやらせている」

「きっと、どこかの隅をごしごしこすりたくなったんだろう」ニコラスはにやりとして言った。「でなければ枝形の燭架《しょくか》をかけなおすか」

「そうらしいな」ウルフは笑った。「そんなことに決まっている。だが城の中だけにかまけていれば、フィリップに狙《ねら》われることもない」

「ああ、まったくだ。彼女はウィンダミアを再興させようと夢中になっている。からかっては悪い」

「妻は、きみの想像するような公爵夫人らしくはないと思う」ウルフはプレストに言った。

「そうだろうと思います」

「彼女はこの大仕事を自分でやろうと……」

「ゲアハート！」

三人は振り返った。

「ウルフ、サー……公爵！」サー・アルフレッド・ダニングが飛んできた。浅黒い顔は緊張し、額は汗で濡《ぬ》れている。ウルフをゲアハートと呼ぶほどあわてていた。

ウルフはたちまち不安になった。立ち上がると椅子がひっくり返った。ニコラスとプレストも立った。

「どうした？」

「奥方様が……」

「何？」

「見当たりません」惨めな顔をしてアルフレッドは言った。

「どういうことだ。見当たらないとは？」ウルフは歩きだした。

「レディ・キャスリンはエマと一緒に厨房《ちゅうぼう》のあたりで働いていました」息の詰まったような声でアルフレッドは言った。「わたしはここ大広間にいました。前を通ったはずはありません。それなのにいないのです」

ニコラスは窓からちらりと外を見た。「もうすぐ暗くなる。わたしは皆を集めてこのあたりを捜そう」

「中庭と西の庭園はもう捜しました」

「もう一度きく」ウルフは言った。「きみはどこにいて、妻はどこにいたんだ？」

アルフレッドは大広間の大きなテーブルにウルフたちを連れていった。長剣や短剣、砥石《といし》、布などがのっている。「わたしはここに立っていました」彼はさっきと同じ位置に立った。「あたりには大勢、働いていました。そして、レディ・キャスリンはあちらで……」彼は厨房の方向を手で示した。「エマ・ジュヴェットと一緒に……」アルフレッドは当惑しきっている。

「何をしておられた？」最後にふたりがいた場所に歩いていきながら、スティーヴン・プレストがきいた。

「古いタペストリーを片づけていたようで……」

プレストは、黒ずんだ傷だらけの木の扉に近寄り、鍵《かぎ》がかかっているかどうか試した。扉は開かない。

「この扉のそばで？」彼はたずねた。

ウルフがプレストのそばに行った。眉を寄せ、目は不安そうだ。いらいらしたように髪に片手を差し入れた。夢と希望のすべてが遠のいていく。キットがいなくては何もないも同然だ。

「この部屋の鍵は誰が持っていますか、公爵？」

「女中頭だ、スティーヴン。どうしてそんなことを？　キットたちが鍵をかけたはずが……」

「たしかここは小さな貯蔵室で……」プレストは言った。

「そうだろう。だがなぜそんなことを」

「壁に秘密の扉が隠されているはずです」

「ここに？」ウルフは振り返ってアルフレッドを呼んだ。「明かりを持て！」頑丈な靴で思いきり蹴《け》ると、扉が開いた。

暗い部屋に入ると床に置いてあるものにつまずいて転びそうになった。明かりが届いた。粗く巻かれたタペストリーが無造作に投げ出されている。

「どこだ、スティーヴン？」

「待ってください」

プレストは奥の壁をてのひらで押した。長い年月がたっているので記憶があやふやだ。「地下牢《ちかろう》に続く長い階段の入り口があるのです。それでご両親は封鎖されたのでしょう」

「そうか、わかった」ウルフは言った。「同じようなものをほかでも見た」アガサが現れた部屋の秘密の扉と同じ形の掛け金を見つけ、はずそうとした。

「だめだ。どういうわけかつぶしてある」

「故意につぶしたようです」プレストは不安そうに濃い眉を寄せた。

ウルフは扉に肩を打ちつけた。二度ぶつかっても扉は動かない。「アルフレッド」ウルフは呼んだ。「ここへ来い」

ふたりのたくましい騎士が一緒に二度ぶつかると、扉が破れた。音は向こうの深い闇《やみ》に吸い込まれていくようだ。踏み込むとひんやりした湿っぽい空気が鼻をついた。彼は身震いした。キットはここにフィリップと一緒にいるのだろうか。

「スティーヴン」ウルフは蝋燭《ろうそく》を掲げてきいた。「どこに通じている？　出口があると思うか？」

「ふたつあるのは知っています」

「誰かチェスターとウィリアムを呼んできてくれ。できるだけ多くの者を集めろ。この扉の外側と、ほかのふたつの出口に配置したい。出口がどこにあるか教えてくれ、スティーヴン」

「もちろんです、公爵」

「来い、アルフレッド」ウルフは言った。

主人の声は切迫している。アルフレッドはためらわなかった。


キットはその場に凍りついていた。聞こえるのはふたりの息づかいと自分の激しい鼓動だけだ。真っ暗な地下道を何キロも歩いたような気がする。それなのに出口がどうしても見つからない。

壁も床も固い土なので物音は届きにくい。だが確かに背後で音がしたように思った。エマの目を見ると、彼女も音を聞いたのがわかった。

誰かにつけられている。

キットはナイフを握りしめた。瀕死《ひんし》のヒューがいた部屋から持ってきたのだ。遠くでくぐもった笑い声がする。キットはぞっとした。

ああ、ウルフが来てくれたら！　だが、彼もいつでも助けに来られるわけではない。かわいそうなウルフ、こんなにたびたび助けを求める妻を持って。恐怖の中で彼女は思った。

誰かがこちらに来る気配がする。キットはエマにうなずきかけた。逃げようという合図だ。こんな地下の迷路で捕まるより、進み続けたほうがいい。

ふたりは来た道を引き返した。来るときに左側の土壁の目の高さに印をつけておいた。キットはその印を捜した。松明《たいまつ》がちらちらしてよく見えない。ヒューのいる部屋に戻りたかった。もしかしたらあそこにほかの松明があるかもしれない。

あの部屋のほうが身を守れると、キットは死に物狂いで考えた。逃げ込めば貯蔵室に続く階段に出られるかもしれない。扉が開かないかどうかもう一度試してみよう。開かなかったらせめて階段のいちばん上に行って声を限りに叫ぶのだ。

アガサの無残な死体が壁の鎖につながれている部屋に逃げ込んだ。だが不気味な追跡者は入ってこなかった。キットはエマを見た。思いすごしだったのだろうか？

「ほかに出口があるとは思えないわ」消えかけている松明を荒壁の燭台に置きながらキットは言った。「もうすぐ明かりがなくなるわ。燃やせそうなものを探しましょう」

ヒューは声ひとつたてず、土の床に横たわっている。のどをかすかに鳴らして、浅い息をしていた。唇は乾いてひび割れ、全身傷だらけだ。片方の目は腫《は》れ上がってふさがり、渇いた血がこびりついている。眼球は残っているのだろうか？　恐らく骨折しているから、動かすとよけい悪くなってしまいそうだ。

「誰か、わたしたちを捜してくれているでしょうか?」エマはキットを見つめたままで言った。ヒューのほうを見られない。どうしてレディはさわれるのだろう。髪をやさしくなでつけるとは。

「もちろんよ」キットは震える声で答えた。「間違いないわ。サー・アルフレッドはわたしたちが貯蔵室で働いていたことを知っているでしょう? いないことにすぐ気がつくわよ」

「でも扉に鍵がかかっていて、入れなかったら……あれは何です?」松明が消えかかると恐怖はいっそうつのった。

「まあ」キットは声をひそめて言った。「鼠《ねずみ》よ」ぱちんこを持っていればと彼女は思った。

「燃やせるものはありませんよ、奥方様。ぼろきれはみんなひどく湿っています」

「それなら、スカートやシュミーズを引き裂けばいいわ」キットは、見え隠れする鼠を見つめながらうわのそらで答え、それからかがんで靴のひもをほどいた。

投げ出されたヒューの片足の爪先に鼠が近づく。キットは靴を投げつけた。鼠は暗い隅に逃げ込んだ。エマはもう一方の靴を投げつけようと構えた。キットはもうスカートを細く引き裂いて、松明の火の足しにしようとしていた。

「いちばん古くてぼろのスカートをはいてきてよかったですよ」

「新しいドレスをあげるわよ、エマ。何着でも」キットもシュミーズを引き裂きながら声をひそめて言った。

「サー・アルフレッドが今ごろ貯蔵室の扉を調べているはずよ。たとえわたしたちが……」

ふたりは悲鳴をあげた。松明が床に落ち、踏みつけられたのだ。真っ暗になった。空気の冷たさがいっそう強く感じられる。

キットもエマも息さえできず、しっかり抱き合った。あまり突然だったので松明を踏みつけた黒いブーツの足しか見えなかった。笑い声が聞こえた。のどの奥からもれる低い男の声だ。邪悪で残忍なその笑い声は、地下道の壁に響いた。

キットはエマの腰にしっかりと手を回し、反対側の出口にじりじりとあとずさっていった。つまずきそうなものがどこかになかっただろうか? キットは必死で思い出そうとした。

「会ったときから頭の回る女だと思っていた」不気味な低い声だ。「価値のある女だと……かよわいちっぽけなクラリスとは大違いだ」押し殺した恐ろしい笑い声がまた響いた。そのとき膝が何かにぶつかり、キットはよろけて倒れた。

悲鳴とともにエマが倒れる鈍い音がした。彼女の身に何が起きた? なぜ黙ってしまったのだろう?

冷たい手がキットの足首にさわる。フィリップの手だ! 本能的に気づいて急いで体を引いたが、彼はすばやく足首をつかんでキットを引っ張った。身をもがき、はって逃げようとするのをフィリップは押さえつけた。キットより暗闇に慣れているのだ。

「おまえに夢中の夫でも、二度と欲しいと思わないようにしてやる」耳ざわりな声が闇の中に響く。髪をぐいと引っ張られてキットは悲鳴をあげた。ヒューにしたように痛めつけるつもりだろうか?

キットは蹴ったが、空振りだった。だが足を振り上げたおかげで隠し持っていたナイフに気づいた。今まで忘れていたのだ。このときこそ使うべきだ。気持ちを落ちつけて。彼女は脚をばたばたさせ、片腕を振りまわし、もう一方の手をナイフに近づけた。やっとナイフが取れると、しっかりと柄を握った。

フィリップは全体重をかけてキットを押さえつけている。だが急に身を引いて耳を澄ました。「ちきしょう!」彼は吐き捨てるように言った。

キットにはふたりの息づかいのほか何も聞こえな

かった。ナイフに気づかれたと思って恐怖に駆られた。すばやくナイフを突き出すと、フィリップは悲鳴をあげた。

突然フィリップに体をつかまれて持ち上げられ、キットはナイフを落とした。それを取ろうと手を伸ばしたが、髪を荒々しく引っ張られた。「そうはさせるか!」

フィリップは無念そうにうなってキットを押しやった。キットにも彼が負傷しているのはわかったが、攻撃は続くものと思われた。そのとき大きく息を吐き、何ごとかつぶやくしわがれた声がして……その声が遠ざかった。フィリップが離れていった! 松明に火をともしに行ったのだろう。急に明るくなって一時的に何も見えなくなるに違いない。

だが、何ごとも起こらなかった。フィリップはそのまま去っていくようだ。物音はずっと向こうのほうで絶えた。今度は別の乱れた音がした。フィリップがまた襲ってきませんようにとキットは祈った。

キットはエマのほうに手を伸ばした。近くにいるはずだ。凍るように冷たい土の上に少しずつ手を動かしていくと、エマの温かな体にさわった。キットの手が触れると、エマはうめいた。だがほとんど聞き取れなかった。もっと大きな別の音が、貯蔵室に通じる階段のほうから近づいてくる。弱い光が部屋の壁に当たって、ぼんやりとした影ができる。光は近づいてくるにつれて強くなった。

「この中だ!」ウルフの声だ! キットはうれしかった。エマがちょうど正気に戻った。

「キット、大丈夫か?」ウルフは松明を地面に置いて、妻のかたわらにしゃがんだ。血にまみれた彼女の姿に心臓がわしづかみにされたような気がした。

「ウルフ……」キットの声は震えている。

「あいつを追え、アルフレッド」ウルフは厳しい声で命じた。それから向きなおり、抑えた声でやさしく言った。「どこをけがした、いとしい人？　どこを切られたか言ってくれ」彼の手は震えていた。

「わたしが彼を切ったのよ、ウルフ」キットは身震いしながら言った。

「頼む、キット、ふざけないで」ウルフは彼女を胸に抱き寄せた。二度と彼女を目の届かないところに行かせはしない。「言ってくれ」

「どれほどのけががかわからないわ。でもわたしが傷を負わせたの。あれはフィリップだったわ」

ウルフはさっと体を引いて、彼女の顔をつくづくと見た。彼女は青ざめ、何かに取りつかれたような目をしている。「きみの血ではないというのか？」

「ええ、ウルフ。負傷したのはフィリップよ」キットはぞっとして言った。それから叫んだ。「それから、ヒューがここにいるわ」

それから人生で二度目の気絶をして夫の腕の中にくずおれた。

21

ウルフはキットを抱いて暗い穴蔵から運び出した。召使いたちはエマが階段を上るのに手を貸し、ヒュー・ドライデンを介護しながらついてきた。冷静な顔をしていたが、ウルフの心は怒りといらだちでいっぱいだった。貯蔵室に着いた。今や誰かがわざと鍵《かぎ》をかけたことは明白だ。広間を通り抜けたところでニコラスが追いついた。

ニコラスは血まみれのキットの姿に衝撃を受けた。

「どうしたんだ？」

「まだわからない」ウルフは暗い声で答えた。「気を失う前にけがはないと言っていたが」

「でも、その血は……」

「フィリップの血だと言っている」ウルフは答えた。「彼女が刺したのだと」

「よくやった、キット」ニコラスはキットの働きを賞賛した。だがキットは相変わらず気を失ったまま、ウルフの腕にぐったりと抱かれている。「大けがをさせたのか?」

「わからない。詳しく言う前に失神した」

「それから、ヒューを見たが」ニコラスが言った。ヒューの受けた仕打ちを思うと、胃がねじれるようだ。「ことばがない。きみの残忍ないとこがしたことには……」

「庭師と神父を呼ぼう」

「もう呼びにやった」ニコラスは言った。「それと、地下道の両方の出口に見張りを置いた」

「アルフレッドに会ったのか?」

「いや。だが、チェスターと一緒に外の出口のひとつから入った。そして地下道を通り抜けたら、きみの真後ろに出た」ニコラスは説明した。「チェスターとクロードはまだあそこにいて、アルフレッドが地下道を徹底的に調べる手助けをしている。少し時間がかかるとは思うが……」

「人をもっとやれ」ウルフは自分の部屋の扉を肩で押して入った。「疑わしい穴を全部調べるんだ。もしかしたらほかにもスティーヴンが知らない逃げ道があるかもしれない。今夜中にフィリップを捕まえたい。何としてでも」

「だがウルフ、出口は全部スティーヴンが教えてくれたんだ! そしてきみがまだ地下牢《ちかろう》への階段を下りているうちに、すべてに見張りを置いた。あの極悪人を逃がすはずは……」

「二十年のあいだに地下道を延ばしたり、新しく造ったりしたかもしれない。その出口は隠してあるだろう」ウルフはキットをそっとベッドに横たえると、顔にかかる髪を払ってやった。「スティーヴンが知らない通路を使って逃げ延びたのか、それともまだあのあたりに隠れているのかどうかわからないが、どっちみちこの城の地下にいる」ウルフは、静かだが厳しい口調で言った。「卑劣な蜘蛛《くも》のように巣で獲物を待っているんだ」

ニコラスはドイツ語で悪態をついた。「ほかに逃げ道がないかどうか見てこよう」彼は部屋を出ていった。

ウルフは妻の上に身をかがめた。耳や額にそっとキスをして、意識が戻るのを待った。キットはこのまま目覚めないのではないか？　あまり恐ろしい体験をしたために、目が覚めたとしても頭がおかしくなるのでは？

しかし、キットにはウルフの母のマルグレーテにはない強さと不屈の精神がある。母にキットのような強さがあったら、人生と息子を捨てはしなかっただろう。「戻っておいで、愛する人」ウルフはささやいた。「きみはわたしのものだ。どこへも行かないでくれ」

彼はキットの顔を大きな両手で包んだ。あごに新しく打撲傷ができている。さわるとぴくっと身を震わせた。希望が持てそうだ。キットはさらに少しもがいたが目は覚まさない。ウルフは血に染まったドレスを脱がせて投げ捨てた。静かに祈るしかない。

「キット、いとしい人」ウルフは呼びかけた。「目を開けるんだ。わたしのために目覚めてくれ。きみはわたしの命だ。ウィンダミアもほかの領地も」声は震え、苦しげに息をつく。「きみがいなければ何の価値もない」

ウルフはキットのかたわらに寝て、上掛けを引き寄せた。そしてぐったりした体を自分の体で包んで温めた。

キットがうめいた。

「目を覚ませ、愛する人」彼はキットの額に、まぶたに、そして唇にキスをした。「目覚めるんだ」

彼女はまたうめき、足を動かした。目が開いた。目に浮かんだ恐怖の色はウルフを見るとすぐに消え、彼女はほっとした表情になった。それから記憶がよみがえったらしく、震えだした。

「キット?」

彼女は激しく身を震わせた。

「もう終わった。きみは安全だ」

「フィリップはどこ?」彼女はきいた。

「まだ捕まっていない。ニコラスたちが捜している。遠くに行くことはない」

「ヒューは」夫の温かい体に身をすり寄せながらキットはささやいた。「かわいそうなヒューはどうなったの?」

ウルフは長いため息をついた。「生きている。かろうじて」

「ああ、ウルフ……」

「フィリップにもうあんなことはさせない、けっして」彼は、キットの耳の上にキスをした。

キットはまた身震いした。

「大丈夫か、いたずらっ子?」

「抱いて」

夫の強い腕が体に回され、たくましい脚が重ねられると、キットの恐怖と激しい嫌悪が消えた。「ああ、愛している」ウルフは言った。「抱いていよう。ひと晩中でも一日中でも」

「フィリップは危険だとあなたは言ったわ」キットはささやいた。「彼は信用できないと。あ、あなたはわかっていたの? あんなことをしそうな人物だと?」

「わかっていた」

「わたしは本当に元気なのよ、ウルフ」毛布にくるまって、キットは言い張った。「ニコラスと一緒に行ってちょうだい。フィリップを捜しに」

ウルフは躊躇《ちゅうちょ》していた。配下の者と一緒に出かけてフィリップを見つけ出したい。だがキットをひとりにしておくのも気が進まない。

「きみはひどい衝撃を受けて——」

扉をおずおずとたたく音に、ウルフはことばを切り、キットから離れていって扉を開けた。

「あのう、ご主人様」マギーは言いよどんだ。「お湯をお持ちしました。さっきレディ・キャスリンを見たら……」

ウルフは扉を大きく開けてマギーを中に入れた。マギーは浴槽を据えて湯をつぎ込んだ。

「お願い、ウルフ」キットは言った。「行って。わたしは大丈夫よ。湯浴《あ》みをしたらここであなたを待っているわ」

ウルフは上着《ダブリット》を着て長剣と短剣をさやにおさめた。キットをひとりにしていいのだろうかとまだ迷っていた。ヒューにつきそうようにとニコラスに言われた者を除いた全員が捜索に当たっている。彼はマギーを見た。どの召使いよりも信頼できそうだ。行くことにしよう。ただし、一、二時間だけ。

「何かあったらヒューについている護衛を呼ぶんだ」ウルフは言った。「なるべく早く戻るよ、キット」

「わかっているわ」彼女はほほえみ、ベッドに膝立ちしてキスを受けた。

「愛しているよ、いたずらっ子」

「早く帰ってきてね」キットは彼を強く抱いてから離し、それからウルフは出ていった。

「準備ができました、奥方様」マギーが浴槽をさして言った。香りのいい石鹸《せっけん》、タオル、清潔な着替えが並べてある。

キットは熱い湯につかった。

「またすり傷や引っかき傷が増えましたね」マギー

はキットの肩の痣《あざ》に気をつかいながら、湿らせた布で背中をぬぐった。

「エマはどこ?」彼女はたずねた。

「家に帰っています」マギーは答えた。「夫と一緒です」

「エマは大丈夫なの? けがは——」

「ええ、大丈夫ですよ」マギーはキットを安心させた。「震えが止まらないだけです」

「エマに会いたいわ。元気なのをこの目で確かめたいのよ」

「でも公爵様が」マギーは反対した。「部屋から出てほしくないと思っていらっしゃいますよ。今はだめです。よくなるまでは」

「ええ、そうね」

マギーは安堵《あんど》のため息をついた。キットは湯浴みがすむまで、出かけたいとはもう言わなかった。マギーが体を拭《ふ》くと、キットは寝巻きではなく、人前に出られるような服を着ると言いだした。

「夫が帰ってくるまでは寝るつもりはないわ」キットは言った。「きちんとした格好をしていたほうがいいのよ。フィリップを連れてくるかも……」

「はい、奥方様」マギーは答えた。「夕食をお持ちしましょうか? ダービーが何か温めているでしょうから……」

「夕食?」キットは急にひどく空腹なことに気づいた。「ええ、そうしてほしいわ、マギー」

「わかりました。では」小間使いは濡《ぬ》れたタオルと、キットの汚れたドレスを取り上げた。「すぐに戻ります」

ひとりになると、あたりは異常なほど静かで気分が落ちつかなかった。マギーはどれくらいで戻るだろう? 戻ってくるのが待ち遠しい。座って髪をとかしていると、どこかで扉が閉まる音が聞こえた。キットは飛び上がりそうになった。揺れ動く蝋燭《ろうそく》の灯に映る自分の影に息をのみ、胸がどきどきした。音や影にこれほど怯《おび》えるなんてばかげている。フィリップがこのあたりをうろつくはずがない。すぐ捕まるとわかっているはずだ。フィリップのことを考えたとたんにキットはまた激しく震えだした。無意識のうちに衣装箱のところに行って中身をかきまわし、小さな短剣を探し出した。ずっと前にルパートからもらった短剣だ。

短剣を胴着の中に滑り込ませると、キットはやっとほっとした。あの悪党がこの辺にいないとは思っても、武器も持たずに出会いたくない。

またどこかで扉が閉まり、近づいてくる足音が聞こえた。マギーが盆を持ってきたのだろう。キットは部屋の扉を開けて一歩踏み出した。近づいてきたのはクリスティーン・ウェルズリーだった。

「レディ・キャスリン!」クリスティーンはキットの腕を取った。「たった今、あなたが大変な目に遭ったと聞いたばかりなのよ。助け出されて本当によかったわ。あの邪悪なフィリップに……」

「わたしの半分もうれしくないはず……」キットはつぶやいた。背を向けて部屋に入ると、クリスティーンもついてきた。「小間使いは夕食を取りに行っているのよ。よかったら座って」

クリスティーンは片手を胸に当てて言った。「そうはいかないわ。あなたを呼んでくるようにとご主人に言いつかってきたんですもの」

「ウルフに?」キットは当惑した。どうしてクリスティーン・ウェルズリーに自分を呼んでくるように頼んだのだろう? それでもキットは薄暗い回廊に出た。「彼はフィリップを見つけたの? ああ、神様、けがでもして?」

「いいえ、いいえ」すぐ後ろからついてきながらクリスティーンは言った。「あなたの助けが借りたいのですって」

「わたしの助け?」

「わたしには説明できないわ」クリスティーンは肩をすくめた。

なぜウルフが、こんなに離れたところにいるわたしの助けがいるのだろう? 「何で助けが必要なのか知っている?」

「いいえ」クリスティーンは答えた。「ただ、急いでと言っただけ」

「けがをしたに違いないわ」キットはクリスティーンにというより自分に言った。「彼が助けを必要とするなんて想像できない」

「ここよ。急いで」

クリスティーンは蝋燭の小さな明かりがちらちらしている部屋の扉を開け、身を引いてキットを通した。ウルフの姿はどこにもない。

「でも……?」言い終わらないうちに、クリスティーンが彼女を押した。そして部屋を出て扉を閉めた。


「いったいどういう……」

向こうの暗いところで何かが動いている。ウルフではない。だが確かに男がこちらにやってくる。

「ほほう、キット」サマズ男爵が姿を現した。邪悪な笑みを浮かべ、少しふらふらしている。鼻が曲がり、腫《は》れているので、顔が不気味にゆがんで見える。

「父親に挨拶《あいさつ》したらどうだ」

キットはあえぎ、あとずさった。「わたし……どういうことかわからない」

「亭主がいると思ったんだろう?」サマズはキットに激しい平手打ちを食わせた。そして髪の根もとをつかみ、ぐいと引いて顔を近づけた。酒のにおいがする。「ばかめ! だまされたな!」

「お願い」

「そうだ! 頼め! 慈悲を請うんだ!」髪をねじり上げられ、キットの目に涙が浮かんだ。「今度は亭主も助けに来ないぞ」

「そ、それはどういうこと?」

サマズは笑った。「フィリップ・コールストンが殺すだろうよ」

「どうやって?」キットは恐怖を忘れた。「どうしてウルフを殺せるの?」

「公爵はひとりでフィリップのところにいる。町の西のはずれの橋の下にある居心地のいいねぐらだ」サマズはまた笑った。「フィリップはおまえの大事な公爵を殺す」

キットはさっとサマズに背を向けて戸口に駆け寄った。だが、もちろん扉は動かない。サマズは今度こそ逃がすまいとしているのだ。

「レディ・クリスティーンは?」キットは声を震わせまいとした。「こんなことをして何の得があるの?」

笑い声がいっそう邪悪に響く。「お高いレディ・クリスティーンはおまえを片づけたいと思っているんだよ。亭主がひとり者になったら結婚するつもりだ」

「わたしの夫と結婚!」キットは叫んだ。「彼女は……」

「あの女はいまだに知らない。ウルフがフィリップの罠《わな》にはまったことをな!」

「彼のところに行かなければ!」キットはかみつくように言った。「わたしを出して」

「出してやるとも。懇願すればな!」またひどくぶたれて、キットは床に倒れた。「父親に対する口のきき方を覚えろ!」彼は歯をむいて怒鳴り、ちょっとよろけた。「おまえといまいましい亭主が、サマートンをぶち壊した! おまえのせいだ。何もかもおまえのせいなんだ」

キットは当惑した顔をして膝で立った。

「あいつらを罰したり、家に火をつけたりしなければならなかった!」サマズは怒鳴り散らした。「農民たちはわたしをだまそうとしていた！　敬いもせずに。知らないと思っていたのか。あいつらは陰で笑っていた、このわたしを！」

彼はだんだんろれつが回らなくなった。脅かすようにキットに近づく。目には残忍な光があった。いつも以上に邪悪なのがわかる。酒を飲んでいるときはいつも最悪だ。

「あいつらに教えてやる」サマズはよろけながらキットに詰め寄った。「おまえにも！」

キットは立ち上がり、あとずさった。サマズは剣もナイフも持っていない。戦えば逃げられるかもしれない。何とかして胴着に隠した短剣を取り出そう。ある考えが浮かんだ。

キットはまた殴られて吹き飛んだ。今度は転がって彼から離れ、そのままじっとしていた。ひどいけがをしたのだと思わせたかった。見えないように手を胴着の中に滑り込ませ、急いで短剣を取り出し、サマズが動くのを待ち受ける。蹴《け》り殺そうとするだろうか？　それより仕置きを長引かせようとしそうだ。

今度こそ正確に刺さなくてはならない。しくじりは許されない。手当たり次第に刺すわけにもいかない。ウルフの命は、わたしが逃げられるかどうかにかかっている。

サマズはキットに近寄り、背中をぐいとつかんで突き、仰向けにさせると、馬乗りになって頭を両手でつかんだ。キットは頭を床に打ちつけられ、鋭い痛みに悲鳴をあげた。だがひるまず、サマズの肋骨《ろっこつ》の下に力いっぱい短剣を突き立てた。刃《やいば》が生身の体に突き刺さった感触に気分が悪くなった。サマズが苦痛のうなり声をあげ、噴き出す血がキットの両手や服を濡らした。

サマズが重くのしかかってきた。キットはその体を押しのけた。まだ頭が痛むが急がなくてはならない。鍵がかかっているのはわかりきっていながら、扉を開けようとした。

倒れたサマズを見たくはなかったが、キットは自分を励まして横に膝をついた。サマズは速い息をしていて、顔からは血の気がうせている。どんよりした目でキットを見上げた。死にかけているのだ。

「こうするしかなかったのよ」彼女は震えながら叫んだ。

サマズは頭を向こうに向けた。

「鍵はどこにあるの？」

答えはない。

「見つけてやるわ！」キットは流れる血を無視してサマズの体を探り、ダブリットのポケットに入った鍵を見つけ出した。立ち上がりかけ、ふと思いなおして腹に刺さったままの短剣を抜き取った。

半月と満天の星が慣れない道を行くキットと馬を照らしている。町には一度しか行ったことがない。それもはるか昔のことのように思われた。キットは涙をこらえながら人けのない細い道を進んだ。誰にも見られずに西のはずれの橋に行かなくてはならない。橋の両側に建物があっただろうか？ それとも土手だけ？ フィリップに気づかれずにウルフに近寄るにはどうすればいい？ もしフィリップに見つかったら？

望みはない。キットは絶望に駆られた。涙をぬぐって考えてみた。たとえフィリップの隠れ家に忍び込むことはできても、ウルフを助け出す前に見つかってしまうに決まっている。向こう見ずに飛び込むより、もっといい計画を立てなくてはならない。

見慣れた路地に来ると、キットは馬を降りて引いていった。以前アルフィーに案内された家はすぐに見つかった。窓には鎧戸《よろいど》が下りていなくて、まだ明かりがともっている。キットは近寄って扉をたたいた。

　アルフィーが扉を開け、キットを見て目を丸くした。「わあ、レディ・キットだ！」アルフィーは扉を大きく開けてキットを通した。

「ギルバート」キットは切羽つまった声で呼んだ。

「お、奥方様！」奥の部屋から出てきたギルバート・ジュヴェットはことばに詰まった。公爵夫人が来ただけでも驚くのに、血まみれだとは。「何てことだ。どうなさったんです？」

「あなたの助けが必要なの」こらえきれずに泣きながら、キットは言った。「フィリップが、夫を……」

「おかけください、レディ」ジュヴェットはキットを台所の腰掛けに座らせた。「アルフィー、エールを持ってこい。急いで！」

「フィリップはもしかしたらもう夫を殺してしまったかもしれないわ！」

「さあ、はっきり言ってください……フィリップ卿《きょう》が公爵を捕まえた？　どこに？」

「ぎ、義理の父が、サ、サマズ男爵が――」

「えっ？　あれは悪者だ。それから？」

「彼が言ったの。フィリップがウ、ウルフに罠をしかけたって」キットは、エールをごくりと飲んだ。

「フィリップは彼を町の西のはずれにある橋のどこかに監禁しているのよ！」

「西の橋？」

「わたしが行くわ」キットは泣いた。「でも……」

「いいえ、レディ・キャスリン」ギルバートが言った。「ここへ来たのは正しかった。あなたには助けが必要です」彼はアルフィーのほうを向いた。「走っていってダニエル・ページとロバート・アバヴブルックを呼んでこい。ロバートには息子のウィリアム・スミスとケネス・ギャメルを呼んでもらってくれ。急いで。だが誰にも言うな」

「どうするつもりなの？」

「さて、どうしたものか」ギルバートは唇をかんだ。

「お考えを聞きましょう。フィリップ卿の家臣はせいぜい三、四人だと思います。こちらでご主人様を取り返せるぐらいの人数は集められます」

キットは立ち上がった。一分でも遅れれば、それだけウルフの命が危うくなる。だがあわてると失敗しそうだ。「フィリップが夫を隠した場所を知っているの？」

「いや。行ってみなくては何とも言えませんが……あの辺は川が広くて浅くなっています。ずる賢い悪党は橋の下に居心地のいい洞穴を掘ったのかもしれません」

「フィリップの家臣を引っ張り出せると思う？」キットはきいた。「家臣を引き離して、そのすきにわたしがウルフを連れ出せるかしら？」

「はあ、あなたにそんなことをさせていいものかどうか……」

「でも、そうしなくてはならないのよ！」キットは哀願した。「フィリップがどんなひどいことをするかわからないでしょう！　あれを見ていないから」

「いや、わかります」ジュヴェットは唾《つば》をのみ込んだ。「エマから聞きました」

「それでは急がなくてはならないのがわかるわね」

キットはベルトに差し込んだ短剣を意識した。そして冷静に固い決意を持って言った。「今夜、わたしはもうひとり殺したのよ。フィリップにも致命傷を負わせてやるわ。夫を助け出すつもり。たとえどんな危険があろうとも」

あわただしく扉をたたき、男がふたり入ってきた。

「ダニエル。ロバート」ジュヴェットが迎えた。

「大変なことが起きたとアルフィーに聞いた」ダニエルが言った。「ほかのみんなもすぐ来る」

「よし」ギルバートが言った。「さあ、作戦を練るんだ。そしてすぐ実行に移そう」

22

雨が降りしきっている。キットはうれしかった。体にしみついた血のにおいが洗い流される。集まった十二人の町の男たちは橋の近くにやってきて待機していた。

ついさっき、ギルバートと鍛冶屋《かじや》が橋の土台に跳ね上げ式の戸でふさがれた穴があることを確かめてきた。ライラックの茂みと低木の藪《やぶ》が戸を覆い隠している。作戦をざっと打ち合わせてから、キットはトム・パトリッジと一緒に行動に移った。

川岸に向かって走るキットをトムが追いかける。追いつくと、腕をつかんで振り向かせた。

キットは金切り声をあげて彼の胸を打った。トムはがっちりとキットの手首をつかんで笑った。

「放して！」キットは叫んだ。「誰か助けて！　あたしは、あっ！」彼女はぬかるみに足を滑らせて倒れた。

「ああ、レディ」トムはびっくりして小声で言った。

「さあ」

「汚らわしいやつ！」キットは甲高く叫んでトムを蹴《け》った。「いやらしい。放してったら！」橋の下にもぐっている男たちの注意を引かなくてはならない。キットは可能な限りの音をたてた。

トムはすぐ悟って、キットを殴っているふりをした。キットは金切り声をあげて激しく抵抗した。トムはたくさん痣《あざ》を作ったに違いない。

キットは起き上がり、橋の下に突き出したライラックの茂った場所に向かって走った。通り道らしいものは見当たらない。フィリップは蛇のように地下に隠れているのだ。

トムが追いついた。茶番劇はうまくいっているがいつまでも続けてはいられない。穴の近くに行ってひそんでいる者たちを引っ張り出さなくては意味がないとふたりは悟った。

「だめよ！」キットはトムを藪の中に突き飛ばした。トムは彼女の力にびっくりしてうめいた。彼は悪態をつきたいのをこらえて枝につかまり、いっそう大声でうめきながら横を見る。暗がりでもフィリップたちがひそむ穴蔵の戸が見えた。「おれにけがをさせる気か？」

トムは両手を打って平手打ちの音をたてた。キットは藪の下の地面に飛び下りた。

「ひどいわ、トム・パトリッジ！」キットは泣きわめいた。「そうはさせないわよ！　あたしにはわかってる……」

「さあさあ！」男の声が割って入った。「何をしている？」

「誰だ？」トムがライラックの茂みをかき分けて出てきて、男の胸をさした。「どこから来た？」

キットはあとずさった。跳ね上げ式の戸から出てきた男には見覚えがあった。どこから出てきたのかもわかっている。だがそれを悟られてはならない。彼を恐れていると思わせなくては。追いかけてこさせなくては。ああ、神様、追いかけてきますように。

「この女を分け合おうというのか？」トムは目を邪悪に光らせて男を押し戻した。男が真に受けてくれるといい。そうすればうまくいく。

フィリップの家臣はものも言わずにトムの顔を殴りつけた。トムは倒れて意識を失った。計算外のことだ。

キットは土手を駆け上った。フィリップの家臣がすぐあとから追ってくる。逃げまわるうち、後ろで大きな音と男の罵《ののし》り声がした。振り向くと、ギルバートたち三人が男を押さえつけている。男はもがいたがあごをしたたかに殴られた。

キットは短剣を取り出して男に近づいた。

「おれに任せてください、レディ」ケネス・ギャメルが言った。「兵士の経験がありますから……」

キットはうなずいた。これ以上流血を見ないですむと思うとほっとした。もうあんなことはたくさんだ。

「レディ?」フィリップの家臣は言った。やっとキットの顔に気がついたのだ。あのときとは違い、キットは髪を隠していなかった。「何てこった。気がついてもよかった」

「黙れ、タック」鍛冶屋が言った。

「レディがききたいことがある」ケネスが言った。

「橋の下の隠れ場所に誰がいるの?」キットはきいた。

「伯爵とあんたの旦那《だんな》のほかに?」タックは薄ら笑いを浮かべた。

「答えるんだ、タック」ケネスはタックの耳にナイフを突きつけた。

「答えなかったら?」タックはしわがれた声で言った。「町民の群れなんかに何ができる」

ナイフがゆっくりと動いてタックの耳に食い込んだ。

「わかった! やめろ!」タックは叫び、必死で頭をナイフから離そうとした。「話す! 何もかも話す!」

「言え!」

「伯爵のほかは……サラディンだけだ」タックはそう言うと涙を流した。

「それとわたしの夫ね?」

「ああ! 一緒にいる」

「生きて?」キットが口に出せなかったことを、ギルバート・ジュヴェットがきいた。

タックはうなった。「ドライデンのときのように生かしておくことにしたんだ。フィリップは慎重にやるつもりだろう」

「公爵は今どんな具合だ?」

「公爵は……」

ケネスが刃《やいば》をタックのもう一方の耳に当てた。

「おまえの言うことは信じられん、タック」彼は言った。「フィリップにしては軽率すぎる。たったふたりの家臣しかいないとは」

「いや! いや! それですべてだ!」

ナイフが動いた。

「やめろ! 頼む!」タックは泣きわめいた。「そのとおりだ! ジャック・ハートフォードもいる!」

「ハートフォード!」キットはあえいだ。ウィンダミアの従僕のひとりだ。彼がウルフを罠《わな》にかけたのだろう。

「伯爵には好きなようにやってもらう。止められはしない。いてっ!」ケネスのナイフが動いた。「刃に気をつけろ!」

「先を話せ」

「アイルランド行きの船に乗るつもりだ。おれたちみんな――伯爵も」タックは言った。顔からは汗が噴き出し、たびたび目をぎゅっとつぶった。「伯爵が欲しいのはただ……公爵だけだ! 公爵を憎んでいる!」

「こいつの手を縛れ。急げ!」ギルバートが言った。

「レディ・キャスリン」ギルバートはキットを脇《わき》に呼んだ。「一緒に行きますか?」

「ええ、もちろんよ、ギルバート」彼女は言った。

「夫のところに行くわ」

「そう言われると思っていました」ギルバートはつぶやいた。「さあ、行動に移りましょう!」

タックはいやいや協力した。よほど耳が惜しいらしいとギルバートは思った。キットは何も考えられなかった。ここまではうまくいったが、ウルフを無事に救い出せるだろうか。ひどく痛めつけられていなければいいが。

目に浮かぶヒュー・ドライデンの姿を振り払って キットは土手を下りた。霧雨になっているのに誰も気がつかない。洞穴の両脇でふたりずつ待機した。

「呼べ」ケネスはひそひそと言った。「何か見つけたように思わせろ……助けが必要なものを」

「な、何を?」

「言われたとおりにしろ!」ケネス・ギャメルは、タックの首のつけ根にひんやりした刃を当てた。

「サラディン! ハートフォード!」

「うまいぞ」ケネスは言った。「あいつらが出てくるようにしろ」

「助けに来てくれ!」タックは叫んだ。「こいつは重すぎる!」

ふたりの男が穴から飛び出してきた。「目をどうした、タック」ひとりが言った。「何か言ったらどうだ? 伯爵は……」

ことばが切れた。左にいたふたりの男が襲いかかったのだ。もうひとりは右側のふたりが捕まえた。サラディンとハートフォードは取り押さえられた。

ウィリアム・スミスがついてくるようにキットに合図をした。町でいちばん大きく力もありそうで、先に立つのにふさわしい男だ。キットは自分が先に行くと言い張ったが、説き伏せられた。

キットは短剣を握って大男のウィリアムのすぐ後ろからついていった。

跳ね上げ式の戸から入るとすぐに、スミスは足を止めて片腕でキットを押さえた。洞穴が急角度で右に曲がっているのが彼の肩越しに見える。ふたりは見つからずに戸口の近くにひそんだ。右手からぼんやりと光がもれてくる。橋の骨組みの中に穴蔵があるのだろう。

ウィリアム・スミスは、膝をついてそっと曲がり角の向こうをのぞいた。キットも見たくてたまらない。だがウィリアムに押さえられていた。わたしが見たら何をするかわからないので心配なのだろうとキットは思った。

ウィリアムが身を引いたので、中が見えた。松明《たいまつ》に照らされて隅々まで見渡せる狭い場所だ。ところどころから水が滴り落ちていて、土の床はぬかるんでいる。キットの目は突き当たりの椅子に座っているウルフに吸い寄せられた。両手を後ろで縛られている。

ブランチ・ハンチョーが両手をねじり合わせている。フィリップはウルフに近づくと前髪をつかんで引っ張り、上を向かせた。

「おれを見ろ！」フィリップはひしゃくの水をウルフの顔にかけた。ウルフの頬を血が斜めに流れる。左目は青い痣ができ、腫《は》れ上がっていた。「見るんだ！　起きていろ。寝ていてはちっとも面白くない」

「ご主人様」ハンチョーが心配そうに言った。「あのばか者たちはどうしたのでしょう？」

「あばずれ女をものにしに出かけたのだろう」フィリップはあざけった。「間抜けなばか者どもだ」

「それはまずいですよ、ご主人様」ハンチョーは言った。「誰かに見られるかもしれません」

「心配するな。この隠れ場所は完璧《かんぺき》だ。何度も役に立った」フィリップはウルフの髪を荒々しく引っ張った。「これが終わったら、アイルランドへ出発だ」

先のとがった長い火かき棒を取り上げて、彼はウルフをつくづくと見た。「火がないのが残念だ」

フィリップは正気ではないとキットは思った。ウルフが言うとおりだ。性格がゆがんでいるだけではない。ヒューの姿が思い出される。正常な人間ならあんなにひどいことをするはずがない。キットは手をかんで、叫びそうになるのをこらえた。「急がなくては」ウィリアムがこちらを向いてささやいた。

キットは短剣を握りしめてうなずいた。

「わたしが伯爵を引き受けます。あの女を取り押さえてください。ギルバートたちがすぐ来ます」ウィリアムは言った。「いいですか？」

キットはうなずき、その目を鋭く光らせて応《こた》える。キットは短剣を構え、ウィリアムは自分の店から持ってきたこん棒を振りかざして、穴蔵に飛び込んだ。

ひどく殴られはしたが、ウルフの意識ははっきりしていた。ただ無抵抗に見せかけただけだ。フィリップが油断して、縄を解くかもしれない。だがフィリップは起きていろと言った。思いどおりにいきそうにないとウルフは思った。

しかし今こそ行動しなくてはならない。フィリップの家臣たちがすぐにも戻ってくるかもしれない。フィリップは火かき棒をどう使おうかと考えているようにこちらを見下ろしている。ウルフは体を傾けて椅子から落ちた。

それをきっかけに、ウィリアムとキットが飛び込んだ。フィリップは床に倒れたウルフの上にかがんだ。ウルフはその胸を思いきり蹴った。ひっくり返ったフィリップの頭をウィリアムがすかさずこん棒で殴った。フィリップは意識を失った。

ハンチョーは金切り声をあげて逃げようとした。キットが飛びつき、ぬかるんだ床にうつぶせに倒して上にまたがった。ハンチョーは立ち上がろうともがいたが、キットはしっかりと押さえつけていた。

「ウィリアム！」

「はい、レディ？」

「フィリップは？」

「気を失っています」

「それならこの女を頼むわ。夫を見なくては！」

ウルフは地面に倒れていた。打撲傷だらけで、まだ両手を縛られたままだ。「キット！」その声は少ししわがれている。

「ええ、あなた」キットは涙ながらに答えて手首の縄を切った。「助けに来たのよ」起き上がらせると、キットは首に両腕を回した。

「どうやって？」

「サマズ男爵のおかげよ」キットはウルフを見上げた。「ああ、ウルフ……あなたの目。それにこの傷は縫わなければならないわ」

「何でもない」彼は言った。

「何でもないことないでしょう」キットは言い返した。「傷の手当ては慣れているのよ」

「サマズはどこにいる？」ウルフは立ち上がりながら怒鳴った。「あいつをカンブリアまでも蹴飛ばしてやる」

そのときギルバート・ジュヴェットが三、四人の町民とともに現れた。

「トム！」キットは叫んだ。トム・パトリッジは鼻血を出しているだけでけがはなさそうだ。

「公爵夫人」彼はキットに言った。「おれは、謝らないと……」

「謝る？」

「あなたを転ばしてしまって……」

キットは笑った。「あなたのせいではないでしょう。あの連中を引っ張り出せたわね、計画どおり」

「きみだったのか？」ウルフがきいた。もちろんあの騒ぎは耳にしていた。だが、あのおかげでフィリップの家臣が出ていき、フィリップをやっつける機会ができただけのことだと思っていた。

「フィリップ卿《きょう》の家臣を引っ張り出すにはああするしかなかったんです」ギルバートが言った。

「それで騒ぎを起こしたのよ」キットが締めくくっ

ハートフォードやほかの卑怯《ひきょう》者たちはどこにいる?」ウルフがきいた。

「皆、捕まえました、公爵」ギルバートが言った。

「フィリップが隠れ場所から引きずり出されるのを町の半分以上の人間が待ち受けています」

「みんなを騒がせてしまったわね」キットが泣き笑いしながら言った。

「はあ、そのとおりで」ダニエル・ページがフィリップに水をかけて起こし、ぐいと引っ張って立たせた。

フィリップはすぐに正気に戻った。目を細め、見境なく罵った。とりわけウルフに悪態をついた。泥まみれで唾《つば》を飛ばしながらわめく姿は滑稽《こっけい》で、町民たちは笑っただけだった。そして男たちはフィリップを手荒く扱いながら、楽しむように罵ったり殴ったりした。

「あとを頼めるか、ジュヴェット?」フィリップが引っ立てられていくと、ウルフはきいた。「妻を城に連れて帰りたい」

「はい、公爵」ジュヴェットは権限を与えられてうれしそうだ。「ジョン・カーペンターがニコラス卿を捜しに行きました。すぐここに来られるでしょう」

「ありがとう、ギルバート」ウルフは言った。「妻を助け、わたしの命を救ってくれて……」彼はキットの肩に腕を回して抱き寄せた。ギルバートは肩をすくめ、先に穴蔵を出た。

「あなたのアンナルイーズだったら同じことをしたと思う?」キットは言わずにはいられなかった。

「誰だって?」

「わたしと結婚するようヘンリー王に命じられる前にあなたが婚約していたことは知って……」

ウルフは大声で笑った。「アンネグレットか?

婚約などしていない」

「アンネグレット」キットはつぶやいた。「誰でもいいわ」

「それに、ヘンリーはきみと結婚するようにと命じたのではない」ウルフは言った。「妹と結婚しろと言ったのだ。最初からその妹がきみだとわかっていたら、命令されるまでもなかった」

「本当なの、ウルフ?」

ウルフは彼女に音高くキスをした。「アンネグレットは祖父が花嫁候補として考えていた相手だ。わたしは何とも思っていない」

キットは安堵《あんど》のため息をついた。最後の心配ごとが解決したのだ。

「きみ以外の妻などありえない、いたずらっ子」彼はキットを軽く抱きしめ、それから穴蔵を出た。

外は無数の松明がともっていて、真夜中だというのに夜明けのようだ。ギルバートが言ったように町の少なくとも半分もの人々が集まっている。前ウィンダミア伯爵フィリップの落ちぶれた様子を見に来たのだ。人々は橋の反対側で待ち受けている。騒がしくおしゃべりしたりフィリップをからかったり、熟れすぎた果物や野菜を投げつけたりした。フィリップは怒鳴り返している。ブランチ・ハンチョーは、ただ身をすくめてフィリップより先に引かれていった。

ウルフとキットは橋のこちら側で、人々のはしゃぎぶりを見ていた。抑えていた感情が込み上げてきて、キットは泣きだした。ウルフは泣きやむまで彼女を抱いていた。

「帰ったら傷を調べなくてはね」キットははなをすすりながら言った。

「ああ」ウルフは微笑した。「ウィンダミアではじめて安心してやすめそうだ。そして時間がじゅうぶんあれば……」

「何があったのかしら?」キットは涙をぬぐいながら、橋の向こうを見た。

騒ぎは静まっていた。人々は黙り、フィリップが狂ったようにわめいている。何を言っているのかわからない。橋の真ん中でつかみ合いをしているのがちらりと見えた。そのとき、狂気を帯びた叫び声とともに男が橋のいちばん高いところから身を躍らせ、浅い水の中に落ちていった。キットは息をあえがせて口を両手で覆った。

フィリップだ。フィリップに違いない。

ウルフは暗い土手に下り、膝までの水に入っていった。人々は土手に広がって、彼が憎むべきいとこを引き上げるのを黙って見守った。誰もフィリップが生きていることを望んではいない。だが公爵が無事引き上げられるように祈っていた。

23

一四二一年十月
ウィンダミア城

大広間の巨大な暖炉に火が赤々と燃えている。公爵のテーブルの上の高い梁《はり》から新しい美しい旗が下がっている。床には清潔な藺草《いぐさ》がいいにおいを漂わせていた。きれいに磨かれた窓からは空がよく見える。煤《すす》や灰は洗い落とされ、忠実な召使いたちが気を配っているので塵《ちり》ひとつない。それぞれのテーブルには花が飾られ、暖炉の上には大きな花輪がかかっていた。

地下道は埋められている最中だ。手押し車に土を山盛りにして暗い通路に運び込むのは大変な作業だ。だが、ウルフはフィリップの悪行の痕跡《こんせき》を一掃しようと決心していた。フィリップのおぞましさを思い出させるものは何ひとつ残したくなかった。

幸い、召使いのマギーは頭にこぶができただけですんだ。クリスティーン・ウェルズリーがキットを罠《わな》にかけた翌朝、気がつくと公爵の部屋の近くの衣装部屋に閉じ込められて、頭痛やら心配やらで泣いているところが見つかったのだ。頭のけがが治ると、彼女はつきそいを兼ねてキットの小間使いとなった。

レディ・クリスティーン・ウェルズリーは面目を失ってウィンダミアを去った。

サマズ男爵の遺体は埋葬するためにサマートンに返された。

ブランチ・ハンチョーとフィリップの配下の者たちはロンドンに送られて裁きを受けた。そしてハンチョーを除いて絞首刑となった。ハンチョーはウェセックスにある城の地下牢《ちかろう》に死ぬまで幽閉される刑を言い渡された。城主のカーライル公爵は、かびくさい古城をほかの目的に使うことはなかった。

時間と手厚い看護のおかげでヒュー・ドライデンは回復してきた。だが自分の領地に行けるまでにはまだ少し時間がかかりそうだ。

キットはあくびをかみ殺した。もう遅い。ひどく空腹なのに、またすぐにも眠ってしまいそうだ。マギーに食事を部屋に運んでもらおうか。だが晩餐《ばんさん》の席に来るようにとウルフに言われている。客人もいるし、発表することがあるからというのだ。

マギーが晩餐会のための着替えを手伝いに来た。

昼寝をしたばかりなのにどうしてこんなにだるいのだろう。「食べるものを少しお持ちしました」マギーは言った。「あのう、最近とても空腹でいらっしゃるようなので……」

「変でしょう?」キットは言った。「こんなに食欲があるのははじめてよ」

「別に変では……」

「何ですって?」キットは口を押さえてあくびをしながら言った。

扉をそっとたたく音がした。マギーがエマ・ジュヴェットを中に入れた。

「またおやすみになっていたのですね」エマはキットを抱きしめて言った。ギルバートがウィンダミアの代官になったので、ジュヴェット夫妻は公爵夫妻とたびたび顔を合わせている。

「どうしてかわからないのよ」マギーにドレスのボタンをはめてもらいながらキットは言った。「昼寝をしたのにまだまだ眠れそうなの」

エマは笑った。「ちょっと考えればわかるはずです」

「考えれば……?」

「赤ちゃんができたのではないですか?」


「何ですって、わたし、わたしに……」

エマとマギーはにこにこするだけで答えない。

「赤ちゃんができた?」キットは少し当惑した。月のものがなければ妊娠しているのだとは知ってはいたが、自分の体調には無関心だった。ウルフと子供をどうするか話し合ったこともない。ウィンダミアに着いてからいろいろありすぎて赤ん坊のことなど考えもしなかった。だが、それはかなり魅力的なことだ。

わたしとウルフの子供ができるのだ。

「そうに違いありませんよ」エマが言った。

「でもちっとも吐き気がしないのよ」妊娠でなかったらどうしよう?

「アルフィーを身ごもっていたとき、吐き気はありませんでした」エマがさえぎった。「一度も」

「そんなこともあるのね?」キットは目を輝かせた。

エマはうなずいた。ウルフに告げたら何と言うだろう？　ロマンチックな静かな時間に話そう。まぶしい太陽が夫の寝顔に差す朝、目覚めたらすぐに言うといいかもしれない。

大広間に着いたのはキットが最後だった。ちょうどウルフが迎えに来ようとしたときだ。彼女は眠そうで……ちょっと当惑したような顔をしている。

「キャスリン」挨拶《あいさつ》のキスを受けながら、ウルフは言った。「元気か？」

「もちろん元気よ。どうして？」キットはほほえんだ。そしてウルフと話していた人々に会釈した。みんないちばんいいチュニックを着ている。「ニコラス、エドワード、何て立派なんでしょう」

「おいで。準備はすっかりできている」ウルフはキットをテーブルに導いた。ほかの者たちも自分の席についた。楽士たちが入ってきて演奏を始め、召使いたちは最初の料理を運んできた。キットはよく食べた。おなかの赤ん坊の栄養にもなるのだと思うとうれしかった。

食事が終わるとウルフは立ち上がり、注目するよう呼びかけた。最初の話は、配下の者のうち希望する者には土地を与えるという件だ。ケネス、エグバート、それにチェスターが結婚して家庭を持つ意向だった。

「きみたち三人と別れたくない。だが領地はすぐ近くだから、たびたび会えると思う」ウルフは言った。「今はわたしも、妻をもらって家庭を持つことのすばらしさを知っている。レディ・キャスリンとわたしは、きみたちの幸せを祈っている」

彼はグラスを掲げた。ウィンダミアを去っていく騎士たちに全員が乾杯した。

「次に、わがいとこニコラスことソーントン子爵と別れなくてはならない」ウルフは言った。下座から残念そうな声があがったが、ウルフは続けた。「彼が子爵として領地に行くときが来た。わたしは自分のわがままから彼に長く頼りすぎていた」彼はテーブルの上の一枚の羊皮紙を取り上げた。「先日、ブレーメンの祖父からこの書状を受け取った。庶子の孫息子が領地に行かないと、ヘンリー王が授与を無効とするに違いないと書いてある。きみをせき立てているんだ、ニコラス。急いでソーントンに行くように」みんながどっと笑った。ウルフはキットが衝撃を受けたのに気づいた。

「叔父がニコラスの母親と結婚しなかったことは言ってなかったかい？」

呆然《ぼうぜん》としたまま、彼女はうなずいた。

「ニックは、嫡出のいとこの誰よりもすばらしい。わたしは心から愛している」ウルフは言った。その声はニコラスをはじめ、誰の耳にも届くほど大きかった。「わたしたちは二十年も兄弟同然だった。この先の四十年もそうだ」

喝采《かっさい》が起きた。

「最後に」ウルフが再び口を切った。「皆を五月のわたしの最初の子供の洗礼式に招待する」

人々は大喝采した。キットは口をぽかんと開けてウルフを見た。彼は知っていた！　ウルフはにやりとしてキットに片目をつぶった。

「もちろん正確な日取りはわからない。だが春には生まれるだろう」


しばらくして、キットとウルフはふたりの部屋の大きなベッドで横になって抱き合っていた。蝋燭《ろうそく》は消え、暖炉の火には心地よく灰がかぶせられている。

「わたしが妊娠しているのにいつ気がついたの？」

ウルフはほほえんだ。「きみが粥《かゆ》をわたしの分まで食べるようになった朝だと思う」

キットは彼の胸をつついた。

「それとも二、三週間前、きみが昼まで寝ていたときかな。昼寝をして、暗くなったらすぐまたやすんでしまっただろう?」

「いやな人!」

「ああ、キット。愛している」ウルフは笑って彼女を抱きしめた。「きみの月のものが止まったのはウインダミアに着いてからなのはわかっている。四月の終わりごろに身ごもったことになる。きみをサマートンから連れ出した記念の日に彼女が生まれたらうれしい」

「彼女?」

「もちろんさ」ウルフは言った。「きみにそっくりの娘が欲しい。父親は溺愛《できあい》するだろう」

「息子はどうなの?」

「好きなだけ産むといい」彼はにやりとして言った。

「まず娘を産んでからね」

それから彼はキットのドレスのひもをほどいた。そして唇に、のどに、肩にキスをした。キットは身を震わせた。ぬくもりと確かな愛が心に押し寄せる。

「愛しているわ、ウルフ」

「わかっている」彼は言った。

「わたしの人生から何もかもなくなってしまっていたと思うわ、もしフィリップが――」

「しいっ、愛する人」ウルフはキットをやさしく横たえた。「きみはわたしを救ってくれた。そしてすべてうまくいった」

「望んだ以上よ」

「いつだろうとわたしを救うのに遠慮はいらない」

ウルフは言った。そしてすばらしい妻に心からの愛を表した。

作者の横顔

マーゴ・マグワイア　米デトロイト近郊に、夫と学校に通う三人の子どもとともに住む。看護婦としての、またボランティア・ワーカーとしての活動の合間を縫って小説を書くという精力的な生活を送っている。作家を目指したきっかけは、歴史の学位を取りに大学に戻ったこと。小説よりも奇なる史的事実がたくさんあることを実感し、この二つを融合させようと考えた。

薔薇と狼
2003年9月5日発行

著　者　マーゴ・マグワイア
訳　者　吉田和代(よしだ　かずよ)

発行人　浅井伸宏
発行所　株式会社ハーレクイン
東京都千代田区内神田1-14-6
電話 03-3292-8091(営業)
03-3292-8457(読者サービス係)

印刷・製本　凸版印刷株式会社
東京都板橋区志村1-11-1

編集協力　有限会社イルマ出版企画

ISBN4-596-32168-X C0297